庫 SF

時は乱れて

フィリップ・K・ディック
山田和子訳

早川書房
7302

TIME OUT OF JOINT
by
Philip K. Dick

Translated by
Kazuko Yamada
Published 2014 in Japan by
HAYAKAWA PUBLISHING, INC.
This book is published in Japan by
arrangement with
THE WYLIE AGENCY (UK) LTD.
through THE SAKAI AGENCY.

The official website of Philip K. Dick : www.philipkdick.com

1

店の裏手の冷蔵保管庫からジャガイモのカートを青果部の野菜売場に運んでいったヴィクター・ニールソンは、皮に傷が入っていたり腐ったりしているものはないか、十個に一個の割合でチェックしながら、ほとんどからになっていた仕切り棚にジャガイモを入れていった。大きなジャガイモが一個、床に落ち、それを拾おうと上体を曲げた時、レジとタバコと棒キャンディのラックが並ぶ精算台の列の先の大きなガラス扉を通して、店の前の道路が目に入った。歩道を歩いている何人かの通行人の姿とともに、店の駐車場から出ていくフォルクスワーゲンのフェンダーに反射した陽光が目をとらえた。

「うちのやつだった？」ヴィックは、勤務中のレジ係、手強いテキサス娘のリズにたずねた。

「あたしが知っている奥さんじゃなかったわね」そう言って、リズは、二カートンの牛乳と牛の赤身ミンチの値段を打ちこんだ。レジの横の年配の男性が財布を出そうとコートのポケットに手を入れた。

「寄ると思うんだ。見かけたら教えてくれ」マーゴは今日、十歳になる息子のサミーを歯医者に連れていってレントゲンを撮ってもらうことになっていた。四月――所得税の納付月。預金の残高はいつになく少なくなっており、ヴィックはレントゲンの結果が心配でならなかった。

そのままマーゴが来るのを待っていられなくなって、ヴィックは缶詰スープの棚の横の公衆電話に行き、十セント硬貨を入れてダイヤルした。

「もしもし」マーゴが出た。

「もうサミーを連れていったのか？」

マーゴはあわただしい口調で、「マイルズ先生には別の日にしてもらうようにお願いしたの。お昼ごろに思い出したのよ、今日は、アン・ルーベンスタインやほかの奥さんたちと、市役所に出す請願書のことで話し合いをする日だったって。請願書はどうしても明日には出さなければならないの。わたしたちが聞いたところでは、請負工事の入札がすぐにも始まるということだったから」

「請願書って、何の？」

「例の三カ所の市有地の古い建物の基礎を撤去させるのよ。子供たちが放課後に遊んでいる場所。危険なのよ。錆びた針金やら割れたコンクリートやらが――」

「郵送でだってよかっただろうに」マーゴの話をさえぎって、ヴィックはそう言ったが、内心ではほっとしていた。サミーの歯は来月までは抜けないだろう。今あわてて歯医者に連れていく必要はない。「どれくらいかかる？　つまり、ぼくは今日、車で帰れないってことかい？」

「どうかしら。今は、提出する時に土壇場で持ち出すことをあれこれ詰めているところ。迎えにいけないようだったら、五時くらいに電話するわ。それでいいわね？」

受話器を置いてから、ヴィックはゆっくりとレジに戻った。レジを打つ必要のある客はおらず、リズはこのすきにとタバコを吸っていた。彼女は同情するような笑みを浮かべたが、それはランタンのような印象を与えた。「坊やの具合はどう？」とリズはたずねた。

「大丈夫だ。医者に行かないと聞いて安心したと言ったほうがいいかな」

「あたしが通っているのは、ものすごーくやさしいおじいちゃんの歯医者さん」リズは赤ん坊をあやすようにシッシッと言った。「絶対にもうじき百歳だわね。少しも痛くなくて、口の中をさっとひと掻きするだけでおしまい」リズは赤いエナメルを塗った親指で唇の片側を押し上げ、上の大臼歯のひとつに詰めた金を示した。顔を近づけると、タバコの煙とシナモンが混ざった息がヴィックを包んだ。「わかる？　ほとんど全部削り出したのに、全然痛くなかったの！　ほんとよ、これっぽっちも痛くなかったの！」マーゴはどう言うだろうとヴィックは思った。今この瞬間、人が近づくと自動で両側に開くガラス扉から店に入ってきて、リズの口を覗きこんでいるぼくを見たら。キンゼイ・レポートでもまだ報告されていない最新流行のエロティックな行為にふけっている現場を押さえられるというところだろうか。

午後になってから、客足はぱったり途絶えていた。いつもなら、客の列がひっきりなしにレジを通っていくのに、今日は違う。不景気だ。今年二月時点での失業者は五百万人。その状況がこの店にも迫りつつある。ヴィックは入口の前に行って、外の様子を眺めてみた。間違いない。人の姿もいつもより少ない。みんな家にこもって、預金残高の心配をしているんだ。

「商売にはよくない年になりそうだな」ヴィックは言った。

「あら、何を心配してるの？　あなたはこの店のオーナーじゃないわ。ここで働いてるだけ。あたしたちみんなと同じようにね。仕事の量が少なくなるだけってことよ」女性客がひとり、食品をカウンターに並べはじめた。リズはレジを打ちながら、肩ごしに話しつづけた。「いずれにしても、あたしは不況に向かっているとは思わないわ。民主党がそう言ってるだけのことよ。経済が破綻しかかってるだの何だのってことをみんなに信じこませようとしている民主党の年寄り連中には、もううんざり」

「きみは民主党じゃなかったの？　南部の出身なのに」

「今はもうそうじゃないわ。ここに来てからはね。ここは共和党の州だから、あたしも共和党なの」レジがカチャカチャチーンと鳴って、現金引き出しが跳び出してきた。リズは食料品を紙袋に詰めはじめた。

店の向かいのアメリカン・ダイナー・カフェの看板に、ヴィックは午後のコーヒーを飲みにいこうかと考えた。たぶん、今がいちばんいい時間だろう。リズに「十分かそこらしたら戻ってくる。砦をひとりで守れるかい？」と言った。

「あら、よかった」リズは客に釣銭を渡しながら、うれしげに言った。「今行ってもらえると、あたしはあとで出かけて、ついでに買い物もできるわ。どうぞ行ってちょうだい」

ヴィックは両手をポケットに入れて店を出ると、歩道の端で足を止め、車が途切れるのを待った。わざわざ横断歩道まで行ったことは一度もない。いつもブロックの真ん中を突っ切ってカフェに行く。たとえ、一分また一分と待つことになろうとも。これには面子《めんつ》という重要な問題、男らしさの問題がかかわっていた。

カフェのボックス席で、ヴィックはぼんやりとコーヒーをかき混ぜていた。

「ひまな日だな」サミュエルズ・メンズ・アパレルの靴売場担当、ジャック・バーンズが、コーヒーカップを手に、ヴィックの前に座った。いつもながら、くたびれた様子で、一日中ナイロンのシャツとスラックスにくるまれて蒸し焼きにされているかのようだ。「絶対に天気のせいだ。春のいい陽気が何日か続けば、みんなテニスのラケットとキャンプ用のコンロを買いはじめるだろう」

ヴィックのポケットには〈今月の本クラブ〉の最新のパンフレットが入っていた。マーゴとともにクラブに入ったのは数年前、家の頭金を払って、この町に引っ越してきた時のことだ。そこは〈今月の本クラブ〉の類が山のようにある新興住宅地だった。ヴィックはパンフレットを取り出してテーブルの上に置き、ジャックに読めるようにと向きを変えた。靴売場担当は何の関心も示さなかった。

「ブッククラブに入れよ」ヴィックが言う。「意識を向上させるために」

「本なら読んでいる」とジャック。

「どうせベッキーのドラッグストアで買うペーパーバックだろう」

「この国に必要なのは科学だ。小説じゃない」ジャックは言う。「よくわかってる、この手のブッククラブが押しつけるのがセックス小説ばかりだっていうのは。小さな町で性犯罪が起こって、そこで、ありとあらゆる汚い面が表に現われてくるといったやつ。そんなものがアメリカの科学の役に立つわけがない」

「〈今月の本クラブ〉はトインビーの『歴史』も配布していたよ。あれならきみにも関心が持てるんじゃないかな」ヴィックは以前、会員のための特別割り当て本で『歴史』をもらったことがあった。最後まで読み通せなかったものの、『歴史』が重要な文学的・歴史的著作であり、自分の書棚に置いておくのにふさわしいものであるということは明らかだった。「もちろん、ひどい本もあるけれど、それでも、ティーンエイジャーのセックス映画ほど悪いものじゃない。ジェームズ・ディーンと不良グループが出ているドラッグレース映画のような」

ジャックは唇を動かして〈今月の本クラブ〉の最新本のタイトルを読み上げた。「歴史小説か。南部の物語。南北戦争の時代。いつもこの手のばかりだ。このクラブに入っている年配のご婦人方は、繰り返し繰り返しこんなものを読んで飽きないのかね」

ヴィックはまだ、最新パンフレットに目を通していなかった。「セレクションにある本を必ず手に入れられるとはかぎらないんだ」と説明した。最新本のタイトルは『アンクル・トムの小屋』。ハリエット・ビーチャー・ストウという作者は聞いたことがない。南北戦争前のケンタッキーでの奴隷貿易の実態を白日のもとにさらした作品――と、パンフレットは絶賛している。不運な黒人の少女たちに対してなされた卑劣な暴虐行為の数々をなまなましく描いたドキュメント。

「ほほう」とジャック。「これなら気に入りそうだ」

「宣伝文だけじゃ何も言えないさ」ヴィックは言う。「昨今の本はどれも、こんな惹き文句で売っている」

「確かに。この世界にはもう、正しい原理原則はまるで残っていない。第二次大戦の前を考えてみろよ。今と比べてどうだ。何という違いだろう。昔はこんなことはなかった。今どきの社会にはびこっている不正やら非行やら猥褻話やら麻薬やらは。猛スピードで突っ走るガキども、高速道路に水爆……物価は上がる一方。きみたち食品業界の連中がコーヒーにつける値段もそうだ。おぞましい話だよ。儲けているのはいったい誰なんだ？」

二人はこの問題について話し合った。午後は、まどろみの中、ゆっくりと、ほとんど何も起こらないままに過ぎていった。

午後五時、マーゴはコートと車のキーをつかみ上げて家を出た。サミーの姿が見えない。どこかに遊びにいったんだわとマーゴは思う。でも、探している余裕はない。今すぐ迎えにいかなければ、ヴィックはわたしが来ないと判断して、バスで帰ってくることになる。

マーゴは家の中に駆け戻った。居間で缶ビールを飲んでいた兄が顔を上げ、低い声で言った。「もう戻ってきたのか？」

「まだ出かけてないわ。サミーが見つからないの。わたしが出かけている間、あの子が帰ってきたら目を離さないでいてもらえる？」

「いいとも」レイグルは言ったが、その顔は、マーゴにすぐに出かけなければならないことを忘れさせてしまうほど憔悴《しょうすい》しきっていた。マーゴに向けられた、腫れて充血した目。ネクタイははずされ、シャツの袖はまくり上げられて、缶ビールを持つ腕が小刻みに震えている。居間中いたるところに仕事の資料やメモが環状に散乱し、レイグルはその環の中心にいた。彼はそこから出られない。包囲されているのだ。「忘れないでくれ。これを終えて、発送しなければ――六時までの消印をもらわなければならない」

レイグルの前にうず高く積まれた資料の山がきしみ、傾いた。何年かの間に、レイグルの資料はどんどん増えていっていた。参考図書、図表、グラフ、そして、これまでに送りつづけてきたコンテストの全エントリー表を月ごとにまとめたもの……。エントリー表は、いくつかの方法を使って、調べやすいように形を変えて整理されている。今使っているのは〝シーケンス〟スキャナーと呼んでいるもので、黒っぽい紙にコピーしたエントリー表で構成されており、光を通すと、各ポイントが点として見える。このエントリー表の束を順にパラパラとはじいていくと、点が動いているように見える。光の点は右に左に、上に下にと移動し、その動きが、レイグルにとっては、あるパターンを構成する。マーゴには、どんなパターンも見えたことはない。だが、これこそが、レイグルがコンテストに勝利できる理由なのだ。マーゴもこれまで何度か応募してみたのだが、一度として正解したためしはなかった。

「あとどのくらいかかるの？」マーゴはたずねた。

「そうだな。時間は確定できた。午後四時だ。これからやらなければならないのは――」顔をしかめて「場所の確定だ」

大きな合板のボードに、新聞に載っている公式の今日のエントリー表がとめつけてある。碁盤目に仕切られた何百もの小さな升目。縦列と横列の数字によって、升目のひとつひとつに固有の数値が与えられている。縦列、時刻の数値はすでにマークされていた。縦三四四。そのポイントに赤いピンが刺されている。しかし、場所は——場所のほうが難しいようだ。

「二、三日、休んだら?」マーゴは言った。「休息しなきゃ。特にこの二カ月間は根を詰めすぎだもの」

「休んだりしたら」とレイグルは言って、ボールペンで頭をかいた。「一挙に順位が落ちてしまう。とどのつまり——」と肩をすくめて、「これまで獲得してきたいっさいを失ってしまうってことだ」スライド定規を使って、レイグルは縦横の線が交差する升目のひとつに印をつけた。

日々送付するエントリー表の一枚一枚が、レイグルのファイルの新たなデータとなっていく。だからこそ——と以前、マーゴはレイグルから聞かされたものだ——正解する確率も一回ごとに上がっていく。続ける期間が長くなるほど、作業は楽になっていく、と。しかし、マーゴの目には、負荷が増していく一方にしか見えなかった。どうして?——と、ある日、マーゴは聞いてみた。「失敗するわけにはいかないからだ」とレイグルは説明した。「正解する回数が増えれば増えるほど、投資した金額も増えていっているんだよ」コンテストは終わる気配もない。投資額も増大する賞金の総額も、レイグルはとっくに把握できなくなっていることだろう。レイグルは一度も間違ったことがない。これは天賦の才能で、彼はその能力を十二分に活用してきた。でも、それが今は、彼にとってとんでもない重荷になっている。面白半分で、あるいは、せいぜい正解を送って何ドルかをもらう小遣い稼ぎのようなものとして始めた毎日のちょっとした雑務なのに、それが今では、やめることができない状態になってしまっている。

これが主催者の狙いなんだわ、とマーゴは思う。普通の人はコンテストに手を出しても、賞金を受け取れるようになるまで長生きすることはまずないだろう。でも、レイグルは賞金を受け取っている。《ガゼット》は、レイグルの正しいエントリーに対して定期的に賞金を払っている。マーゴには正確な賞金の額はわからなかったが、週に百ドル近い額であるのは間違いなさそうだった。いずれにせよ、この賞金がレイグルの生活を支えている。それでも、レイグルは正規の仕事についているように、いやそれ以上にハードに働いている。朝八時、新聞が玄関先に届けられる時間から、夜の九時、十時まで。不断のリサーチ。方法の改良。そして、何よりも、果てしなく続く恐れ。間違いを犯すことへの。誤ったエントリーを提出して資格を失うことへの。

これが、遅かれ早かれ、いつかは起こるであろうことは、レイグルもマーゴも承知していた。

「コーヒーでも飲む？」マーゴは言った。「出かける前にサンドイッチか何か作るわ。お昼も食べてないようだから」

レイグルは上の空でうなずいた。

コートとバッグをその場に置いて、マーゴはキッチンに行き、冷蔵庫の中を調べてレイグルに食べさせるものを探した。テーブルに皿を出している時、裏口のドアが勢いよく開いて、サミーと隣家の犬が飛びこんできた。どちらも大きく肩を上下させ、息を切らしている。

「冷蔵庫のドアが開く音が聞こえたんでしょ」

「本当におなかペコペコなんだ」サミーがあえぎながら言った。「その冷凍ハンバーガー、ひとつ食べてもいい？　あっためなくていいよ。そのまま食べるから。そのほうがいいんだ。長持ちするから！」

マーゴは言った。「車に乗っていて。レイグルおじさんのサンドイッチを作ったら、お店までパパを迎えにいくから。それと、その犬、外に出しておいて。ここに住んでるんじゃないんだから」

「わかった。お店で何か食べるものを買ってもらえるよね」裏口のドアがバタンと閉じ、サミーと犬は出ていった。

「あの子、見つかったわ」サンドイッチとアップルシードルのグラスを手に居間に入っていったマーゴは、レイグルに言った。「だからもう、あの子が何をしているか気にかけていなくてもいいわ。町まで連れていくから」

サンドイッチを受け取って、レイグルは言った。「なあ、酔っ払ってチビどもの相手をして過ごしていたら、わたしももっと幸せな人生を送れたかもしれないな」

マーゴは声を上げて笑った。「それだと、賞金も何も手に入れられなかったわよ」

「そうだな」レイグルは考えこむようにしてサンドイッチを食べはじめたが、アップルシードルには手をつけなかった。この一時間ほどの間、ちびちびと飲んできたぬるい缶ビールのほうがいいようだった。どうして、なまぬるいビールを飲みながら、あのややこしい計算ができるのかしら——そう心の中でつぶやきながらコートとバッグを見つけ出すと、マーゴは家を走り出て車に向かった。普通なら、あんなにビールを飲んだら頭がぼんやりしてしまうだろうに。でも、レイグルはずっとああやってきた。軍務についていた時に、勤務中・勤務外を問わず、冷えていないビールを大量に飲む習慣が身についたのだった。レイグルは二年間、もうひとりの同僚とともに太平洋の小さな珊瑚礁の島に配備され、測候機器と無線通信装置を担当していた。

夕方の道路はいつもどおり混雑していたが、フォルクス《V》ワーゲン《W》はほかの車の間をすり抜けて快調に進んでいった。小まわりのきかない大型車は岸に取り残されたカメさながら身動きが取れないでいる。

これまでで最高に賢い投資だったわ、外国製の小型車を買ったのは、とマーゴは思う。いつまでも新車のままだと言っていいし。ドイツ車は本当に精密に作られている。一度だけクラッチにちょっとしたトラブルが、それもたった二万四千キロの走行距離で、起こったけれど……でも、完璧なものなんてありはしない。世界中どこでも。とりわけ、この今、水爆とソ連と物価上昇の時代には、絶対にあるわけがない。

窓に顔を押しつけるようにして、サミーが言った。「どうして、うちではあんなメルセスみたいな車が買えないの？　どうして、こんなカブトムシみたいなちっぽけな車でなきゃいけないの？」

自分の思いを踏みにじられた気持ちで――この今、心の奥で息子は裏切り者となった――マーゴは言った。「いいこと、おチビさん、おまえは車のことはまるっきりわかっていないの。お金を払うのはもちろん、こんな渋滞の中で運転する必要もワックスがけをする必要もないでしょ。だから、そういう意見は自分の頭の中だけにしまっておきなさい」

サミーは不満げに付け加えた。「子供の車みたいなんだもん」

「お父さんに言いなさい。お店に着いたら」

「こわいよ」

マーゴは合図を出すのを忘れたまま左折した。バスが大きくクラクションを鳴らした。くそったれバス、とマーゴは胸のうちで毒づいた。前方に店の駐車場の入口が現われ、マーゴはセカンドにシフトダウンして歩道を横切ると、巨大なネオンサインの横を通過した。

ラッキーペニー・スーパーマーケット

「さあ着いた。入れ違いになっていなければいいけど」

「お店に入ろうよ」サミーが大声で言う。

「いいえ。ここで待ってるの」

二人は車中で待った。店の中では、ワイヤ製のカートを押している雑多な人々の長い列ができ、何人ものレジ係が奮闘している最中だった。自動扉がひっきりなし開いては閉まり、閉まっては開く。駐車場から次々に車が出ていく。

華麗な輝きを放つ赤のタッカーのセダンが、マーゴの横を威風堂々と進んでいった。マーゴもサミーもしばし目を奪われていた。

「あんな車を持てるなんて、うらやましい」マーゴは心の中でつぶやいた。タッカーはVWと同じくらい先進的な車だし、そのうえ、とても格好がいい。もちろん、大きすぎて実用的とは言えないけれど、それでも……。

たぶん、来年になったら、とマーゴは思う。この車が買い替え時になったら。いいえ、VWは買い替えるものじゃない。永久に使うものよ。

でも、ＶＷの下取り価格は高いから、これまで払ったのと同じくらいは戻ってくるかもしれない……。赤いタッカーは駐車場を出て、ゆったりと道路の車列に入っていった。

「すっごい車！」サミーが言った。

マーゴは何も言わなかった。

2

その夜七時半、居間にいたレイグル・ガムが窓の外に目をやると、隣家のブラック夫妻が闇の中を歩いてくるところが見えた。うちに来ようとしているのは間違いない。背後の街灯が、ジュニー・ブラックの手にある物の輪郭を浮かび上がらせた。箱かカートンか。

レイグルはうなり声を上げた。

「どうかしたの?」マーゴが居間の反対側からたずねた。マーゴとヴィックはテレビでシド・シーザー*の番組を見ていた。

「お客さんだ」レイグルがそう言って立ち上がった瞬間、ドアベルが鳴った。「我らが隣人ご夫妻だよ。居留守を使うわけにはいかないだろうな」

ヴィックが言った。「テレビがついているのを見たら、帰るんじゃないかな」

ブラック夫妻は社会の階層構造の一段上に跳び上がる野心に燃えていて、テレビ嫌悪を

* 一九二二〜　アメリカの人気コメディアン・俳優。

公言してはばからなかった。テレビに登場するものは何であろうと――お笑い芸人からウィーン歌劇場のベートーヴェンの『フィデリオ』公演に至るまで、すべてが蔑視の対象になった。一度、ヴィックはレイグルに、もしキリストの再臨がテレビで知らされるようなことがあったら、ブラック夫妻は絶対かかわり合いになるまいとするだろうな、と言ったことがある。レイグルはこう応じた。第三次世界大戦が始まって水爆が投下されたら、最初の警告はテレビの緊急信号で発せられるはずだ……それでもブラック夫妻は馬鹿ばかしいのひとことで一蹴《いっしゅう》するか、無関心を決めこむかだろう。これぞ生き残りの法則だよ。新しい刺激を受け入れるのを拒否する者は、その見返りを受ける。適応か、さもなくば破滅か……いつに変わらぬ永遠のルールだ。

「わたしが出るわ。二人ともその気がなさそうだから」マーゴが言って、ソファから立ち上がると玄関に急ぎ、ドアを開いた。「あら、いらっしゃい!」レイグルの耳に、マーゴの大きな声が届いた。「これは何? そっちは? まあ、熱い!」

ビル・ブラックの若々しい自信に満ちた声が答える。「ラザニアですよ。お湯を沸かしてもらえるかな」

「エスプレッソをいれるから」ジュニーが言って、イタリア食品のカートンを抱えてキッチンに向かった。

くそ、とレイグルは毒づいた。今日はもう仕事にならん。目新しい物を手に入れたからと言って、どうしてうちで披露する必要があるんだ？　ほかに知り合いはいないのか？

今週はエスプレッソか。先週の話題の品、ラザニアと一緒に。いずれにしても、組み合わせとしてはぴったりだ。味も実際いいんだろう。だが、レイグルは、苦くて濃いイタリアコーヒーにはどうしてもなじめず、エスプレッソは焦げた味としか思えなかった。

居間に入ってきたビル・ブラックは機嫌よく言った。「やあ、レイグル、ヴィック」このところの定番のアイヴィリーグふうのいでたちだった。ボタンダウンのシャツにぴったりとしたズボン。もちろん髪型もだ。スタイルも何もなくただ短く刈りこんだその頭は、レイグルにとっては兵士を想起させる以外の何ものでもなかったが、ある意味でこれは当たっていた。ビル・ブラックのような勤勉な若き野心家たちにしてみれば、これは組織に従順であること、何らかの巨大機械の一部品であることを示そうという試みなのだ。実際、彼らはそういう存在で、みな、組織の一員としてささやかな地位を占めている。その典型たるビル・ブラックは市の水道局に務めていた。天気のいい日には車に乗らず、いつも晴れやかにさっそうと歩いて出勤する。シングルのスーツ。上着とズボンが馬鹿ばかしくも不自然にぴったりしているので、豆づるの支柱が歩いているように見える。大昔の流行だとレイグルは思う。男性ファッションにおける太古のスタイルのつかのまのルネサンス……朝晩、家の前を元気よく歩いていくビル・ブラックの姿を見るたびに、レイグルは古い映画を見ているような気分にさせられた。大またのせかせかした足取りが、その印象をさらに強めていた。声も同様。早口。ハイピッチ。金切り声。

　だが、ビルは出世するだろう。レイグルは気づいていた。おかしなことに、今の世界では、この手のはりきり屋——自分の考えはいっさい持たず、ネクタイの締め方から顎のさすり方まで直属の上司をそっくり真似る連中が認められる。選ばれる。昇進する。銀行で、保険会社で、大手電気会社、ミサイル製造企業、大学で。以前、そんなひとりが助教授として、〝五世紀のキリスト教異端の諸派〟などという難解なテーマを講じつつ、同時に、全力を挙げて学術界の坂道をじりじりと這い上がっていく姿をまのあたりにしたことがある。管理当局に自分の妻を餌として差し出す以外のことは何でもやってのける連中……。

　しかし、そんな一員であるビル・ブラックに、レイグルはむしろ好感を抱いていた。この人物——二十五歳にもなっていないビル・ブラックは、四十六歳であるレイグルにはとても若く思える——は、理性的で現実的な展望を持っている。様々なことを学び、新しいことを次々に取り入れて、自分を同化させる。普通に話し合うことができるし、不動の倫理観や絶対的な真理といったものはいっさい持ち合わせていない。現実に起こる出来事に応じていくらでも変わっていくことができる。

　たとえば、とレイグルは思う。テレビが上流階級に受け入れられたら、ビル・ブラックは翌朝、カラーテレビを買うだろう。テレビに関して言うなら、少なくとも、シド・シーザーの番組を見るのを拒否しているというだけで、彼を〝非適応者〟と呼ぶのはやめよう。

水爆が投下されたら、緊急信号など何の助けにもなりはしない。我々すべてが等しく破滅するのだから。

「レイグル、調子はどうです?」ブラックはソファの端に軽く腰をおろしてたずねた。マーゴはジュニーとともにキッチンにいる。テレビの前では、ヴィック*が邪魔をされたことで露骨に嫌な顔をして、シド・シーザーとカール・ライナーのかけ合いの最後のシーンを見逃すまいとしていた。

「あの愚かな箱に縛りつけられているよ」ブラックのいつもの物言いを皮肉るつもりでレイグルはそう答えたが、ビル・ブラックは額面どおりに受け取ることにしたようだった。

「たいへんな国民的娯楽だな」ビルはつぶやいた。その位置からはテレビを見ないですますことができた。「あれって、邪魔にはならないのかな、あなたのやっていることに」

「今日の仕事はもう終わったよ」エントリー表は六時前に発送していた。

番組が終わり、コマーシャルになって、ヴィックはスイッチを切った。ヴィックの怒りは、スポンサーに向けられた。「どうしようもない広告ばかりだ」と断言して、「どうしてコマーシャルになると音が大きくなるんだ? コマーシャルのたびごとにボリュームを落とさなくちゃならない」

＊　一九二二〜　アメリカの映画監督・俳優・脚本家。

レイグルが答える。「コマーシャルは地域ごとに放送されているからだよ。番組は東部から同軸ケーブル経由で送られてくる」

「その問題を解決する方法がひとつありますよ」とブラックが言う。

レイグルがすかさず口をはさんだ。「ブラック、きみはどうしてそんな馬鹿ばかしいピチピチのズボンをはいているんだ？　まるで水兵みたいに見えるぞ」

ブラックはにっこり笑った。「《ニューヨーカー》を見たことないんですか？　ぼくがこれを発明したわけでも男性ファッションをコントロールしているわけでもないんだから、ぼくを責めないでください。男性ファッションはいつだって馬鹿ばかしいもんです」

「だからと言って、そのファッションの先頭に立つことはあるまい」

「あなたは大勢の人に会う必要がないからですよ。あなたは自分がボスだ。どんなにくたびれた格好をしていてもいい。違うかな、ヴィック？　あなたは店で大勢の人に会う仕事をしているから、ぼくの意見に賛同してくれるんじゃないかな」

「ぼくは十年来、普通のワイシャツを着ている。それと、普通のウールのスラックス。小売業ではこれで充分だね」

「エプロンも」とブラック。

「エプロンはレタスの外側の葉を取る時だけさ」

「ところで、今月の小売業の売り上げ指数は？　まだ不景気が続いていますか？」

「ああ。と言っても、どうしようもないというほどじゃない。来月か再来月あたりには回復すると思う。サイクルだ。季節によって波がある」

レイグルには、義弟の口調の変化が明瞭に聞き取れた。自分の仕事がかかわると、ヴィックは途端にプロフェッショナルになる。余計なことを言わないよう、戦略的な対応を取るのだ。ビジネスが本当にだめになることは決してない、常に改善のきざしを見せている。全国指数がどれほど下がろうと、ひとりの人間の個人的なビジネスは影響を受けない、云々。元気かい、とたずねるようなものだ、とレイグルは思う。たずねられたほうは、元気だと答えるしかない。商売も同じ、景気はどうだとたずねられたら、自動的に「ひどいもんさ」か「上向きだ」と答える。どちらも何も意味していない。ただのフレーズ。

レイグルはたずねた。「水の小売業はどうだね？　市場は堅調を維持しているかな？」

ブラックは楽しそうに笑った。「ええ、みんなまだ風呂に入っているし、食器洗いもしていますよ」

マーゴが居間に入ってきた。「レイグル、エスプレッソをいただく？　ダーリン、あなたは？」

「わたしは結構」とレイグルは答えた。「夕食の時に飲めるだけのコーヒーを飲んでしまった。目を覚ましておくにはあれで充分だ」

ヴィックは「ぼくは一杯もらうよ」

「ラザニアは？」三人に向かってマーゴが言う。

「結構」とレイグル。

「ぼくは少し」ヴィックが言って、ビル・ブラックもうなずいた。「何か手伝うことはある？」とヴィックがきく。

「いいえ」と言って、マーゴはキッチンに戻った。

「イタリア料理はあまり食べすぎないほうがいいぞ」レイグルはヴィックに言った。「カロリーたっぷりだから。大量の粉とスパイスだ。結果がどうなるかはよくわかっているだろう」

ブラックが続けて、「そのとおりですね。ヴィクター、そのおなかのあたりが少しばかりふくらんできているような……」

レイグルもからかうように、「食料品店で働いているやつに、いったい何を期待してるんだね」

この発言はヴィックの癇に障ったようだった。レイグルをにらむと、「少なくともまっとうな仕事ではあるさ」とつぶやいた。

「どういう意味だ」とレイグルは言ったが、ヴィックの言わんとするところはわかっていた。少なくとも給料をもらえる仕事だ。ヴィックはそのために毎朝出勤し、夜になって帰宅する。レイグルが居間でやっているような仕事ではない。毎日の新聞に載っているものをああだこうだといじくりまわしているような、そんなこととは違う。いつだったか、口論になった時に、ヴィックは、子供みたいなもんだよ、と言った。コーンフレークの箱の蓋と十セントを郵送して、暗号解読バッジをもらうようなものじゃないか、と。

ヴィックは肩をすくめて、「ぼくはスーパーマーケットで働いていることを恥ずかしいとは思っていない」と言った。

「そういうことじゃないだろう」なぜかははっきりとわからなかったものの、レイグルは《ガゼット》のコンテストに専念していることに向けられたヴィックの無礼な発言をどこか喜んでもいた。それはおそらく、時間とエネルギーをつまらぬことに費やしているという罪の意識、罰せられることを願う気持ちがあるからだろう。心の奥深くを侵食していく疑念と自責の念にさいなまれつづけるより、外からはっきり批判されるほうがずっといいというわけだ。

同時に、レイグルは、自分の日々のエントリー表が、スーパーマーケットでのヴィックの給料より多額の金を稼いでいることに快感を覚えてもいた。加えて、バスでダウンタウンまで行くという無駄な時間を過ごす必要もない。

ビル・ブラックが立ち上がり、レイグルの前に椅子を引き寄せながら、「この記事、もう見ているだろうけど」と言って、秘密めかした様子で今日の《ガゼット》紙を広げ、ほとんどうやうやしいと言っていい手つきで十四ページを開いた。トップに数人の男女の写真が並んでいる。中央にあるのがレイグル・ガムその人の写真だ。キャプションにはこうあった。

〈火星人はどこへ?〉コンテストの常勝者、レイグル・ガム。今日まで二年間にわたって全国チャンピオンの座をキープ。コンテストが始まって以来、最長の記録。

ほかの人物はガムほどの傑出した成績ではない。コンテストは全国規模で、複数の系列新聞が参加していた。地方紙でこれだけの金をかけられるところはない。レイグルが算出したところでは、コストはすでに、三〇年代半ばに一世を風靡した〈オールドゴールド〉懸賞や、延々と続いている〈オキシドール石鹼を使う理由を二十五語以下で〉コンテストを上まわっている。とはいえ、このコンテストが新聞の販売部数を確保する大きな要因になっていることは明らかだ。平均的な人間はコミックを読むかテレビを見るかになってしまったこのご時世では……。

わたしもだんだんビル・ブラックに似てきたな、とレイグルは思う。テレビ批判。テレビそのものが国民的娯楽になっている今、あらゆる家庭で、こんなことがつぶやかれているシーンが頭に浮かぶ。「この国はどうなってしまったんだろう? 教育のレベルはどこまで落ちてしまったんだ? 道徳意識は? ロックンロールだって? わたしたちがあの年ごろには、ジャネット・マクドナルド[*]とネルソン・エディ[**]の『メイタイム』を聞いていたものだったのに」

すぐ横に座ったビル・ブラックは新聞をかかげ、レイグルの写真を指で軽く叩いた。見るからに感動しているふうだった。レイグル・ガムの写真が全国の新聞に載っている！　すごい！　こんな有名人が隣に住んでいるなんて！

「レイグル、あなたはこの火星人コンテストで大金を稼いでいるんですよね？」ブラックの顔には羨望の色がありありと浮かんでいた。「一日、二、三時間の仕事で一週間分の収入になるんだから」

レイグルは皮肉をこめて言った。「まったくもって割のいい仕事さ」

「いえ、あなたがこれにたいへんな労力をかけているということはわかっています。でも、クリエイティヴな仕事ですよ。あなたは自分のボスなんだ。これを、どこかのオフィスのデスクワークのような〝仕事〟というわけにはいかない」

「わたしもデスクで働いているよ」とレイグル。

＊　一九〇三〜一九六五　アメリカのミュージカル・スター。ネルソン・エディとの共演映画で大人気を博する。『メイタイム』は代表作のひとつ。

＊＊　一九〇一〜一九六七　アメリカのバリトン歌手・俳優。

「でも」ブラックは引き下がらない。「ある意味で趣味のようなものじゃないですか。批判してるんじゃありません。人はオフィスでの仕事より趣味のほうにずっと一所懸命になれるものです。ぼくだって、車庫で電気ノコギリを使っている時は心底熱中していますから。いや——ぼくの趣味とは全然違うけど」ヴィックのほうに振り向いて、「ぼくの言っていること、わかるでしょう？　退屈なルーティーン作業じゃないってこと。クリエイティヴな仕事だってことです」

「ぼくはそんなふうに思ったことはないな」ヴィックが答える。

「レイグルがやっていることをクリエイティヴだとは思わないんですか？」

「ああ、必ずしもそうは思わない」

「それじゃ、なんと呼ぶんです？　自分の力で自分の将来を切り開いている人の仕事を？」

「ぼくはシンプルにこう思っている。レイグルには継続して正しく推測できる能力があるんだ、と」

「推測だと？」レイグルは侮辱された思いで言った。「わたしのリサーチを見ていたら、そんなことは言えないだろう。過去のエントリー表をすべて徹底的に調べているんだから」レイグル自身に関するかぎり、この作業は〝推測〟の対極にあるものだった。推測なら、単にエントリー表を前にして目をつぶり、適当に手を動かして、どれかひとつの升目の上におろせばいい。その升目をマークして送る。そして、結果を待つ。「税金の申告表を作成する時に推測で記入するか?」これはコンテストの作業に関するお気に入りの比喩だった。「申告は一年に一度でいいが、わたしはそれを毎日やっているんだ」ビル・ブラックのほうを向いて、「考えてみたまえ。毎日、新しい申告表を作らなければならないとしたらどうなるか。それと同じだ。日々、以前の申告用紙を全部調べる。記録をすべて取っておく。すごい量だ。これを毎日続ける。推測のかかわる余地はない。純然たる事実だ。数値。足し算と引き算。グラフ」

沈黙が降りた。

「でも、あなたはその作業を楽しんでいるんでしょう?」ややあってビルが言った。

「たぶんね」

「ぼくに、そのやり方を教えてもらうわけにはいきませんか?」緊張した面持ちでブラックは言った。

「だめだ」レイグルは言下に言った。ブラックはこれまでも何度となく同じことを口にしている。

「あなたの競争相手になれるなんて思っているわけじゃありませんよ」とブラック。

レイグルは笑い出した。

「折々に少しばかりの臨時収入があったらというだけのことです。たとえば、裏庭に塀を建てたいんですよね。塀があれば、冬に汚れた雪が庭に入ってこないようにできる。材料費は六十ドルかそこら――これだけを稼ぐとしたら何回くらい正解する必要があるのかな？ 四回くらい？」

「四回だ。一回正解すれば二十ドルが手に入る。名前が掲示される。つまり、競争相手になる」

ヴィックが口をはさんだ。「新聞コンテストのチャールズ・ヴァン・ドーレン*と張り合うことになるってわけだ」

「おほめにあずかって光栄だ」とレイグルは言ったが、ヴィックのあてこすりは不愉快だった。

ラザニアはあっという間になくなった。味見だけのレイグルを含めて全員が手をつけた。レイグルとビル・ブラックに腹まわりのことを指摘されたことで、ヴィックは逆に食べられるだけ食べてやろうという気分になっていた。マーゴは、そんな夫の食べっぷりを非難がましく見つめていた。

「あなた、わたしが作ったものをそんなふうに食べることなんてないわね」

早くもヴィックはこんなにも食べなければよかったと思いはじめていたが、果敢にも「おいしかった」と表明した。

ジュニー・ブラックがくすくす笑いながら、「ヴィックはしばらくうちで暮らしたほうがいいんじゃないかしら」と言った。ジュニーの生き生きとした小さな顔には、いつもの〝わかってるわよ〟と言いたげな表情が浮かんでいた。この表情を見るたびにマーゴはうんざりした。一方、ヴィックはこんなふうに思っていた。ジュニー・ブラックは、眼鏡をかけている女性にしては驚くほど蓮っ葉に見える。実際、魅力的でないというわけではないが、あの髪型——黒いたっぷりした髪を二つに束ねて、先をひねってある——は気に入らない。こういう女性は、まったくのところ願い下げだ。小さくて浅黒くて活動的な女性は好きじゃない。特に、ジュニーのように、シェリーを一杯飲んだだけで、笑いながら、他人の主人にこんなことを言うような女性は。

マーゴの話によれば、ジュニー・ブラックに気がありそうなのは義兄のほうだった。レイグルとジュニーはどちらも一日中家にいて、自由になる時間はたっぷりある。これはよくない状況よ——と、マーゴはたびたび口にしていた。ごく普通の住宅地域で一日中家にいる男性。どの家のご主人も仕事に出かけていて、家には妻だけがいる。そういうシチュ

＊　一九五〇年代の後半に、テレビのクイズ番組〈トウェンティワン〉で、事前に正解を教えてもらって勝ちつづけたコロンビア大学の助教授。一大スキャンダルになったこの〝やらせ〟事件は映画にもなった。

エーション。

ビル・ブラックが言った。「マーゴ、正直に言うと、ジュニーが作ったわけじゃないんですよ。帰宅途中に買ったんです。プラム・ストリートの持ち帰りの店で」

「どうりで」とマーゴ。「とってもおいしかったわ」

ジュニー・ブラックは悪びれる様子もなく笑った。

女性たちがテーブルを片づけると、ビルがポーカーをやろうと言った。そうだな、どうするといった問答が交わされたのち、チップとカードが出され、ポーカーが始まった。チップ一枚が一セント、どの色のチップも同額という取り決めだ。これは彼らの間の二週間ごとの恒例行事となっていた。始まりがどうだったのか憶えている者はいないが、女性たちが始めたというのがありそうなところだった。マーゴもジュニーもポーカーが大好きだった。

一同がポーカーに興じているところに、サミーが現われた。「パパ、ちょっと見てもらいたいんだけど」

「今晩はいやに静かだったから、どうしたんだろうと思っていたぞ」そのゲームを降りたヴィックは息子の相手をする余裕があった。「何事だい？」サミーは何らかのアドバイスを求めているようだ。

「小さい声で話してね」マーゴがサミーに言う。「カードをやっているんだから」緊張した面持ちと声のかすかな震えが、相当な手であることを示していた。

「アンテナにワイヤをどうやってつなげばいいかわからないんだ」サミーが言って、ヴィックのチップの山の横に、ワイヤと電子部品とおぼしきものがついた金属のフレームを置いた。

「なんだ、これは？」ヴィックは当惑した。

「鉱石受信機だよ」

「鉱石受信機？」

レイグルが口をはさんだ。「わたしがサミーに作ってみろと言ったんだ。いつだったか、第二次大戦の時の話をしていてね、わたしたちが操作していた無線装置――ラジオのことに話が及んだのさ」

「ラジオなんて、なつかしいわね」とマーゴ。

ジュニー・ブラックが、「それがラジオですって？」

「ラジオの原型だ」とレイグル。「もっとも古い形のラジオさ」

「感電したりする危険はないの？」とマーゴが言う。

「大丈夫。電気はいっさい使っていないから」

「どれ、ちょっと見てみよう」ヴィックは金属のフレームを取り上げ、息子にアドバイスできるだけの知識があればと思いつつ、細部を眺めてみた。だが、ヴィックには電気工学の知識はいっさいなく、今も結局はその事実が明らかになっただけだった。「そうだな」とロごもりながら、「どこかがショートしているんじゃないかな」

ジュニーが言う。「第二次大戦前によく聞いていたラジオ番組、憶えている？　『人生の旅路』。すごいメロドラマだったわね。『メアリー・マーティン』も」

「『メアリー・マーリン』よ」とマーゴが正す。「あれは——まあ、二十年も前のことよ。なんてこと」

『メアリー・マーリン』の主題曲「月の光」をハミングしながら、ジュニーが最後のレイズの番を迎えた。「時々、ラジオが聞きたくなるわ」

「ラジオ足す映像があるじゃないか」とビル・ブラックが言う。「ラジオはテレビの音声部分と同じだよ」

「この鉱石受信機で何を受信するんだい？」ヴィックは息子にたずねた。「今も放送している局があるのか？」ヴィックの頭には、ラジオ局は数年前にすべて閉鎖されたはずだというぼんやりした記憶があった。

レイグルが言う。「船から陸への通信をモニターできるだろう。飛行機の管制無線も」

「おまわりさんの交信」サミーが高らかに言う。

「そのとおり。パトロールカーは今も無線を使っている」手を伸ばして、ヴィックから受信装置を受け取りながら、レイグルは言った。「あとでわたしが回路を見てあげるよ、サミー。ただ、今はすごくいい手が来ていてね。明日でいいかな?」

「空飛ぶ円盤をキャッチできるかもしれないわね」とジュニーが言う。

「そうね」とマーゴも賛同して、「それをねらっているんでしょ」

「そんなこと、まるで考えなかった」サミーが言う。

「空飛ぶ円盤のようなものは存在しない」ビル・ブラックが苛立たしげに言って、カードをいじくった。

「存在しないですって?」ジュニーが応じる。「冗談はやめて。あなたは無視するかもしれないけれど、ものすごく大勢の人が目撃しているのよ。それとも、活字になっているその人たちの証言も認めないと言うの?」

「気象観測の気球だよ」ビルは言った。ヴィックはビルに賛同したい気分だった。見ると、レイグルもうなずいている。「あるいは隕石か。気象現象か」

「そのとおり」レイグルが言った。

「でも、実際に空飛ぶ円盤に乗ったという人の話も読んだことがあるわ」とマーゴ。

ジュニーを除く全員が笑い出した。

「本当よ。テレビでも聞いたもの」

ヴィックは、「何か得体のしれないものが空を飛んでいるようだということは認めるけどね」と言って、自分の体験を思い出していた。昨年の夏、キャンプ旅行の最中に、ヴィックは輝く物体が上空を飛んでいくのを目撃したのだ。飛行機で——たとえジェット機であろうと——あれほどの速さが出せるものはない。ロケットのような印象を与えるその物体は瞬時に地平線の彼方に姿を消した。さらに、夜間、上空に低い轟音が聞こえることがある。重爆撃機が抑えた速度で飛んでいくかのような音だ。窓が震えていたから、頭の中の音ではない。しかし、マーゴは一般向けの医学雑誌で読んだ頭蓋内雑音だと言い張り、記事に頭蓋内雑音は高血圧の徴候だとあったから、かかりつけの医者に行ってチェックしてもらうようにと言いつづけていた。

ヴィックは組み立て中のラジオを息子に返し、ポーカーに戻った。新たなゲームのカードはすでに配られている。そろそろ大きな賭けに出られる手が来てもいい頃合だ。

「この受信機はぼくたちのクラブの公式の装備にするんだよ」とサミーが言った。「鍵をかけたクラブハウスにしまっておいて、許可を受けたメンバー以外は誰も使えないんだ」

裏庭に、集団本能のもとに集まった近隣の子供たちが、板切れや金網やタール紙で、見てくれは悪いが頑丈な小屋を建てていた。週に数度、重要な作戦活動が繰り広げられている。

「いいぞ」ヴィックはカードを調べながら言った。

「ヴィックが〝いいぞ〟と言う時は、どうしようもない手だということだ」レイグルが言う。

「わたしも気がついていたわ」とジュニー。「それと、カードをテーブルに投げ出して席をはずす時は、同じマークのカードが四枚あるってこと」

その時のヴィックは実際、席をはずしたい気分になっていた。夕食後のラザニアとエスプレッソはさすがに多すぎ、胃の中で夕食と一緒になった混合物が不穏な動きを始めていたのだ。

「顔が青いわ」マーゴが言って、レイグルのほうを向き、「風邪かしら」

「どっちかと言うとインフルエンザだな」ヴィックは椅子を下げて立ち上がった。「すぐ戻ってくる。降りないよ。胃を鎮めるものを飲んでくるだけだから」

「まあ、たいへん」ジュニーが言う。「食べすぎたのね。マーゴ、あなたの言うとおりだったわ。ヴィックが死んだら、わたしの責任よ」

「死にはしないさ」と言って、ヴィックは妻に「何を飲んだらいい？」とたずねた。一家の主婦として、マーゴが薬品類を管理していた。

「薬棚にドラマミンがあるわ」マーゴは上の空といった様子で答え、カードを二枚捨てた。

「バスルームよ」

ヴィックが部屋を出て廊下を歩きはじめた時、「消化不良に鎮静剤を飲むんですか？」と言うビル・ブラックの声が聞こえた。「とんでもないことになりますよ」

「ドラマミンは鎮静剤じゃない」ヴィックは半ば自分に向けて言った。「酔い止めだ」

「同じですよ」と言うビル・ブラックの声を背に、ヴィックはバスルームに入った。

「同じだよ、くそったれ」胃がむかむかして気分までとげとげしくなっていた。ヴィックは電気をつけようと、手を伸ばして点灯コードを探った。

マーゴの声が届く。「急いでね。何枚換えればいいの？　進めたいのよ。あなた、みんなを待たせているんだから」

「わかった」ヴィックはなおもコードを探りながらつぶやいた。「三枚だ。伏せてある上の三枚」

「だめだ」とレイグルが言う。「戻ってきてから自分で換えるんだ。でないと、あとで、わたしたちが違うカードを換えたと言いかねない」

バスルームの闇の中、ヴィックは依然として点灯コードを見つけられないでいた。吐き気と苛立ちがつのってきたヴィックは、バスルームの中を闇雲に動きまわりはじめた。両腕を上げ、手を伸ばして、大きく円を描くように両手をまわしながら、手に触れるものを探っていくと、頭が薬品棚の角に激突した。ヴィックは反射的に悪態をついた。

「大丈夫？」とマーゴ。「どうしたの？」

「コードが見つからないんだ」苛立ちは今や怒りに変わっていた。さっさと薬を飲んでポーカーに戻りたい。物というやつは本来的にとらえどころがない……。そして突然、ヴィックは気づいた。コードなどあるわけがない。壁スイッチだ。ドアの横、肩の高さに。即座にスイッチを見つけて電気をつけ、薬品棚から瓶を取り出した。一秒後、グラスに水を入れて薬を飲むと、急いでバスルームを出た。

いったいどうしてコードなどを思い出したんだろう。ヴィックは自問した。特定の部屋の特定の距離に下がっている特定の点灯コード。

ぼくは意味なく闇の中を手探りしていたんじゃない。まったく知らないバスルームに入ったのならともかく。何度も引っ張ったことのある点灯コードを探していたのだ。神経系が無意識に反応するようになるほど何度となく引いたコードを。

「以前にもこんなことがあったっけ？」テーブルにつきながら、ヴィックはつぶやいた。

「引いて」とマーゴが言った。

ヴィックは三枚のカードを引き、ベットし、ひとまわりしたところでレイズに応じ、負け、椅子に背を預けてタバコに火をつけた。ジュニー・ブラックが勝ち、いつもながらの間の抜けた笑みを浮かべながらチップをかき集めた。

「以前にあったことって？」ビル・ブラックが言った。

「存在しないスイッチを探していたんだ」

「そんなことをしていて、あんなに時間がかかったの？」マーゴはこのゲームに負けてカリカリしていた。

「天井から下がっている点灯コードを使っていたのはどこでだろう？」ヴィックは妻に言った。

「知らないわ」とマーゴ。

ヴィックは思いつくかぎりの電灯を順に考えていった。家、店、友人の家。どれも壁スイッチだ。

「天井から下がっている点灯コードなんて、今どきほとんど使われていない。ということは、旧式の電灯だってことだ」

「簡単よ」とジュニーが言う。「子供のころ。何年も何年も前。三〇年代にはみんな旧式の家に住んでいたわ。もちろん、当時は旧式じゃなかったわけだけど」

「でも、そんな記憶がなぜ今、突然出てこなきゃならない？」

ビルが言う。「おもしろいですね」

「ああ」ヴィックは同意した。

全員が興味を持ったようだった。

「こういうのはどうです？」とビルが言う。ビルは精神分析に関心を持っていて、文化的な問題に通じているということを示すために、会話のはしばしにフロイト用語が出てきた。「ストレスが原因の幼児期への退行。あなたは気分が悪かった。意識下の緊張が、具合が悪いということを警告するインパルスを脳に送った。体調が悪い時に幼児期への退行を示す人は多いんです」

「馬鹿ばかしい」とヴィック。

「憶えていない電気の点灯コードがあったというだけのことよ」ジュニーが言う。「とんでもなくガソリンを食うぽんこつダッジに給油するのにしょっちゅう通っていたガソリンスタンドとか。週に何回か行っていた場所、何年間も――クリーニング店とかバーとか。家やお店と同じで、重要な目的があったわけではない場所ね」

「どうだかね」ヴィックはいささかうんざりしていた。ポーカーを続ける気も失せて、テーブルから離れたままの格好でいた。

「おなかの具合はどう？」マーゴがきく。

「なんとか生き延びられそうだ」

全員がヴィックの体験に対する興味を失ったようだった。ただひとり、レイグルを除いて。レイグルはしばし、用心深く探るような目をヴィックに向けていた。もう少し質問したいという気にかられたものの、それを押しとどめる何かがあった。

「続けましょうよ」ジュニーが言った。「次の親は誰？」

ビル・ブラックが親だった。硬貨がポットに投げ入れられた。テレビがダンスミュージックを流しはじめ、画面が暗くなった。

二階の部屋では、サミーが鉱石受信機を熱心にいじくっていた。

家はあたたかく、平穏に満ちていた。

何がおかしいんだろう？　ヴィックは考えこんだ。ぼくはバスルームで何に出くわしたのか？

以前にいて憶えていない場所とは、いったいどこなのか？

3

ばさっ！

バスルームの鏡の前で髭をそっていたレイグル・ガムの耳に、玄関前のポーチに新聞が投げ出された音が届いた。腕が引きつり、安全カミソリが顎を滑って、皮膚に鋭い痛みが走った。瞬間的にカミソリを顔から離すと、レイグルは深く息をついて目を閉じ、そののち再び目を開いて髭そりを続けた。

「そろそろ終わる？」閉じたドアの向こうでマーゴの声がした。

「ああ」レイグルは顔を洗い、アフターシェイブローションをはたいて、タオルで首と腕をふいたのち、バスルームのドアを開いた。

バスローブ姿のマーゴがレイグルの横をすり抜けるようにしてバスルームに入り、そのまま肩ごしに「新聞が届いたみたいよ」と言ってドアを閉じる。「ヴィックをお店まで送っていかなくちゃならないから、代わりにサミーを玄関から追い出してくれる？　あの子、キッチンにいるから――」その声は、洗面台に水を張る音でかき消された。

寝室に戻ると、レイグルはシャツのボタンをかけ、ネクタイをひとわたり見渡して、ダークグリーンのニットタイを選んだ。タイを結び、上着を着たのち、自分に向けて言った。

さあ、新聞だ。

新聞を取りにいく前に、ゆっくりと、必要な備品――参考書、ファイル、グラフ、図表、スキャニング装置を取り出す。この作業で、今日は新聞に対面するのを十一分遅らせることができた。居間には夜のひんやりとした湿気が残り、タバコの匂いがした。テーブルの準備が整うと、レイグルはおもむろに玄関のドアを開いた。

目の前、コンクリートのポーチに《ガゼット》が転がっている。丸めてゴムバンドで止めた新聞。

それを拾い上げて、ゴムバンドを滑らせる。バンドはパチンと弾け跳んで、ポーチのわきの植えこみに消えた。

何分か、レイグルは一面のニュース記事を読んだ。アイゼンハワー大統領の健康状態、国債、中東のリーダーたちの狡猾な動き。続いて新聞を引っくり返して最終ページのコミックを読み、編集者への手紙欄に移る。読者からの投稿を読んでいると、サミーが勢いよく跳び出してきて、レイグルのわきを走り抜けていった。

「行ってきます。またあとで」

「ああ」少年のほうを見もせずにレイグルは言った。

続いてマーゴが現われ、車のキーを突き出しながら小走りに歩道に向かった。フォルクスワーゲンのドアを開けて乗りこみ、即座にエンジンをかける。エンジンがあたたまるのを待つ間にフロントガラスの曇りをふき取る。すがすがしい朝の空気。何人かの子供が小学校の方向に走っていく。あちこちで車が発進する。

「サミーのことを忘れていたよ」玄関からポーチに出てきたヴィックに、レイグルは言った。「だが、自力で出ていったようだ」

「気にしなくていいよ。コンテストに根を詰めすぎないように」上着を肩にかけて、ヴィックはポーチの階段を降りていった。マーゴはただちにギヤを入れ、フォルクスワーゲンは轟音を残して、ダウンタウンへの直通道路めざして走り去っていった。

小型車はすごい音を立てるものだと思いながら、レイグルはポーチにとどまって新聞を読みつづけた。やがて朝の冷気が我慢できる限度を超えて、レイグルは家の中に戻り、キッチンに入っていった。

ここでようやく十六ページを開いた。〈火星人はどこへ?〉のエントリー表が載っているページだ。ページのほとんどは表で占められ、欄外に小さく、コンテストのやり方と注意事項、これまでの勝者についての記事が載っている。現在、正解を続けている全員の名が最小の活字で記された得点順位表。レイグルの名はもちろんもっと大きい。ただひとり。枠囲みで。毎日、レイグルはその名前を見る。下に並んでいる名前は一時的なものにすぎず、意識の片隅に引っかかることもない。

毎日のコンテストには一連のヒントが付されていた。レイグルはいつも、問題を解く作業の準備運動のようなものとして、ヒントを読んでいた。問題とは、言うまでもなく、表の一二〇八個の升目から、正しい升目を選び出すことだ。ヒントが役に立ったためしはなかったが、レイグルは、直接的なものではないにせよ何らかのデータが含まれているはずだと考えて、習慣的に毎日のヒントを暗記するようにしていた。ヒントのメッセージが意識下の領域に作用するかもしれないと期待して——ヒントが文字どおりの内容を意味していることは決してない。

ヒント1：A swallow is as great as a mile.（ツバメは1マイルもの大きさがある）

斜行する連想の流れが始まる。おそらく……レイグルは、ヒントにこめられた何らかの意味が意識の奥に一層また一層と沈んでいくようにする。反射機能なり何なりを働かせるために。「swallow」（「飲みこむ」の意もある）は食べるプロセスを示唆している。もちろん、飛ぶことも。飛ぶというのはセックスの象徴ではなかったか？　ツバメはカリフォルニアのカピストラーノに戻っていく。後半部分は「A miss is as good as a mile.」（ひとつ間違えば一マイルも違う＝どれほど惜しくても負けは負け）ということわざを連想させる。だが、good

ではなくgreatになっているのはどうしてだろう。greatと言えばクジラ……巨大な白鯨。そら、連想が機能しはじめたぞ。海の上を飛んでカリフォルニアへ。ノアの方舟とハトのイメージが浮かぶ。オリーブの小枝。ギリシャ(Greece)。油脂(grease)。料理のことか……ギリシャ人が経営するレストラン。また、食べることだ! つながってはいる……ハトは美食家のご馳走だし。

ヒント2:The bell told tee-hee.(鐘がホホホホホと鳴った)

何というフレーズだ。まるでわけがわからない。しかし、同性愛を暗示していそうではある。まずは「鐘《ベル》」。そして、「ホホホホホ(tee-hee)」は、ゲイの女性役や、いわゆる女っぽい女の笑い声を表わす時に使われる擬音だ。さらに、ジョン・ダンの説教の一節「誰がために鐘は鳴る」。これから取ったヘミングウェイの小説のタイトルも。teeはtea(お茶)かもしれない。鐘を鳴らしてお茶を運ばせる。小さな銀の鐘。布教使節団! カピストラーノでの伝道。カピストラーノはツバメが戻っていくところだ! つながったぞ。

こんなふうに、ヒントの文章からとりとめのない連想をめぐらせていると、家に近づいてくる足音が聞こえた。レイグルは新聞を置き、そっと居間に入って外をうかがった。

こちらに向かっているのは、背の高いやせた中年の男性だった。たっぷりしたツイードの上着を着て、葉巻をふかしている。聖職者か排水溝の検査員のような温厚な顔立ち。わきの下にたずさえたフォルダー。《ガゼット》紙の特別連絡員、ローアリイだった。これまでにレイグルは何度となくローアリイの訪問を受けていた。小切手——通常は郵送される——を持参することもあれば、エントリーに関連する問題を解決するための場合もあった。レイグルはとまどった。今日はいったい何の用だろう？

ローアリイは急ぐ様子もなくポーチの階段を登り、ドアベルに手を伸ばした。

ベル。聖職者。ひょっとしたら、あのヒントは、《ガゼット》がローアリイを訪問させることを、わたしに伝えるものだったのかもしれない。

「やあ、ローアリイさん」ドアを開けて、レイグルは言った。

「こんにちは、ガムさん」ローアリイはにこやかに笑った。その物腰に深刻な様子はなく、悪いニュースが伝えられるとか、何か問題が起こったとか思わせるものはいっさいうかがえなかった。

「ご用件は？」必要の名のもとに儀礼的なやり取りは省略して、レイグルはたずねた。

ローアリイはダッチマスターをくわえてレイグルを見つめ、それからこう言った。「小切手を二枚お持ちしました……わたしがこちら方面に出向くことになっていたので、それなら直接お届けするのがよかろうとの社の意向です」ローアリイはゆったりと居間の中を歩いた。「それと、いくつかおたずねしたいことがあります。念のためにというだけのことですが。昨日のエントリーに関してです」

「六時までに発送しましたが」

「ええ、六枚とも確かに受け取りました」ローアリイはウィンクした。「ですが、優先順位をつけるのをお忘れでした」フォルダーを開くと、ローアリイは六枚のエントリー表を取り出した。コピーし、扱いやすいように縮小してある。鉛筆を渡しながら、ローアリイは言った。「うっかりされただけということはわかっていますが……わたしどもとしては、どうしても順番が必要なものでして」

「なんてことだ」どうかしている――順番を書き忘れるとは。レイグルは急いで1から6まで番号をふり、「どうぞ」と言って写真を返した。何と馬鹿なミスをしたんだろう。即座に失格になっても文句は言えないところだ。

ローアリイはソファに座り、1の数字が記されたエントリーを異様なほど長々と見つめていた。

「正解ですか？」レイグルはたずねたが、ローアリイが正解を知っているはずがないことはわかっていた。エントリーは、ニューヨークかシカゴかどこかにあるコンテストの本部に送られる。そこでは、すでに正解は決定されているのだ。

「ほどなくわかりますよ」ローアリイは言った。「ですが、もう一度確認させてください。これがあなたの第一エントリーということですね。優先順位の一番手だと」

「そうです」これはレイグルとコンテスト主催者との間の内密の取り決めだった。レイグルは日々の問題に対して一枚以上のエントリー表を提出することを認められている。最大十枚まで。優先順位をつけるという条件で。一番のエントリー表が間違っていたら、それは破棄される——送られなかったということにされる。以下、二番から最後まで、同様の対応がなされる。通常は三枚から四枚で充分正解の確信があった。投稿枚数が少ないほど、コンテスト主催者の心証がよくなるのは言うまでもない。レイグルが知るかぎり、この特典を認められている参加者はほかにはいない。目的はただひとつ、レイグルをコンテストに参加させつづけることにあった。

彼らがこの案を提示したのは、レイグルがわずか数個の差で正しい升目を指摘しそこなった時のことだった。レイグルの解答は、通常、隣接するいくつかの升目に集中するが、時に、遠く離れた位置どうしで、どちらかを決めかねることもある。そんな時は目をつぶって、どちらかを選ぶのだが、レイグルのこの選択能力は高くなかった。一方、解答が近接する升目に集中している時は安全で、一番か二番のエントリーが必ず正解となる。これまでコンテストに参加してきた二年半にレイグルが間違ったのは八回。この八回は、すべてのエントリーが間違っていた。それでも、主催者はレイグルがコンテストに参加しつづけることを認めた。秘密の取り決めには、正解の数に応じて〝借りる〟ことができるという条項があり、レイグルは三十回の正解に対して一回間違えることを許されているからだった。こうしてコンテストは続き、レイグルはこれらの抜け道を使って、今なお参加しつづけている。主催者以外で、レイグルが間違ったことがあるという事実を知っている者はいない。これはレイグルの秘密であるとともに、コンテスト主催者の秘密でもあった。どちらの側にも、これを公にすべき理由はまったくなかった。

パブリシティという観点から、レイグルはきわめて重要な存在となっていた。一般の読者は同じ人物が果てしなく勝ちつづけることを望んでいる。レイグルにはこの理由がわからなかった。わたしが勝ちつづけるということは、すなわち、ほかの参加者がわたしの上に行けないということではないか。しかし、これが大衆の思考というものらしい。レイグルはこんなふうに説明づけていた――彼らはレイグルの名前を認知している。人々は、自分が知っている人物の名前を見たがっている。変化に抵抗する。慣性の法則だ。レイグルであれほかの誰であれ、埒外《らちがい》にいるかぎり、一般大衆は、その人物が埒外にいつづけることを望む。だが、いったん表舞台に登場するや、その名は際限なく表舞台にいつづけられることになるのだ。状態を維持する力が、その人物に働くようになる。一般大衆の反応という巨大な圧力は今や、レイグルを押しのけるのではなく、後押しするものとなっていた。ビル・ブラックの言を借りれば「流れに乗って泳ぐ」ということになるのだろう。

ローアリイは脚を組み、葉巻をふかし、まばたきした。「今日の問題はもうご覧になりましたか？」

「いや。ヒントだけです」とレイグルは言って、こう付け加えた。「ヒントには何か意味があるんでしょうかね？」

「文字どおりの意味はありません」

「それはわかっています。わたしが言いたいのは、ヒントの文章に、実際に正解に関係するなんらかの情報が含まれているかどうかということです。それとも、あれは、トップにいる誰かは正解を知っているということをわたしたちに納得させるためだけにあるのか」

「そんなことをして、どんな意味があるというんです？」ローアリイの声に、かすかな苛立ちがうかがえた。

「わたしには持論があるんです。本気の論というわけではありませんが、でも、ちょっとおもしろいものではある。つまり――正解などないのかもしれない」

ローアリイが眉を上げた。「それなら、わたしたちはどのような論拠に基いて、ひとつの解答を正解とし、その他の解答をすべて不正解とするのですか？」

「投稿されたすべてのエントリーを見て、どれがもっともアピールしてくるか、その強さによって決めるんです。美学的にね」

「あなたご自身のテクニックを投影しているようですね」

「わたしのテクニック？」レイグルは当惑した。

「ええ。あなたは美学的な観点に基いて判断されておられる。論理的なプロセスによってではなく。自作のいくつかのスキャナー。あなたは空間のパターン、時間のパターンを眺める。パターンどうしの間を埋めようと試みる。パターンを完成させようとする。パターンのもとで、ひとつの点を延長すると、どこに到達するかを予測する。これは論理的なプロセスではありません。理性によるプロセスではない。そう、言ってみれば——陶芸家の作業です。批判しているんじゃありませんよ。作業をどう進めるかは、あなたご自身が決めることですから。しかし、あなたはヒントの意味を見抜いていない。たぶん、ヒントから正解を考えるなど、一度もなさったことはないんでしょう。でなければ、あんなふうにたずねるわけがありません、実際問題として」

確かにそうだとレイグルは思った。ヒントの意味を解き明かしたことなど一度もない。実際、誰であれそんなことをしていると思ったことさえない。みんな、ヒントをあれこれいじって、そこから具体的な意味を引き出そうとしているのだろうか。たとえば、ひとつひとつのヒントの三番目の言葉の最初の文字を並べ、それぞれに数値を与え、さらに十を足して、特定の升目の番号を出す、などということを。こう考えて、レイグルは思わず笑ってしまった。

「どうしてお笑いになるんですか?」ローアリイはこのうえなく真面目な面持ちで言った。「これはたいへんなビジネスなんですよ。多額の金がかかっているのですから」

「いや、ビル・ブラックのことを考えていただけです」

「どなたです？」

「隣のご主人ですよ。わたしがどうやって正解を見つけているかを知りたがっていましてね」

「美学的にやっているとなると――」

「教えることなどできない」レイグルはローアリイの言葉を引き取った。「ビルには残念なことだと思って、それで笑ってしまったんですよ。がっかりするでしょう。小遣い稼ぎをしたがっていたから」

ローアリイは、モラル上の義憤とも言うべき感情を見せて言った。「自分の能力は教えることができないものだということがわかって、喜んでおられるわけですか。通常の意味でのテクニックではないということがわかって。そう、もっと……」言葉を探して、ローアリイはしばし言いよどんだ。「なんとも言えませんな。明らかなのは、偶然が作用する余地はいっさいないということだけです」

「ほかの方からその言葉を聞くのはうれしいかぎりです」

「あなたが毎日毎日正しい〝推測〟をしていると無邪気に信じている人がいるなど考えられません。馬鹿げています。確率は計算の範囲を超えています。いや、計算不能に近いと言うべきでしょう。そう、わたしたちは実際に計算したことがあるんです。結果は、豆粒がベテルギウスに届くほどだというものでした」

「ベテルギウスとはなんです?」

「遠い星です。ただの比喩ですよ。いずれにせよ、単なる推測などいっさい関与していないことはわかっています。最終段階では別ですが。二つか三つの升目に絞られれば、最後は選択の問題になりますね」

「コインを投げればいい」

「その段階では」ローアリイは考えこむように顎をさすり、葉巻を上下に動かした。「千以上の選択肢の中の二つか三つですから、もう問題ではありません。誰にだって推測することができます」

レイグルはうなずいた。


ジュニー・ブラックは車庫の洗濯機の前にかがみこんで洗濯物を詰めこんだ。はだしの足裏にコンクリートが冷たい。ぶるっと身震いして立ち上がると、洗剤を箱から洗濯機に流し入れ、小さなガラスの扉を閉めて、スイッチをオンにした。ガラスの向こうで洗濯物がクルクルとまわりはじめる。洗剤の箱を置くと、ジュニーは腕時計を見て、車庫から出た。

「まあ」とジュニーは驚いた声を上げた。レイグルが車庫の前に立っていたのだ。

「避難させてもらおうと思って。妹がアイロンをかけていてね。匂うだろう。家中が焦げた糊の匂いでいっぱいだ。古い石油缶でアヒルの羽とレコードをいっしょくたに燃やしているような」

レイグルが目の片隅で自分のほうをうかがっているのがわかった。麦わら色の濃い眉を、困ったものだというふうに吊り上げ、組んだ両腕の上に大きな肩が盛り上がっている。昼の陽光のもとで、深く濃い褐色を呈している肌。何て見事な色だろうとジュニーは思った。ジュニー自身は最大限の努力をしても、このレベルに到達したことはなかった。

「その今着ている服はなんと言うんだね？」

「スリムジムよ」

「いつだったか、自分に問いかけたことがある。パンツ姿の女性をすてきだと思う心理学的要因はなんだろう、とね。答えは、そう思って何が悪い」

「ありがとう――って言っていいのかしら」

「とてもすてきだ。はだしだと余計に。映画を思い起こすよ。ヒロインが砂浜を歩いていくシーン。両腕を空に向けて高く上げて」

「今日のコンテストは順調なの？」

レイグルは肩をすくめた。コンテストの作業から離れたがっているのは明らかだった。

「ちょっと散歩しようと思ってね」そう言って再度、横目でジュニーを見た。それはジュニーにとって賞賛を意味していたが、同時に、いつもボタンをかけ忘れているのではないかという気にさせられ、今も下に目を向けずにはいられなかった。足と中央部を除いては、きちんと隠されていた。

「ミッドリフっていうデザイン。真ん中を開けてあるの」

「ああ、そのように見える」

「こういうの、お好きなのね？」彼女にとっては、これがユーモアだった。

レイグルはぶっきらぼうに言った。「泳ぎにいく気はあるかね。いい天気だし、そんなに寒くはない」

「片づけなくちゃならない仕事が山のようにあるんだけど……」ジュニーは言ったが、泳ぎにいくというアイデアには気をそそられた。町の北の端、森に覆われた丘陵地帯が始まるところにある市民公園には野球場とプールがあった。当然、子供が中心だが、大人も折々に姿を見せ、必ずと言っていいほどティーンエイジャーの一団がいた。ティーンエイジャーがいるところに行くと、ジュニーはいつも気分がよくなった。彼女はほんの数年前に高校を出たばかりで、大人への移行が完了しているとは言えず、心理的には依然としてティーンエイジャーに属していた。ポップミュージックを大音量で流しながら中古の改造車でやってくる若者たち。女の子はセーターとボビーソックス、男の子はブルージーンズにカシミアのセーター。

「水着を持っておいで」レイグルは言った。

「ええ」ジュニーは同意した。「一時間かそこらなら。それくらいで戻らなきゃならないけど」そして、ためらいがちに「マーゴが――あなたがここに来るのを見てたんじゃない？」マーゴは他人の秘密を話すのが大好きなのだ。

「大丈夫。マーゴはほかのことで――」身振りを交えて「アイロンかけで忙しかったから」と言った。「一心不乱だった」

ジュニーは洗濯機を止め、水着とタオルを取りにいった。ほどなく二人は町を横切り、プールへと向かっていた。

レイグルが横にいることで、ジュニーは安心感を覚えていた。昔から、ジュニーは大きくてたくましい男性、とりわけ年長の男性に惹かれてきたが、レイグルの歳はまさに理想的だった。彼のやってきたことも――たとえば、太平洋での軍務。新聞コンテストでの全国的な名声。そして、骨張っていていかつい、傷跡のある顔も。ジュニーは思った。これこそ本物の男の顔というものだわ。二重顎や肥満の徴候はゼロ。漂白したような色の髪は縮れていて、一度も櫛を入れた様子はない。ジュニーはずっと、髪に櫛を入れるような男性は女々しいと思ってきた。ビルは毎朝、髪を整えるのに三十分もかける。クルーカットにしてからは、以前ほどではなくなったけれど。クルーカットの手触りは大嫌い。チクチクして、歯ブラシみたいだもの。それに、あの肩幅の狭いアイヴィリーグ・ジャケットがぴったりの肩……実質的に肩がないのも同然だわ。ビルがやるスポーツはテニスだけ。これを思うといつも強い嫌悪感が呼び覚まされる。白い短パンにボビーソックスにテニスシューズの男性なんて、どう見ても大学生だ……最初に会った時から、ビルはまるで変わっていない。

「ひとりでさびしくはない？」ジュニーはたずねた。

「ん？」

「結婚していなくて、ってこと」ジュニーの高校時代の同級生はほとんどが——結婚できない者を除いて全員が結婚している。「妹さんとそのご主人と一緒の暮らしは快適なんだろうけど、でも、自分と自分の奥さんだけの家庭を持ちたいとは思わない？」ジュニーは〝奥さん〟を強調した。

しばし考えて、レイグルは答えた。「いずれはそうするかもしれない。だが、実のところ、わたしは放浪者だからな」

「放浪者」ジュニーはそう繰り返しながら、レイグルがコンテストで稼いだ賞金のことを考えていた。これまでの賞金を合計したら、いったいどのくらいになるのだろう。

「永続的なことが嫌いなんだよ」レイグルは説明した。「おそらく戦争時に放浪者の感覚が身についたんだろう……いや、それ以前から、わたしの家族は何度となく移住を繰り返していた。両親は離婚した。わたしの本性にはどうしようもなく、定着することへの抵抗がある。ひとつの家、ひとりの妻、子供たちがいるひとつの家族に縛りつけられることに。

スリッパやパイプに」

「そのどこがいけないの？　安心できる生活だと思うけど」

「疑問を持ってしまったんだよ」と言ったのち、しばし間《ま》を置いて、「そう、そんな生活に疑問を持つようになったんだ。以前、結婚していた時に」

「まあ」ジュニーは俄然、好奇心をそそられた。「いつごろのこと？」

「大昔。戦争の前。二十代になったばかりのころだ。ある女の子と出会った。運送会社の事務をやっていた。とてもすてきな子だったよ。両親はポーランド出身。まぶしいくらいに輝いていて、頭もよかった。彼女は、これ以上ないほど積極的に、わたしをつかまえようとした。と言っても、特別なことを望んでいたわけじゃなくて、ガーデンパーティを開けるような階級になりたかっただけだ」

「これっぽっちも間違っていないと思うわ。中庭でバーベキューをやったりするような優雅な生活を送りたいと思うのは自然なことよ」このフレーズは、ビルとジュニーが定期購読している雑誌の一冊《ベター・ホーム＆ガーデン》の受け売りだった。

「ともかく、今言ったとおり、わたしは放浪者なんだ」レイグルは強い口調で言って、この話題を打ち切った。

　丘陵地帯に差しかかって、道は登りになった。広い芝生と花でいっぱいのテラスを備えた家が続く。贅をこらした印象的な邸宅、富裕階級の家々。道路は曲がりくねりながら登っていく。やがて、そこここに深い木立が現われ、そして、その上方、最後の道であるオリンパス・ドライブの向こうに、森の本体が姿を見せた。

「こんな山の上に住みたいとは思わないわ」ジュニーは言った。基礎工事もちゃんとしていない平屋の建売住宅よりはいいけれど、と心の中で付け加える。強い風が吹いたら屋根が飛んでしまうような家。ホースの水を出しっぱなしにしたら、ひと晩で車庫が水につかってしまうような家よりは。

上空、雲の間に、高速の輝く点が現われ、瞬時に消えた。ややあって、かすかな、とてつもなく遠い轟きが聞こえた。

「ジェット機ね」

レイグルは顔をしかめ、歩みを止めて、歩道の真ん中に両脚を広げて立つと、手を目の上にかざして上空をうかがった。

「ソ連のジェット機じゃない?」ジュニーは敵愾心をこめて言った。

「あの空の上で何が起こっているんだろう」

「神様が何をしているか、ってこと?」

「いや。神は関係ない。要するに、しょっちゅう上空を飛んでいる物体のことだ」

「ヴィックが昨日、バスルームのコードのことを話していたでしょ。憶えている?」

「ああ」レイグルは言って、再び坂を登り出した。

「考えてみたんだけど、わたしはあんな経験をしたことはないわ」

「それは結構」

「ただ、ひとつだけ、似たようなことがあったのを思い出したの。いつだったか、前の歩道を掃除していたら、家の中で電話が鳴るのが聞こえたの。一年くらい前だったかしら。ともかく、とても重要な電話がくることになっていたのよね」それは、高校時代の知り合いの男性からだったが、詳細は省略した。「で、ほうきを放り出して、あわてて家に戻ろうとして——うちのポーチの階段は二段なのは知ってるわね？」

「ああ」レイグルはジュニーの話に関心を持ちはじめた。

「駆け上がったの。三段分。もう一段あると思ったのね。いえ、もう一段あるとか言葉で考えたわけじゃないの。三段上がらなければならないというふうに頭の中で言ったわけでもなくて……」

「要するに、何も考えずに三段上がろうとした、と」

「そう」

「転んだのかい？」

「いいえ。三段あるのを二段しかないと思いこむのとは違うから。その場合はつまずいて、顔から倒れて歯を折っちゃうわよね。でも、二段しかないのに三段あると思いこんだ場合は——ほんと、ぞっとする。もう一段分上がろうとするでしょ。で、おろした足が——バンッ！　いえ、そんな強い衝撃ではなくて、ただ、その――ありもしないものの中に足を突っこもうとしたみたいな……」ジュニーは口を閉ざした。何であれ論理的に説明しようとすると、必ず泥沼にはまりこむのだ。

「ふむ」

「これって、ヴィックが言っていたのと同じじゃないかしら？」

「ふむ」レイグルはそう繰り返し、この話題を打ち切りにした。今は、このことについて話し合いたくない気分だった。

レイグルの横、あたたかな陽光を浴びて、ジュニーが両腕を体沿いに伸ばし、目を閉じて、仰向けに寝そべっている。下には、家から持ってきた青と白の縞模様のタオルケットが敷かれている。水着は黒のウール地のツーピース。レイグルは、その水着に、過ぎ去った日々を思い起こしていた。折りたたみ式の後部シートを備えた車、フットボールの試合、グレン・ミラー・オーケストラ。浜辺に引きずっていった妙に重い古い敷物と木製のポータブルラジオ……砂に突き立てられたコカ・コーラの瓶。〈わたしは九十八ポンドのカカシ〉の広告の女の子のように肘を曲げて、腹這いに寝そべった長い金髪の若い娘たち。

レイグルが見つめていると、やがてジュニーが目を開いた。眼鏡ははずしている。レイグルといる時はいつも眼鏡はかけない。「ハイ」とジュニーは言った。

「きみはとても魅力的だ、ジューン」

「ありがとう」と言って、ジューニーはレイグルにほほえみかけ、再び目を閉じた。

魅力的だ。成熟してはいないが。知恵遅れというほどに愚かなわけでもない。まだ、高校時代から脱していないだけだ……。芝生の向こうでは、一団の幼い子供たちが駆けまわり、歓声を上げ、馬跳びをしていた。プールでは若者たちが水を跳ねちらかし、男も女もいっしょくたに頭からしぶきをかぶって、誰もが同じように見える。区別がつくのは、タイルのデッキに這い上がった時。女の子はツーピースの水着、男はトランクスだ。

砂利道のわきではアイスクリーム売りが白いペンキを塗った車を押していた。小さな鐘を鳴らして、子供たちを呼び寄せている。

またも鐘だ。レイグルは思った。あのヒントは、ジューン・ブラックと連れ立って、ここに来ることを示唆していたのだろう。ジューン——彼女自身が好んで自称するところでは、ジューニーだが。

こんな高校を出てまだ間もない、くすくす笑う尻軽の小娘と恋に落ちることは可能なのだろうか？　はりきり屋の男と結婚していて、いまだに、高級ワインや高級ウィスキーや美味い黒ビールより、シロップやホイップクリームや果物で満艦飾のバナナスプリットのほうがいいという、そんな子供のような娘と。

この手の生き物に近づく時には、偉大なる精神も屈服する。レイグルは思う。対極的な存在が出会い、合一する。陰と陽。老いたるファウスト博士は、家の前を掃除している田舎娘を見そめ、そこから彼の多くの著作が、知識が、哲学が生まれ出る。

初めに言葉ありき。

あるいは、初めに行為ありきか。ファウストであれば。

用心しろよ。そう自分に言いながら、レイグルは、眠っているように見えるジュニーに顔を近づけて言った。「Im Anfang war die Tat（初めに行為ありき）」

「くたばれ」ジュニーがつぶやく。

「どういう意味かわかるか？」

「いいえ」

「知りたいかね？」

上体を起こすと、ジュニーは目を開いて言った。「わたしが知っている外国語は、高校で二年間やったスペイン語だけ。それも、ひどい成績だったんだから。嫌なことを思い出させないで」ジュニーは不機嫌に体を返して、レイグルに背を向けた。

「今のは詩なんだ」レイグルは言う。「わたしはきみに求愛しようとしていたんだよ」

ジュニーはくるりと向き直って、まじまじとレイグルを見つめた。

「してほしいかね？」

「ちょっと考えさせて」ジュニーは言った。「いいえ、そんなこと、うまくいくわけがないわ。ビルかマーゴに知られるに決まっている。そうしたら、すごい愁嘆場になって、あなたはコンテストから追放されてしまう」

「世界中が恋している」レイグルは体を曲げてジュニーの喉に手を置き、口にキスした。

ジュニーの口は小さく、乾いていて、逃げようとした。レイグルは両手で彼女の首をつかんだ。

「やめて」かぼそい声でジュニーが言う。

「愛している」

ジュニーはたけだけしくレイグルをにらみつけた。瞳が黒く燃えている。まるで――いや、ジュニーが何を考えているかなど誰にもわからない。たぶん、何も考えていないのだろう。身を守る武器を持たない狂乱した小動物をつかまえているようなものだ。危険を察知する感覚と鋭敏な反射神経は持っている――レイグルの腕の下でもがき、両腕に爪を立てた――が、理性やプラン、先の見通しなどは持ち合わせていない生き物。今、彼が手を放せば、素早く跳びすさって毛づくろいを始め、そして、すぐに忘れ去ってしまうだろう。恐怖も失せ、静かになるだろう。そして、何が起こったのか、いっさい憶えていることはないのだ。

賭けてもいいぞ、とレイグルは思う。月初め、新聞販売店の少年が集金に来るたびに、ジュニーはびっくりしているに違いない。新聞ですって？ どこの販売店？ 二ドル五十セントって何のこと？

「公園から追い出されたいの？」ジュニーが耳もとで言った。眉根を寄せた非協力的な顔が、真下からにらみつけている。

二人連れの若者が横を通りすぎ、ニヤニヤ笑いながら振り返った。

処女の心。ジュニーにはどこか同情を禁じえないものがある。忘却の能力が繰り返し繰り返し彼女を無垢の状態に戻す。男性とどれほど深くかかわろうと、彼女が変わることはない。永久に元のままでいつづける。セーターとサドルシューズ。三十になっても。三十五、四十になっても。年齢を重ねて、ヘアスタイルは変わるかもしれない。メイクアップも濃くなるかもしれない。ダイエットもするだろう。だが、それ以外は永遠に変わることはないのだ。

「喉はかわいていないか？」照りつける太陽と、この状況に、レイグルはビールが飲みたくてたまらなくなっていた。「バーにでもいかないか？」

「いいえ。このまま日光浴をしているほうがいいわ」

レイグルは手を放した。即座にジュニーは上体を起こし、肩紐を直して、膝に貼りついた草を払い落とした。

「マーゴがなんて言うかしら。彼女、以前から、はたき出せるホコリはないものかと探っているから」

「今日は請願書を出しにいっているはずだ。あの市有地の建物跡を撤去させようとしているらしい」

「とても有意義な活動よね。よその奥さんに言い寄るよりずっとずっといいことだわ」ジュニーはポーチから日焼けローションの瓶を取り出し、当てつけがましくレイグルを無視して、肩にすりこみはじめた。

ジュニーはいずれものにできる。レイグルは思った。そういう状況、そういうムードになれば。それだけの価値はある。あれこれの小道具を整えるだけの価値はある。かわいそうなのはブラックだ。

町の方角に見える緑と白の不規則な形の一画に、レイグルは再度、マーゴのことを思い起こした。あの建物の残骸がある空き地。ここからだとよく見える。ブルドーザーに撤去されていないセメントの基礎が残っている、三カ所の市の所有する土地。どんな建物があったかはわからないが、本体はとっくになくなってしまっている。長い年月、雨風にさらされて倒壊し、今では黄ばんだコンクリートのかたまりが転がっているばかりだ。この高所からだと、それはなかなか心地よさそうな場所に見えた。少なくとも配色は抜群だ。

残骸の間を動きまわっている子供たちの姿が見えた。格好の遊び場なのだ。サミーもしょっちゅう、あそこで遊んでいる。地下室が形作る洞窟の迷路。地下の空間。おそらくマーゴの言うとおりだろう。いつか、窒息したり、錆びたワイヤで引っかいた傷から破傷風になって死ぬ子供が出るに違いない。

そして、わたしたちはここに座っている。日光浴をしている。マーゴが市役所で、市民全員の利益のために奮闘しているというのに。

「そろそろ戻ったほうがいいだろう」レイグルは言った。「わたしもエントリー表をまとめなければ」それがわたしの仕事だからなと、レイグルはアイロニックに思った。ヴィックがスーパーマーケットで、ビルは水道局で、こつこつ働いている今、わたしは、こんなところで女の子を相手にのらくらしている。

そう考えると、いっそうビールが飲みたくてたまらなくなった。ビールを手にしていさえすれば、余計なことは考えなくてすむ。じわじわと這い寄ってくる不安感も、押しとどめることができる。

「ちょっと待っててくれ」とレイグルは言って立ち上がった。「あのソフトドリンクスタンドまで行って、ビールがあるかどうか見てくる。たぶん、あるだろう」

「お好きなように」

「きみも何かいるかい？　ルートビア？　コーク？」

「いいえ、わたしは結構」ジュニーはよそよそしい口調で言った。

草深い斜面をソフトドリンクスタンドめざして登っていきながら、レイグルは考えた。遅かれ早かれビル・ブラックとの対決は避けられないだろう。戦いだ。

事に気づいたら、ビルがどんな振る舞いに出るかは何とも言えない。密猟者を見つけたら、何も言わずに二二口径の猟銃を持ってきて撃ち殺す——ビルはこのタイプだろうか。およそ男性が所有する中でもっとも聖なる場所、このエリュシオンの野に住む動物に草を食ませるのを許されているのは、王と領主だけなのだ。

王室庭園の鹿を盗むことについて話し合うことになるのか。

緑の木のベンチが並んでいるセメントの小道に出た。ベンチには何人かが座っている。ほとんどが年配者で、のんびりと下方の斜面とプールを眺めていた。そのうちのひとり、がっしりした体格の年配の女性がレイグルにほほえみかけた。

この女性は気づいているのだろうか。彼女が見ていた光景は、青春のさなかにある若者の幸せなたわむれ合いではなく、罪深いものであることを。不倫と呼べるものであることを。

「こんにちは」レイグルはにこやかに言った。

女性もにこやかにうなずき返した。

ポケットを探って小銭を取り出す。ソフトドリンクスタンドには子供が列をなし、ホットドッグやアイスキャンディやエスキモーパイやオレンジジュースを買っている。レイグルもその列に加わる。

何て静かなんだろう。

突然、このうえない惨めさが襲いかかってきた。わたしは何と無意味な人生を送ってきたのか。四十六歳の今、居間で新聞のコンテストを相手に無為に過ごしている毎日。有給のちゃんとした職業ではない。子供もいない。妻もいない。自分の家もない。隣人の妻を相手に愚かなことをしているだけだ。

無意味な人生。ヴィックの言うとおりだ。

こんな生活は捨ててしまったほうがいい。コンテストも。何もかも。どこか別の土地に行け。別のことをしろ。ブリキのヘルメットをかぶって油井《ゆせい》で汗を流す。落ち葉掃除。保険会社の事務所での数字の計算。不動産売買。

何だって今よりはずっとましな大人の仕事だ。責任のある仕事だ。わたしは、いまだに延長された子供時代を引きずっている。趣味の世界。スパッド複葉機のプラモデルを作っているような……。

列のすぐ前にいた子供がアイスキャンディを受け取って走っていった。レイグルは五十セント硬貨をカウンターに置いた。

「ビールはあるかな?」レイグルは言った。声の響きがおかしかった。小さく遠い音。白いエプロンと帽子姿のカウンターの男がレイグルを見つめる。見つめたままで動かない。何も起こらない。何も聞こえない。子供も車も風も、すべての音が消えてしまっている。

五十セント硬貨がカウンターから落ち、そのまま森の中に転がっていって草の中に沈み、消えた。

わたしは死にかけているんだろうか。それとも……。

恐怖がレイグルを襲う。声を出そうとするが、唇は動こうとしない。金縛り。沈黙。

もう起こらないと思っていたのに。

起こってほしくなどないのに。

また起こっている。

ソフトドリンクスタンドが分解していく。分子へと。レイグルは、スタンドを構成していた色のない無個性の分子を見ていた。分子を通して、向こう側の空間が、背後の丘陵と森と空が見えた。ソフトドリンクスタンドが実体を失っていく。カウンターの男も、レジスターも、オレンジジュースの大きな容器も、コークとルートビアの注ぎ口も、瓶が並んだクーラーボックスも、ホットドッグのグリルも、マスタードのポットも、コーンの棚も、いろんな種類のアイスクリームが入っている重い金属の丸い蓋の列も。

すべてが消え去ったあと、そこには一枚の紙切れが残されていた。レイグルは手を伸ばして、それを拾い上げた。紙片にはブロック体の文字が印刷されていた。

ソフトドリンクスタンド

レイグルは向きを変え、おぼつかない足取りで、遊んでいる子供とベンチに座っている年配者のわきを通り過ぎ、来た道を戻っていった。歩きながら上着のポケットに手を入れ、いつも持ち歩いている金属の箱を取り出した。

足を止めて箱を開き、すでに収められている紙片を見つめた。そして、新たな一枚を加えた。

全部で六枚。六回だ。

脚が揺らいだ。顔に冷たいものが噴き出してきたようだった。首筋から緑のニットタイの下を滑り落ちていく氷。

レイグルは斜面を下り、ジュニーのもとに戻っていった。

4

日暮れ時、サミー・ニールソンは、あと少しだけと自分に言いながら、空き地の残骸の間を走りまわっていた。ブッチ・クライン、レオ・タルスキーと一緒に、かさばる屋根板を何枚も引きずってきて積み上げた結果、実に見事な防衛拠点が完成していた。この拠点なら絶対に陥落しないぞ。明日の作業は泥の投擲弾を作ること。長い草をくっつけて。有利な地点から投げるんだ。

夕暮れの冷たい風が吹き寄せてきた。サミーは胸壁の陰にうずくまって、ぶるっと身震いした。

この塹壕はもう少し深くしなくちゃ。地面から突き出していたボードをつかむと、サミーは全身の力をこめて引き抜いた。大量の石くれや灰や屋根ふき材、雑草、土のかたまりがいっきにくずれて足もとに散乱した。二つに割れたコンクリートスラブの間に、ぽっかりと口を開けた空間が現われた。古い地下室か、排水管か。

何かすごいものが見つかるかもしれない。サミーは腹這いになって、漆喰や金網を取り除いていった。全身が土まみれになった。

薄明かりの中、目をこらすと、湿気で膨れ上がった黄色い紙のかたまりが見つかった。電話帳だ。続いて、雨水をたっぷり吸いこんだ雑誌が何冊か。

サミーは夢中で土を掘り返しつづけた。


夕飯の前、ヴィックは居間で義兄と向かい合っていた。レイグルに、少し時間を取ってくれないか、話したいことがある、と言われたのだった。義兄の真剣な面持ちを見て、ヴィックは言った。

「ドアを閉めておこうか？」食堂ではマーゴがテーブルの支度を始めている。皿を並べる音が、テレビから流れる六時のニュースの音声に重なる。

「いや」

「コンテストに関係のある話かい？」

レイグルは言った。「コンテストから降りようかと考えている。どんどんきつくなっているんだ。ストレスが……」レイグルは体を乗り出した。目の縁が赤い。「聞いてくれ、ヴィック。わたしは精神崩壊の一歩手前にいる。マーゴには何も言わないでくれ」声が揺らぎ、低く沈んでいった。「このことについては、きみと話し合わなければならないと思った」

レイグルが何を言おうとしているのか、よくわからなかった。しばしの沈黙をはさんで、ヴィックは「コンテストが原因なのか？」と言った。

「おそらく」

「いつごろから？」

「数週間前か、二カ月前か。憶えていない」レイグルは再び黙りこみ、その視線はヴィックを通りこした先の床に向けられた。

「新聞社の人には話したのか？」

「いいや」

「猛反対するんじゃないか？」

レイグルは言う。「彼らがどう言おうとかまわん。とにかく、もう続けられないんだ。旅に出ようと思う。場合によっては、国外にでも」

「本気か？」

「もう限界なんだ。半年くらい休めば、少しは回復するだろう。何か手を動かす仕事をしてもいい。組立ラインとか。野外の作業とか。きみとの間ではっきりさせておきたいのは経済的なことだ。これまで、わたしは月に二百五十ドルほど家計に入れてきた。去年の平均だと、それくらいになる」

「ああ。たぶんそんなものだろう」

「それがなくなっても、やっていけるか？　家のローンとか車のローンとか、いろいろあるだろう？」

「確かにいろいろあるけど、大丈夫だと思う」

「きみ宛てに六百ドルの小切手を切っておく。念のためだ。どうしても必要になったら、現金化してくれ。必要でなかったら、そのままにしておけばいい。口座に入れておいたほうがいいか……小切手の有効期限は一ヵ月くらいじゃなかったか？　貯蓄預金にすれば四パーセントの利子がつく」

「マーゴには話していないのかい？」

「まだ何も」

マーゴが居間の入口に顔を出した。「もうすぐ晩ご飯よ。二人とも深刻な顔をして、何を話してるの？」

「ビジネスの話だ」とヴィック。

「わたしも聞かせてもらっていい？」

「だめだ」二人が同時に言った。

マーゴは無言で食堂に戻った。

「話を続けるよ。きみがかまわないならだが。最初は退役軍人病院に行こうと思った。わたしには資格があるし、医療補助も受けられる。だが、この地域の退役軍人病院がどこにあるのかよくわからなかった。それから、復員兵援護法を使って、大学に入って、いくつかのコースを取ろうかと思った」

「どんなコース？」

「そうだな、哲学とか」

この答えはヴィックには突飛に聞こえた。「どうしてまた哲学なんだ？」

「哲学は精神的な避難や慰安になるだろう？　違うかね」

「それは知らなかったな。昔はそうだったのかもしれないけど。ぼくのイメージでは、哲学というのは、究極の真理の理論とか、人生の目的は何かとか、そんなことを扱うものだ」

何の感情も見せずにレイグルは言った。「そのどこが悪い？」

「悪くなんかないさ。自分の助けになると思っているのなら、まるで問題ない」

「以前に少しばかり哲学の本を読んだことがある。若いころにね。で、バークレー司教のことを思い出した。観念論者だ。たとえば――」と言って、居間の片隅のピアノを指し示し、「あのピアノが存在しているということが、どうしてわかる？」

「そんなこと、言うまでもないだろう」

「あのピアノは存在していないかもしれない」

ヴィックは言った。「悪いけど、ぼくに関するかぎり、そんなのは単なる言葉としか思えないな」

これを聞いて、レイグルの顔から血の気が失せ、口が大きく開いた。ヴィックをじっと見つめながら、レイグルは自分を奮い立たせるように背筋を伸ばした。

「大丈夫か?」とヴィックがたずねる。

「そう、そのことを考えてみなければならない」言葉を絞り出すようにしてそう言うと、レイグルは立ち上がった。「すまない。またあとで話したい。夕飯の支度ができたようだ……」レイグルは居間を出て、食堂へと姿を消した。

かわいそうに。ヴィックは思った。本当にまいっている。一日中ひとりきりでじっと座っていて……何もかもがむなしくなっているんだ。

「何か手伝うことはあるかい?」続いて食堂に入ったヴィックは言った。

「もうすんじゃったわよ」マーゴが言った。レイグルはそのまま食堂を抜けて、バスルームのほうに行ってしまっていた。「どうしたの?」とマーゴが言う。「今晩のレイグルは変だわ。すごく落ちこんでいて……コンテストで失敗したんじゃないでしょうね。それならそうと言ってくれればいいのに――」

「あとで話すよ」そう言うと、ヴィックはマーゴを抱き寄せてキスした。マーゴもそっと体を寄せてきた。

レイグルにも家族があれば、ずっと楽になるだろうに。この世で家族に匹敵するものはない。そして、家族の絆は誰にも奪い取ることはできない。

全員がテーブルについて食事をする中、レイグルはじっと考えこんでいた。向かいでは、サミーがクラブとその強大な兵器について弁舌をふるっていたが、レイグルは聞いていなかった。

言葉——とレイグルは思う。

哲学の中心的なテーマ。言葉と事物の関係……言葉とは何か。恣意的な記号だ。だが、わたしたちは言葉の中で生きている。この現実は言葉の内にある。事物の中にではない。いずれにしても〝物〟というようなものは存在しない。心の中の形象にすぎないのだ。事物なるもの……実体の感覚。幻想。言葉は、それが表わしている事物よりリアルなものだ。言葉は現実を表わしているのではない。言葉こそが現実なのだ。少なくとも、我々人間にとっては。神なら事物に到達できるかもしれないが、我々はそうはいかない。

廊下のクローゼットに下がっている上着のポケットの金属の箱に入った六つの言葉。

ソフトドリンクスタンド
ドア
工場の建物

高速道路
飲用噴水
花を生けた鉢

　マーゴの声がレイグルの耳に跳びこんできた。「あそこで遊んじゃいけないって言ったでしょ」その厳しい口調に、レイグルの思考の流れは断ち切られてしまった。「もうあそこで遊んじゃだめ。いいわね、サミー。本気よ」

「請願書はどうなった？」ヴィックがたずねる。

「下っ端の職員に会えたんだけど、市には現在、予算がなくてとかなんとか繰り返すだけ。ほんと、頭に来るわ。先週、電話した時には、請負業者との契約が進んでいて、いずれ作業が始まるはずだって言っていたのに。口先だけだったのね。あの人たちに何かをさせるなんて無理な話だったのよ。わたしたちは無力。一介の市民にはなんの力もないのよ」

「ビル・ブラックなら、あの空き地に洪水を起こすことができるかもしれないぞ」とヴィック。

「そうね。そうして、子供たちは落っこちて頭の骨を折る代わりに、みんな溺れ死んじゃうんだわ」

　夕飯がすみ、マーゴはキッチンで皿洗いを始めた。サミーは居間に寝そべってテレビを見ている。レイグルとヴィックは、もう少し話をすることにした。

「コンテストの主催者に、少し休みがほしいと頼んでみたらどうだろう」ヴィックが提案した。

「受け入れてもらえるかどうかは疑問だな」レイグルは取り決めの内容をほとんどそらんじていたが、そうした条項は記憶になかった。

「頼んでみるだけでもいいじゃないか」

「そうだな」と言って、レイグルはテーブルのしみを引っかいた。

「昨夜のことだけど、ぼくは本当にひどく動転してしまって、で、そのせいで、そっちの気分までかき乱してしまったんじゃないかと思っていたんだ。今の鬱状態はぼくのせいじゃないんだね」

「ああ。原因があるとすれば、コンテストだ。それと、ジューン・ブラック」

「なあ、レイグル、ジュニー・ブラックより自分のことを考えたほうが賢明というものだよ。それに、どのみち彼女は売約済みなんだから」

「間抜け野郎にね」

「それは問題じゃない。要するに、制度だ。個人の話じゃなくて」

レイグルは言う。「ビルとジューン・ブラックを制度の問題として考えるのは難しいな。いずれにしても、制度の話をする気分じゃない」

「何があったのか話してくれないか」

「たいしたことじゃない」

「話してくれ」

「幻覚。それだけだ。繰り返し起こる」

「詳しく話したくはないんだね？」

「ああ」

「昨夜のぼくの体験みたいなことか？　いや、無理やり聞き出そうというわけじゃないんだけど、昨日の体験が頭から離れなくて。何かがおかしいような気がするんだ」

「おかしいのは確かだ」レイグルは言う。「きみとかぼくとか、そのほかの誰かがおかしいというんじゃなくて、全体がどこかおかしいような気がしてならないんだよ」

「〝たがのはずれた時代〟というわけか」

「それぞれが気づいたことを比べてみたらどうだろう」

「わたしに何が起こったか、話すつもりはない。きみも今なら真面目にうなずいて聞くかもしれないが、明日か明後日になって、スーパーでレジ係とおしゃべりしていて……話題がなくなったら、わたしの話を持ち出すだろう。そして、この扇情的なゴシップでみんなを大笑いさせる。ゴシップならもう嫌というほどあるさ。わたしは国民的な英雄なんだから」

ヴィックは「好きなようにすればいいさ」とつぶやいて、「でも、話してみれば——何かがわかるんじゃないかな。ぼくが言いたいのはそういうことだ。心配なんだよ」

レイグルは無言だった。

「何も言ってくれないと困るんだよ。ぼくは妻と息子に対して責任がある。自分をコントロールできないところまで来ているのか？　自分が何をしでかすかわからなくなっているのか？」

「逆上して人殺しをしたりはしない。少なくとも、そのようなことをするだろうと考える理由はいっさいない」

「ぼくたちはみんなひとつ屋根の下で暮らしているんだ」とヴィックは指摘する。「もしかりにぼくが——」

レイグルはさえぎった。「自分が危険なことをやりそうな状態になったと思ったら、わたしは出ていく。どのみち、二、三日したら出ていくつもりだがね。だから、それまで正常を保っていられれば、問題はない」

「マーゴが出ていかせやしないよ」

これを聞いて、レイグルは笑い出した。「マーゴとしても、出ていってもらわないわけにはいかなくなるだろうさ」

「情事がうまくいかなくて、自己憐憫にかられているだけじゃないのか？　そうじゃないと断言できるのか？」

　レイグルは答えず、テーブルを離れて居間に行った。居間では、サミーが寝そべって『ガンスモーク』を見ていた。ソファにどさりと腰をおろすと、レイグルもテレビに見入った。

　ヴィックに話すことはできない。レイグルははっきりそう思った。

　まずすぎる。どうにもまずすぎる。

「西部劇はどうだい？」中休みのコマーシャルの間にレイグルはたずねた。

「おもしろいよ」と言ったサミーのシャツのポケットから、しわくちゃの白い紙が突き出していた。汚れた紙。雨風にさらされていたような。レイグルはよく見てみようと身を乗り出した。サミーは何の反応も見せない。

「そのポケットにあるのはなんだね？」

「これ？　空き地で防衛要塞を作っていたんだ。それで、埋まっていたボードを掘って、それが取れたら、古い電話帳と雑誌とこの紙が見つかったの」

　レイグルは手を伸ばして少年のポケットから紙片をつまみ出した。手の中で、紙は数枚に分かれた。波打つ紙片のそれぞれに、雨と泥でにじんだ、ブロック体で印刷された文字があった。

ガソリンスタンド
牝牛
橋

「あの空き地で見つけたって？」レイグルは強い口調で言った。思考をまとめることができなかった。「おまえが掘り出したって？」

「そうだよ」

「わたしにくれないか？」

「いやだ」

発作的に猛烈な怒りの波が襲いかかってきた。「わかった」と、できるかぎり理性的になろうと努めながら、「何かと交換しよう。買ってもいい」

「なんでこんなものがほしいの？」サミーはテレビを見るのを中断して言った。「これって、値打ちのあるものなの？」

レイグルは正直に言った。「集めているんだよ」廊下のクローゼットに行って、上着のポケットから金属の箱を取り出すと、それを持って居間に戻った。サミーの横に腰をおろして、箱の蓋を開け、しまってあった六枚の紙片を見せた。

「一枚十セント」とサミーが言った。

少年が持っていた紙は全部で五枚。二枚は汚れがはなはだしく、文字は読み取れなかったが、レイグルは五十セントを払い、紙片を受け取った。そして、その場を離れ、ひとり考えこんだ。

ただのいたずらかもしれない。いたずらの標的。理由は、わたしがコンテストの常勝者の英雄でありトップクラスの有名人だから。

新聞のパブリシティか。

意味がない。まったくナンセンスだ。

何も答えが得られないまま、できるだけていねいにしわを伸ばして五枚の紙片を箱に入れた。いくつかの点で、レイグルは以前より事態が悪くなったように感じていた。


その夜遅く、レイグルは、懐中電灯を探し出してから、分厚いコートを着こんで、空き地に向かった。

ジュニーとのハイキングですでに脚が痛かったこともあって、空き地に到着するころには、こんなことをして何になるのだろうと考えはじめていた。最初のうち、懐中電灯の光が照らし出すのは、割れたコンクリートや春の雨が半分ほどたまった穴や板と漆喰の山ばかりだった。しばらく、懐中電灯をあちらこちらに向けながら、あてもなく歩きまわった。

そして、からみ合った錆びたワイヤに足を取られて転倒したのち、ようやく、石くれを積み上げた粗雑なシェルターに行き着いた。子供たちが作ったものに間違いない。

塹壕に降りていくと、懐中電灯を地面に向けた。驚いたことに、光の中に、土に半ば埋もれた黄ばんだ紙の端が浮かび上がった。懐中電灯を脇の下にはさみ、レイグルは両手で周囲を掘った。厚い紙のかたまりは動きはじめ、やがてすっぽりと地面から離れた。サミーの言ったとおり、それは電話帳——少なくともその一部——のようだった。

続いて、大判の家庭雑誌らしきものの残骸も同じように掘り出した。だが、その時になって、レイグルは懐中電灯の光が貯水槽か排水施設とおぼしきものを照らし出していることに気づいた。危険すぎると彼は判定した。昼になるまで待ったほうがいい。

電話帳と雑誌を抱えて、レイグルは家路をたどりはじめた。

何と荒れ果てた場所だろう。マーゴが市に撤去を求めるのも無理はない。市の連中はどうかしている。誰かが腕を折ったら、自分たちが訴えられるのに。

周辺に並ぶ家々も真っ暗で、人が住んでいないのは明らかだった。レイグルの前方に続く歩道はあちこちが割れ、石くれが散らばっていた。

子供たちには最高の遊び場所だが。

家につくと、レイグルは裏口からキッチンに電話帳と雑誌を持ちこんだ。ヴィックとマーゴは居間にいて、彼が何かを持ち帰ったことに気づいていない。サミーはもう寝ている。

レイグルはテーブルに包装紙を敷き、その上に運んできたものを注意深く置いた。雑誌はひどく湿っていて、そのままではどうすることもできなかったので、ヒーターの前に置いて乾かすことにし、まずは電話帳の検分にかかった。

開いてすぐに、表紙に加えて前半と後半のページがないことに気づいた。中間の部分だけだった。

それは日ごろ使っている電話帳ではなかった。印刷が濃く、活字が大きい。余白も広い。もっと小さな町の電話帳だと、レイグルは思った。

局の名前も知らないものばかりだ。フローリアン。エドワーズ。レイクサイド。ウォールナット。特に何を探すというのでもなく、レイグルはページをめくっていった。何を探せばいいんだろう？　何か普通でないもの。ふと目に跳びこんできて、意識を刺激するもの。たとえば……この電話帳はいつごろのものなのか。去年？　十年前？　印刷された電話帳が使われるようになったのは何年くらい前だったか？

ヴィックがキッチンに入ってきて言った。「何を持ってきたんだい？」

「古い電話帳だ」

ヴィックは肩ごしに覗きこむと、冷蔵庫の前に行って扉を開いた。「パイを食べるかい？」

「いや、結構」

「これもきみのか?」とヴィックが言って、乾かしている雑誌を指差した。

「そうだ」

ヴィックは二切れのベリーパイを持って居間に戻っていった。

レイグルは電話帳を持って、廊下の電話の前に行った。スツールに腰かけ、適当な番号を選ぶと、受話器を上げてダイヤルした。ややあって、連続するクリック音が聞こえたのち、交換手の声がした。

「何番におかけですか?」

レイグルは番号を読み上げた。「ブリッジランド、三‐四四六五」

ひとときの間を置いて、「一度受話器を置いて、もう一度ダイヤルしていただけますか?」と交換手が言った。はっきりとした事務的な口調だった。

レイグルは受話器を置き、しばらく待ったのちに、同じ番号をダイヤルした。

今度は即座につながって、「何番におかけですか?」という交換手の声が耳に入ってきた。さっきとは別の交換手だ。

「ブリッジランド、三‐四四六五」

「少々お待ちください」

レイグルは待った。

「すみません、もう一度、番号を確認していただけますか?」交換手が言う。

「どうして？」

「少々お待ちください」と交換手は言い、そこで接続が切れた。回線の向こう側には誰もいない。向こう側に、生きた存在の気配がないことを、レイグルは感知した。しばらく待ってみたが、何も起こらなかった。

ややあって受話器を戻し、しばしの間を置いたのち、もう一度ダイヤルした。

今度は、いきなりサイレンのような音が耳に跳びこんできた。大音量で叫ぶように上下する機械音。番号違いを示す音だ。

レイグルはいくつかほかの番号をダイヤルしてみた。いずれも番号違いの信号が返ってきた。電話帳を閉じたレイグルは、しばしためらったのちに、通常の交換手呼び出しの番号をダイヤルした。

「交換です」

「ブリッジランド、三‐四四六五番にかけているんですがね」レイグルは言った。この交換手が先ほどと同じ人物かどうかは何とも言えなかった。「つないでもらえませんか？何度やっても番号違いにしかならないんですよ」

「承知しました。少々お待ちください」そして、長い間《ま》があったのち、「もう一度番号を言っていただけますか？」

レイグルは番号を繰り返した。

「その番号は、現在は使われておりません」と交換手。

「ほかの番号も調べてもらえますか？」

「はい」

レイグルはほかの番号をいくつか読み上げた。どれも今では使われていないという返事だった。

当然だ。昔の電話帳なのだから。明白なことではないか。ここに載っている番号が全部、もう使われていないということだろう。

レイグルは礼を言って、受話器を置いた。

結局、何もわからなかった。意味のある情報は何も得られなかった。

たぶん、これらの番号はかつて周辺の複数の町に割り当てられていたのだろう。それらの町が合併して、新しい番号システムが導入された。おそらく、交換式からダイヤル式に変わった時に。つい最近、せいぜい一、二年前に。

自分が馬鹿になってしまったように感じながら、レイグルはキッチンに戻った。

雑誌が乾きはじめていた。椅子に座り、一冊を取り上げて膝に載せた。一ページ目を開くと、破れた切れ端がパラパラと落ちた。家庭向けの雑誌。最初はタバコと肺がんについての記事。次はダレス国務長官とフランスの記事。次は子供たちを連れてアマゾンを旅した人物の記事。小説。ウェスタンと探偵小説と南の海の冒険物語。広告。漫画。漫画を読むと、レイグルはその雑誌を置いた。

二冊目には写真がたくさん載っていた。《ライフ》に似ている。紙はルース出版のものほど上質ではないが、それでも一流誌であることは間違いない。《ルック》かと思ったが、表紙がなくなっているので、正確なところはわからなかった。《ルック》か、でなければ、二、三度見たことのある《ケン》という雑誌だろうと、レイグルは思った。

最初の写真記事は、ペンシルヴァニアで起こった悲惨な列車事故。次の記事は――。

美しいブロンドの北欧ふうの顔立ちの女優。レイグルは手を伸ばしてライトの方向を変え、雑誌に直接光が当たるようにした。

たっぷりとした髪。手入れの行き届いた、とても長い髪。写真の女優は驚くほど魅惑的なほほえみを浮かべていた。いくぶん子供っぽくはあるものの、いかにも親しげなその笑みに、レイグルの目は釘付けになった。顔立ちも今までに見たことがないくらいに美しい。加えて、このうえなく官能的な顎のラインと首筋。ありきたりの若手女優の首ではない。成熟した大人の首だ。そして、それに続く優美な肩。骨張ったところはこれっぽっちもなく、それでいて肉づきがよすぎることもない。何カ国かの血が混ざっているとレイグルは判定した。ドイツ人の髪。スイスかノルウェー人の肩。

しかし、何よりもレイグルの目をとらえて離さなかったのは――ほとんど信じられないという思いにさせたのは、その見事な体だった。何とまあ、と、レイグルはため息をついた。しかも、この純粋無垢な表情。どうすればここまで見事な体になれるのか。

彼女はその体を誇示するのがうれしいように見えた。前かがみになっていて、胸のほとんどが服からこぼれ出していた。これ以上はないほどになめらかで、これ以上はないほどに弾力があって、これ以上はないほどに自然に見える胸。とてもあたたかそうに見える胸。

その女性の名前は聞いたことがなかった。だが、とレイグルは思った。ここには、母を求めてやまない男たちへの答えがある。これを見てみろ。

レイグルは雑誌を手に立ち上がり、居間に入っていった。「ヴィック、ちょっとこれを見てくれ」と言って、ヴィックの膝に雑誌を置いた。

「なんなの？」マーゴが部屋の反対側から声をかけた。

「きみはうんざりするものさ」ヴィックはベリーパイをわきに置いて、「本物かな？」と言った。「下のほうまで見える。サポートなしだぞ。何も支えるものがなくて、こんな形を保っていられるとは」

「前かがみになっているのにな」とレイグル
「女の子ね」マーゴが言う。「わたしにも見せて。文句は言わないから」マーゴが二人のところにやってきてレイグルの横に立ち、三人はじっくりと写真を眺めた。全面のカラー写真。雨風に汚れ、全体に薄れてはいるものの、疑問の余地はない。こんな女性は世界に二人とはいない。

「やさしい顔立ちね」マーゴが言う。「とても上品で洗練されているわ」

「でも、官能的だ」とレイグルは言う。

写真の下にキャプションがあった。


サー・ローレンス・オリヴィエとの共演映画の撮影のためにイギリスを訪問中のマリリン・モンロー。


「聞いたことある?」マーゴが言う。

「ないね」とレイグル。

「イギリスの新進女優だよ、きっと」とヴィック。

「違うわよ。イギリスを訪問中って書いてあるもの。名前もアメリカふうだし」三人の関心は写真から記事に移った。

一部しか残っていなかった記事に、三人は目を通した。

「とても有名な女優っていうふうに書かれているわね。大勢の人が集まって、道端にすごい人垣ができたって」

「イギリスでの話だよ。アメリカではなくて」ヴィックが言う。

「いいえ。アメリカでのファンクラブの話が書いてあるわ」

「この雑誌、どこから持ってきたんだ?」ヴィックがたずねた。

「あの空き地だ。建物の残骸の中で。マーゴが市に撤去させようとしているところだ」

「とても古い雑誌なんじゃないかしら」とマーゴ。「でも、ローレンス・オリヴィエはまだ生きているわ……テレビで『リチャード三世』を見たもの。去年のことよ」

三人は顔を見合わせた。

ヴィックが口を開いた。「きみの幻覚がどんなものか、今話してくれる気はないかな」

「幻覚ってなんのこと?」間髪を容れずマーゴが言って、ヴィックからレイグルに目を向けた。「さっき二人で話していたのは、そのことね? わたしに聞かれまいとしていたのは」

しばしの沈黙ののち、レイグルは言った。「このところ、幻覚が見えるんだよ」たいしたことはないというふうに、レイグルは妹に笑いかけたが、マーゴの顔は強張ったままだった。「そんなに心配そうな顔をするなよ。それほどひどいものじゃないから」

「どんな状態なの?」マーゴは問い詰める。

「言葉に関する問題があるんだ」

即座にマーゴが言う。「しゃべるのに問題があるの? たいへんだわ……卒中を起こした時のアイゼンハワー大統領と同じじゃないの」

「いやいや、そういうことじゃない」二人は続きを待っていたが、いざ説明しようとして、それがほとんど不可能であることにレイグルは気づいた。「要するに、事物は見かけどおりのものじゃないということだ」

それだけ言ってレイグルは口を閉ざした。

「ギルバートとサリヴァンのお芝居みたいに聞こえるわね」マーゴが言う。

「すまないが、これ以上うまく説明できないんだ」

「そうすると、自分が正気を失いはじめていると思っているわけじゃないんだね」ヴィックが言う。「問題は自分の中にあるんじゃなくて、外にある。物自体のうちにあると思っているんだね。ぼくの点灯コードの体験みたいに」

しばらくためらったのち、レイグルはうなずいた。「たぶん」理由ははっきりしないものの、レイグルは自分の体験をヴィックの体験と結びつけたくなかった。レイグルには、二人の体験は同じようなものだとは思えなかったのだ。

これはきっとわたしの側の俗物根性のせいなのだろうとレイグルは思った。

マーゴがゆっくりと、不安げな口調で言った。「わたしたちみんな、だまされているんじゃないかしら」

「妙なことを言うね」レイグルは言った。

「どういう意味だ?」とヴィック。

「よくわからないんだけど、でも、《消費者ダイジェスト》にいつも、ごまかしや紛らわしい広告には注意しろって書いてあるの。目方が足りないとか、そういったことね。この雑誌もその類じゃないかしら。マリリン・モンローという女優を売り出すために嘘八百を並べているの。無名の駆け出し女優を、誰もが聞いたことがあるというふうにして宣伝すると、みんな、彼女の名前を初めて聞くのに、ええ、知ってるわ、あの有名な女優さんね、と言うようになるのよ。個人的には、この人、ただのセックス女優以上のものではないと思うわ」マーゴは言葉を切り、そのまま黙りこんで、反復性のチックを起こし、耳を引っ張った。額《ひたい》には、不安を示すしわが刻まれていた。

「誰かが彼女をでっち上げたというのか？」ヴィックはそう言うと、笑い出した。

「だまされている、か」とレイグルは繰り返した。

意識の奥底でベルが鳴った。言語下のレベルで。

「ここを出ていくのはやめにする」レイグルは言った。

「なんですって？　出ていくつもりだったの？」マーゴが大声を上げた。「誰も、わたしには何も教える必要がないと思ってるのね。あなたは明日、出ていって二度と戻ってこないつもりだったのね。うちにはアラスカからハガキが一枚届くというわけね」

マーゴの口調の激しさに、レイグルは居心地が悪くなった。「そうじゃない」と言って、「すまなかった。いずれにしても、ここにいるつもりだから、もうそのことは心配しないでくれ」

「コンテストもやめるつもりだったの？」

「決めていなかった」

ヴィックは何も言わなかった。

レイグルはヴィックに、「わたしたちに何ができると思う？　どう取り組めばいい？

何から始めるべきなのか」

「ぼくに聞かないでくれよ」とヴィックは言って、「きみこそ、これまでリサーチをたっぷりやってきたじゃないか。ファイルにデータにグラフ。このいっさいの記録をとることから始めればいい。きみはパターーンを見つけられる人物だったんじゃないかな？」

「パターーンか」とレイグルは言う。「そう、わたしにはパターーンが見つけられると思う」

ヴィックに言われるまで、レイグルは、自分の能力をこの状況に結びつけることを考えていなかった。「たぶん、できるだろう」

「全部を並べてみるんだ。あらゆる情報を集めて、ひとつずつ書き出していく——そうだよ、例のスキャナーの形にして、走査すればいい。そうしたら絶対にパターーンが見えてくるはずだ。いつもやっている方法で」

「それは無理だ」レイグルは言う。「基準点がない。判断の基準になるものがまったくない」

「はっきりした矛盾があるだろう？」ヴィックは食い下がる。「この雑誌には、ぼくたちが一度も聞いたことのない世界的に有名な映画俳優の記事が載っている。これは矛盾だよ。この雑誌を徹底的に調べてみる必要がある。一行一行、一語一語。ほかに、どれだけ矛盾があるか確かめる。この雑誌以外で、ぼくたちにわかっていることも加える」

「そう、電話帳もある」レイグルは言った。企業の電話番号が載っているイエローページがあるはずだ。そしておそらく、あの空き地には、ほかにもまだ何かがあるに違いない。

基準点。あの空き地。

5

ビル・ブラックは市役所公共サービス庁舎（MUDO）の職員専用駐車場に五七年型フォードを停めた。車を降り、正面入口に至る通路をたどって庁舎に入り、受付の横を通り過ぎて、オフィスに向かった。

部屋に入ると、まず窓を開け、上着をぬいでクローゼットにかけた。ひんやりした朝の空気が室内を満たした。両腕を二、三度大きく広げて深呼吸をしたのち、椅子に腰をおろし、くるりと回転させてデスクに向き合う。ワイヤバスケットにメモが二枚。一枚は偽装用のメモで、家庭雑誌のコラムを切り抜いたチキンとピーナツバターのキャセロールのレシピだった。レシピをごみ箱に投げ入れると、ブラックは二枚目を取り上げ、もったいぶった仕草で、折ってあったメモを開いた。それには、こう記されていた。

あの家の人物が、ブリッジランド、シャーマン、デヴォンシャー、ウォールナット、ケントフィールドの番号に電話をかけようとした。

ビルは息を飲んだ。何ということだ。メモをポケットに突っこんで立ち上がり、クローゼットの前に行って上着を着ると窓を閉め、オフィスを出て廊下を進み、受付の横を通り過ぎ、外に出て通路をたどり、駐車場を横切って車に乗りこんだ。一分とたたないうちに、車は道路に出てダウンタウンに向かっていた。

人生のことごとくを完璧な状態に保っておくのは不可能というものだ。頭の中でそう自分に言い聞かせながら、ビルは朝の車列の中を進んでいった。それにしても、いったいどういうことなのだろう。そんなことがどうして起こりえたというのか。

道に迷った誰かが立ち寄って、電話を貸してくれと頼んだというのは？　馬鹿ばかしい。お手上げだ。現段階では、単にそういうことが起こったというだけ——推測は意味がなく、こちらとしては、次に何が起こるかを待っているしかない。それにしても、誰が電話したのか。なぜ、どのようにして。

厄介なことになった。

道路を横切り、《ガゼット》社の裏口の前に停車すると、車を降りてパーキングメーターにコインを入れた。そして、裏の階段から《ガゼット》のオフィスに行った。

「ローアリイさんはおられますか？」ビルはカウンターの女性に言った。

「まだ出社していないと思います」受付嬢は言って、交換器のほうに向いた。「少しお待ちいただければ、確かめてみますけれど」

「お願いします。ビル・ブラックといいます」

受付嬢は複数のオフィスに電話したのち、「申しわけございません、ブラックさん。ローアリイはまだ出社しておりませんが、遠からぬうちに来るはずだということです。お待ちになりますか?」

「そうします」重い気分でベンチに腰をおろすと、タバコに火をつけて、手を組んだ。

十五分後、廊下に声がした。扉が開き、たっぷりしたツイードの上着を着た、長身のやせた人物が姿を現わした。「おや、ブラックさん」スチュアート・ローアリイが、いつもの落ち着いた物腰で言った。

「今朝、ぼくのオフィスで何が待っていたと思う?」ビル・ブラックは言って、メモを手渡した。ローアリイはていねいにメモを読んだ。

「驚きです」とローアリイ。

「単なる偶然というのは十億分の一くらいの確率しかない」ビルは言う。「誰かがレストランのリストを作って、それを帽子に突っこんだまま、運送トラックに乗りこんで配送先に行く。荷物をおろしている時に、リストが帽子から落ちる」ある考えがひらめいた。

「たとえば、キャベツをおろしている時だ。ヴィック・ニールソンがキャベツを貯蔵庫に運ぶ際にリストを見つけて、こう思う。おや、ちょうどほしいと思っていたものじゃないか、レストランのリストとは。リストを拾い上げて家に持ち帰り、電話の横の壁に貼りつける」

ローアリイは、あいまいな笑みを浮かべた。

「彼が電話した番号が、誰かが書きとめたものだとしたら」ビルは言う。「由々しい問題だ」

「誰かがあの家に行ってみなければならないようですね」ローアリイが言う。「わたしは週末までは再訪する予定になっていません。あなたなら今晩にでも行けるでしょう」

「何者かに潜入されているという可能性はあるだろうか？」

「だとすると、巧みなアプローチです」

「確かに」

「ともかくも、事態を明らかにできるかどうかやってみましょう」

「今晩、寄ってみる」ビルは言った。「夕飯後に。レイグルとヴィックに見せるものを何か持って。晩までには何か用意できるだろう」そして、戻ろうとしかけたところで、「昨日のエントリーはどうだった？」

「問題ないようです」

「彼はまた混乱しはじめている。いたるところにその徴候がある。裏口のビールの空き缶は増える一方――ゴミ袋に丸ごといっぱいの空き缶だ。まったく、ビールをがぶ飲みしながら仕事ができるなんて、どういうことだろう。もう三年間、彼を見ているが、これだけはどうしても理解できない」

無表情のまま、ローアリイは言った。「それこそが秘密に違いありません。秘密はレイグルにではなくて、ビールにあるんですよ」

挨拶代わりにうなずいて、ビルは《ガゼット》社をあとにした。

MUDOに向けて車を走らせている間、ある考えが執拗にビルの頭の中に去来しつづけた。どうしようもなく手に負えない可能性がひとつだけある。それ以外のことなら何でも対処できる。いくらでも手はずを整えることができる。しかし――。

レイグルが正気に戻りはじめているとしたら？


夕刻、MUDOを出て帰宅する途中、ビルはドラッグストアに寄って、買うべきものを探した。あれこれ眺めているうちに、ボールペンの棚に目が止まった。数本のボールペンをつかむと、ビルはそのまま店を出ようとした。

「ちょっと、お客さん！」カウンターの男が憤然と言った。

「申しわけない」ビルは言った。「忘れていた」これは本当だった。通常の行動をきちんと果たさねばならないという意識が、瞬時、完璧に抜け落ちてしまったのだった。財布を取り出して代金を払い、釣銭を受け取ると、急いで車に戻った。

彼が考えた段取りはこうだ。ボールペンを持ってニールソン家に行き、ヴィックとレイグルに言う。水道局に無料のサンプルとして送られてきたものだが、市の職員はこうしたものを受け取ることを禁止されている。もらってもらえるだろうか？　車を走らせながら、ビルは会話の練習をした。

シンプルな方法が最善に決まっている。

家の前に車を停めると、ビルはポーチを駆け上がって家に入った。ジュニーが長椅子に座り、背中を丸めてブラウスにボタンを縫いつけていた。ジュニーはすぐに手を止めて、うかがうような視線を向けた。罪の意識。彼女がレイグルと二人だけで出かけ、手をつなぎ、誓いを交わしたことを、ビルは知っていた。

「ただいま」

「お帰りなさい。今日の仕事はどうだった？」

「いつもどおりさ」

「今日、何があったかわかる？」

「何があったんだ？」

「あなたの服を取りにクリーニング屋さんに行ったら、バーニス・ウィルクスにばったり会ったの。学校時代の話になって——バーニスとはコルテス高校で一緒だったのよ——、それから彼女の車でダウンタウンに行って、お昼を食べて、ショーを見て……で、今帰ったばかりなの。だから、晩ご飯は冷凍ビーフパイが四つだけなんだけど」ジュニーはおそるおそるビルを見た。

「ビーフパイは大好きさ」ビルは言った。

ジュニーは長椅子から立ち上がった。長いキルトのスカートにサンダル、メダルほどの大きさのボタンがついた襟の広いブラウスといういでたちのジュニーは、とてもチャーミングだった。見事に整えた髪。くるっと巻いた髪が後ろで古風なスタイルに束ねられている。「あなたって本当に立派ね」ジュニーは安堵の色を見せて言った。「怒り狂ってわめきはじめると思っていたんだけど」

「レイグルはどうしている？」ビルはたずねた。

「今日は会っていないわ」

「それなら」と冷静を保ちながら、「その前に会った時はどうだった？」

「その前って、いつだったかしら」

「昨日会っただろう」

ジュニーはまばたきして、「いいえ」と言った。

「昨夜、きみがそう言ったんだぞ」

そうだったかしらといった面持ちで、ジュニーは言う。「本当？」

ビルをうんざりさせるのは、ジュニーのこういうところだった。レイグルとベッドに入って何をしようが、それはどうでもいい。しかし、つじつまの合わない話を作り上げるのは、何の役にも立たないどころか、事態を混乱させるばかりだ。とりわけ、レイグルの状態に関する情報を絶対的に知る必要のある今――。

男好きがするというだけで選ばれた女性と暮らすのは耐えがたい……彼女は問題のある行動を取ることを期待されており、その点では正しいことをやっているが、しかし、何があったのかをたずねると、保身のために嘘をつくという彼女の本来的な性向があらゆることを滞らせ、ストップさせるのだ。必要なのは、軽率なことをやらかし、なおかつ、それについてきちんと話すことのできる女性だった。だが、ここまで来た今、もうやりなおすわけにはいかない。

「レイグル・ガムのことを話してくれ」

ジュニーは言った。「あなたが口にできないようなことをいろいろ想像しているのはわかっているわ。でも、それは、あなたのゆがんだ心理を反映しているだけなのよ。神経症の人は四六時中そういう妄想にふけっているって、フロイトが言っているわ」

「レイグルがこのところどんな状態なのかだけを話してくれればいいんだ。きみたちが何をやっているかはどうでもいい」

予想どおり、ジュニーは即座に反応した。

「そういうことなのね」逆上した震え声が家中に広がっていった。「わたしの口から言わせたいのね、わたしがレイグルと恋愛関係にあるって——そうでしょ？　わたし、今日一日中、ここに座ってずっと考えていたの。何を考えていたかわかる？」

「いや」

「ビル、わたし、家を出ていくかもしれない。レイグルと一緒にどこかに行くかもしれない」

「きみたち二人だけでか？　それとも、火星人も一緒か？」

「それって、ひどい侮辱だわ。レイグルには二人を養っていくだけのお金を稼ぐ能力はないって、あてこすっているのね」

「くそくらえ」ビルは言って、別室に行った。

すぐにジュニーが追いかけてきて、ビルの前に立ちはだかった。「あなたは本気でわたしを馬鹿にしてるんだわ。わたしがあなたみたいな教育を受けていないからと言って」涙で汚れたジュニーの顔は、ぼやけ、ふくらんでいるように見えた。もうチャーミングとは言えなかった。

ビルが頭の中で答えをまとめているうちに、玄関のチャイムが鳴った。

「誰か来た」とビルは言った。

ジュニーはビルをにらみつけると、くるりと背を向けて部屋を出ていった。玄関の開く音がし、次いでジュニーの早口の声が聞こえた。まだ落ち着きを取り戻してはいない。続いて、別の女性の声。

誰だろうと思って、ビルも玄関に行った。

ポーチには、大柄で、おずおずとした表情を浮かべた中年の女性が立っていた。布のコートを着た女性はクリップボードと革のバインダーを持ち、エンブレムのついた腕章を巻いていた。彼女はジュニーに低い単調な声で話をしながら、同時に、バインダーを探って何かを探していた。

ジュニーが振り返って言った。「民間防衛《シヴィル・ディフェンス》ですって」

彼女がまだまともに話ができる状態ではないことを見て取ると、ビルはドアロに歩み出た。「なんのご用ですか？」

中年女性の表情がさらに臆したものになった。女性は咳払いし、低い声で言った。「夕食時にお邪魔して本当に申しわけございません。あの、わたくし、この通りの先に住んでいる者で、近隣の方々のお宅を訪問して、CD、つまり民間防衛のキャンペーンをやっております。日中のボランティアがどうしても必要で、そういう方がいらっしゃればと思いまして、日中に家にいらっしゃる方なら、週に一、二時間のボランティア活動は可能ではないかと……」

「必ずしもそうとは言えませんね」とブラックは言った。「家内は家にいますが、ほかにやることで手一杯ですよ」

「わかりました」中年女性は言って、紙にメモを書きつけ、それからビルにおずおずとした笑みを向けた。当然、どこでも、最初の訪問では断られているのだろう。「ありがとうございました」と言うと、どうやって辞したものかと考えているふうにためらったのち、「わたくし、カイテルバインと申します。ケイ・カイテルバイン。角の家に住んでおります。二階建ての古い家です」

「わかりました」と言って、ビルはドアを閉めようとした。

ジュニーがハンカチを頬に当てて戻ってくると、まだしゃんとしていない声で言った。「たぶん、お隣の方ならボランティアができるんじゃないかしら。一日中、家にいるから。ガムさん。レイグル・ガムさん」

「ありがとうございます、ミセス――」中年女性は満面に感謝の意を現わした。

「ブラックです」ビル・ブラックは言った。「お休みなさい、カイテルバインさん」と言ってドアを閉め、ポーチの電気のスイッチをひねった。

ジュニーが言う。「一日中よ。羽目板のセールスマン、ブラシのセールスマン、リフォームのセールスマン」ジュニーは、ハンカチをひねりながら、うらめしげにビルを見た。

「悪かった、ひどいことを言って」ビルは言った。だが、ジュニーからはまだ何の情報も引き出していない。昼日中、住宅街で繰り広げられている策謀についてだけ……まったく、主婦というやつは政治家より困った存在だ。

「ビーフパイの用意をしてくるわ」と言って、ジュニーはキッチンに向かった。

両手をポケットに突っこんで、ビルもあとに続いた。どうあっても、できるかぎりの情報を引き出さなければならない。


ケイ・カイテルバインは歩道から隣の家に続く通路に入り、ポーチの階段を登ってベルを鳴らした。

ドアが開き、ワイシャツとアイロンをあてていない黒いズボン姿の、人のよさそうな小肥りの男性が現われて、こんばんはと言った。

「あの……ガムさんでいらっしゃいますか？」カイテルバイン夫人は言った。

「いいえ。ぼくはヴィクター・ニールソンです。でも、ガムもここに住んでいますよ。お入りください」ヴィックはドアを大きく開き、彼女は玄関に入った。「よかったら、そこにかけていてください。レイグルを呼んできます」

「ありがとうございます、ニールソンさん」そう言って、カイテルバイン夫人はドアの前に置かれた背の真っすぐな椅子に腰をおろし、バインダーと資料を膝に載せた。あたたかく心地よさそうな家には、夕餉の匂いが漂っていた。確かに訪問にはよくない時間だと、カイテルバイン夫人は思った。夕飯の時間に近すぎる。だが、玄関から見える食堂では、まだ誰もテーブルにはついておらず、褐色の髪の魅力的な女性がテーブルの用意をしているところだった。その女性が、誰かしらという風情でこちらを見た。カイテルバイン夫人は軽く頭を下げた。

そして、レイグル・ガムが廊下を歩いて、彼女のもとにやってきた。

寄付の依頼だ。彼女を見た途端、レイグルは思った。絶対に断るぞと心の準備をして、「なんでしょう」と言った。

生真面目な表情のぱっとしない女性が椅子から立ち上がった。「ガムさんでいらっしゃいますね。お邪魔して申しわけございません。わたくし、CDのことでうかがいました。民間防衛です」

「そうですか」

女性は、通りの先に住んでいると説明を始めた。話を聞きながら、レイグルは、なぜヴィックではなく、わたしを選んだのだろうと思った。要するに、有名人だからだろう。レイグルはこれまでも無数の手紙を受け取っていた。コンテストの賞金を、自分よりも長く生き延びるであろう、より大きな目的や活動のために使ってはどうか、云々という手紙。

ひととおりの話が終わると、レイグルは言った。「確かにわたしは日中、家にいますが、でも、仕事をしています。自営業なんですよ」

「週に一、二時間だけなんですけれど」

それなら、それほどの負担には思えなかった。「何をするんですか？　車は持っていません。運転手のことをお考えなら」一度、赤十字が、ボランティアの運転手の依頼に来たことがある。

カイテルバイン夫人は言った。「そうじゃありません、ガムさん。災害対策の学習会です」

なかなか適切な活動に思えた。「いいアイデアだ」

「何がですか？」

「災害の対策。立派なことです。何か特別の災害を想定しておられるんですか？」

「CDは、洪水から台風まで、あらゆる災害に対応します。もちろん、水爆も例外ではありません。わたくしたち全員にとって、今、一番心配なことですから。とりわけ、ソ連が新型のICBMミサイルを開発した今は。わたくしたちが望んでいるのは、この町のすべての地域のひとりひとりに、災害が起こった時にどうすればいいのかを知ってもらうことなんです。救急体制の確保、迅速な避難、どの食べ物が汚染されていて、どれが大丈夫かを確認する。たとえば、ガムさん、どの家庭も最低一週間分の食料を備蓄しておくべきです。一週間分の飲料水も」

依然として、いくばくかの疑念を払いきれないまま、レイグルは言った。「電話番号を教えていただけますか。少し考えてみます」

カイテルバイン夫人は、パンフレットの下部に、鉛筆で名前と住所、電話番号を記しながら、「お隣のブラックさんの奥さんが、ガムさんのお名前を挙げてくださったんですよ」と言った。

「そうでしたか」そう言った瞬間、レイグルは、ジュニーがこれを、二人が会う手段に使おうとしているのだと思い至った。「この地域の住人が大勢参加するんですね」

「ええ。少なくとも、そうあってほしいと思っています」

「登録してください」レイグルは言った。「大丈夫です。週に一、二時間なら確実に出られます」

カイテルバイン夫人は礼を述べながら出ていった。ドアが閉まった。

ジュニーにしては、いいことを思いついたものだ。レイグルはつぶやいた。

夕食になった。

「登録したの？」全員がテーブルにつくと、マーゴが強い口調で言った。

「いけないかね？　市民の良識というものだし、愛国的でもある」

「でも、あなたの頭はコンテストでいっぱいでしょう」

「週に一、二時間なら、どうってことはないさ」

「申しわけない気がしてくるわ」とマーゴ。「あなたと違って、わたしは一日中、何もしていないのも同然だもの。そうよ、わたしが参加すべきなのよ。そうするわ」

「だめだ」マーゴについてきてもらっては困る。ジュニーと会う口実に使うのであれば。

「おまえが参加を要請されたわけじゃない。わたしだけだ」

「それは不公平に聞こえるな」ヴィックが言う。「女性は愛国者になれないのかい？」

サミーが口をはさんだ。「ぼくは愛国者だよ。クラブハウスにはアメリカで一番の原子砲があって、モスクワに照準を合わせてあるんだ」そう言って、口の奥でドッカーンという爆発音を立ててみせる。

「鉱石受信機はどうなってる」レイグルが聞く。

「問題なし。完成したよ」とサミー。

「何かキャッチできたか？」

「まだ何も。でも、もうじきキャッチできると思う」

「その時は教えてくれよな」ヴィックが言う。

「あと少しだけ調整が必要なんだ」

マーゴが食器を片づけてデザートを持ってくると、ヴィックはレイグルに言った。「今日の進み具合はどうだい？」

「六時の便で発送したよ。いつもどおりに」とレイグルは答えた。

「別の作業のことだよ」

実質的にそちらにさく時間はほとんどなかった。コンテストの作業で手一杯に近かったのだ。「雑誌に載っているいろいろな事実をリストアップする作業を始めた。カテゴリーに分けて。最後までやってリストが完成するまで、はっきりしたことは何も言えない」カテゴリーは十二――政治、経済、映画、アート、犯罪、ファッション、科学、などなど。

「ホワイトページでだが、車のディーラーを調べてみた。車種名でね。シボレー、プリマス、デソート。ひとつだけ見つからないのがあった」

「どれだ?」ヴィックがたずねる。

「タッカー」

「それは妙だね」

「個人名で載っているのかもしれない」レイグルは言う。「たとえば〝ノーマン・G・セルカーク、タッカー販売業者〟とか。意味があるかどうかはわからないけれど、とりあえず伝えておく」

マーゴが言った。「どうしてセルカークという名前を使ったの?」

「さあ。適当に選んだだけだよ」

「適当というのはありえないのよ」とマーゴ。「フロイトが言っているように、あらゆることに心理学的な意味があるの。セルカークという名前を考えみて。何を思いつく?」

レイグルは考えてみた。「電話帳を調べていた時に目についたんだろう」いつもの連想が始まったとレイグルは思う。コンテストのヒントと一緒だ。どんなに頑張っても、連想をコントロール下に置くことはできない。連想のほうが常に彼を動かしつづけている。

「わかったぞ」ややあってレイグルは言った。「『ロビンソン・クルーソー』のモデルになった人物だ。アレグザンダー・セルカーク」

「『ロビンソン・クルーソー』にモデルがあったなんて知らなかったな」ヴィックが言う。

「あったんだよ。実際に難破した人物がいたんだ」

「でも、どうして、その人のことを思いついたわけ？」マーゴが言う。「小さな島でひとりぼっちで暮らしていた人。自分だけの社会、自分だけの世界を作り上げて。いろんな道具や服や何もかも全部――」

「わたし自身が、そうした島で二年過ごしたからだ。第二次大戦中に」

ヴィックが言った。「まだ何も理論は立てていないのか？」

「何がおかしいかについてか？」レイグルはサミーのほうに頭をかしげてみせた。サミーは三人の話にじっと耳を傾けている。

「大丈夫」とヴィック。「この子はすべてをきちんと理解している。そうだろう、マックボーイ？」

「うん」

レイグルにウィンクすると、ヴィックは言った。「それじゃ、何がおかしいのか、教えてくれるかな」

サミーは言った。「あいつらがぼくたちをだまそうとしているんだ」

「わたしの言ったことを聞いていたのね」とマーゴ。

「誰がぼくたちをだまそうとしているんだ？」ヴィックがたずねる。

「ええと——敵だよ」

「どんな敵なんだ？」レイグルが聞く。

サミーはしばらく考えこんだのちに、「敵はどこにでもいるんだ。名前はわからない。でも、そこらじゅうにいるんだよ。たぶん〝アカ〟さ」

レイグルはさらに続けて、「どうやってだましているのかな？」

サミーは自信たっぷりに答えた。「だまし銃を持っていて、それをぼくたちのど真ん中に撃ちこむんだ」

三人はいっせいに笑い出した。サミーは顔を赤くして、からっぽのデザート皿をもてあそんだ。

「原子だまし銃か？」ヴィックが聞く。

サミーは口ごもりながら言う。「原子のだったかそうでなかったかは忘れた」

「この子はわたしたちよりずっと先を行っているぞ」レイグルは言った。

デザートもすみ、サミーは自分の部屋に戻った。マーゴはキッチンで皿を洗いはじめ、男性二人は居間に移動した。すると、唐突にドアベルが鳴った。

「きっと、お仲間のカイテルバイン夫人が戻ってきたんだよ」ヴィックが言って、玄関に向かった。

ポーチに立っていたのはビル・ブラックだった。「こんばんは」と言って家に入ってくる。「お二人にこんなものを持ってきました」そう言って、ビルは何かをポイと投げてよこし、レイグルはキャッチした。ボールペンだ。それも上等そうな。「ヴィック、二本はあなたの分。北部のある企業が送ってきたんですが、ぼくらは受け取るわけにはいかないんですよ。物品の贈与に関する市の規定があって。受け取ったその日に食べきるか吸いきるか飲みきるかすべし、それができなければ、保持していてはならない」

「でも、ぼくたちにやる分には問題はない、と」ヴィックは言ってボールペンをチェックした。「ありがとう、ブラック。店で使わせてもらうよ」

どうしたものだろうとレイグルは考えた。ブラックに話してみるべきだろうか。レイグルは義弟の目を見た。そこには同意の色が現われているように思えた。「少し時間はあるかな?」

「ええ」

「きみに見てもらいたいものがあるんだ」ヴィックが言う。

「いいですよ。見せてください」ブラックは言った。

ヴィックが雑誌を取りにいきかけた時、レイグルは突然、「ちょっと待って」と言って、ブラックにこう問いかけた。「マリリン・モンローという人物の名前を聞いたことがあるか？」

これを聞いて、ブラックの顔にどこか妙な謎めいた表情が浮かんだ。そして、ゆっくりと「なんなんです、いったい？」と言った。

「聞いたことがある？　それともない？」

「もちろんありますよ」ブラックは言った。

「嘘だよ」とヴィック。「何かの冗談だと思って、引っかけられないようにしているんだ」

「正直に答えてくれ」レイグルは言った。「これは冗談じゃないんだ」

「もちろん、聞いたことがあります」

「何者だ？」

「マリリン・モンローは――」と言って、マーゴかサミーが聞いていないかと、別室に目をやった。「史上最高の肉体美の持ち主です」そして、こう付け加えた。「ハリウッドの女優ですよ」

何てことだ、とレイグルは思った。

「ここにいて」と言って、ヴィックは居間を出ていき、ほどなく雑誌を持って戻ってきた。ブラックに見えないように雑誌を掲げて、「彼女が出た映画で最高傑作とされているのは？」と言った。

「それは見方によりますね」とブラック。

「じゃ、ひとつでいいからタイトルを挙げて」

ブラックは言った。「『じゃじゃ馬ならし』」

レイグルとヴィックは記事を確認した。だが、このシェイクスピアの喜劇の映画に彼女が出演したという記述はない。

「何か別のを言ってくれ」ヴィックは言う。「今のは載っていないんだ」

ブラックは苛立たしげに手を振った。「いったいぜんたいなんなんです？　そんなにしょっちゅう映画を見ているわけじゃないし」

レイグルが言う。「この記事によると、彼女は有名な劇作家と結婚したとある。その作家の名前は？」

考えこむこともなく、ブラックは言った。「アーサー・ミラー」

ということは、とレイグルは結論を出す。ここに書かれていることはすべて事実なんだ。

「それではなぜ、わたしたちは彼女の名を聞いたことがないんだろう？」レイグルはブラックにたずねた。

腹立ちもあらわに、ブラックは言う。「そんなこと、ぼくに聞かないでくださいよ」

「彼女は以前から有名なのか？」

「いいえ。そんなに昔からじゃありません。ジェーン・ラッセルを憶えているでしょう。『ならず者』で一躍名を上げた——」

「いや」とヴィック。レイグルも首を横に振る。

ブラックの動揺は今や抑えがたいものになっていたが、極力、表に現わすまいとして言った。「要するに、そういうからくりがあるんですよ。ひと晩でスターを作り上げるというからくりが」ブラックは話を止め、ヴィックに近寄って雑誌を見ようとした。「これはなんなんです？　見せてもらえますか？　それとも秘密ですか？」

「見せてやれ」レイグルが言った。

雑誌に目を通したのち、ブラックは言った。「そう、これは数年前のものですね。きっともう彼女は消えてしまったんですよ。ぼくとジュニーは結婚する前によくドライブインシアターに行っていました。この記事に書いてある『紳士は金髪がお好き』も見たのを憶えています」

キッチンに向けて、ヴィックが大きな声で言った。「マーゴ——ビル・ブラックは彼女の名前を知ってるって」

マーゴが青い柳模様の皿をふきながら現われた。「本当？　だとすると、これではっきりしたということになるわね」

「はっきりしたって、何が？」ブラックが問う。

「ある説を立てたのよ、わたしたちが体験したことに関して」

「どんな説です?」

レイグルが言う。「わたしたち三人には、何かがおかしいように思えるんだ」

「どこが? ぼくには、あなたたちが何を言っているのか、さっぱりわからない」

三人は何も言わなかった。

「ほかに見せてもらえるものはありませんか?」ブラックが言った。

「ない」レイグルは言った。

「電話帳も見つけたのよ」マーゴが言う。「雑誌と一緒に。電話帳の一部だけど」

「いったいどこで見つけたんです?」

レイグルは言った。「どうしてそんなことを気にする?」

「別に気にしてやしません。ただ、あなたたちみんな、どうかしてしまったみたいだから」ブラックの口調には明らかな怒りが現われていた。「その電話帳も見せてもらえますか」

ヴィックが電話帳を持ってきてブラックに手渡した。ブラックはソファに腰かけて、憤懣やるかたないといった表情でしばらくページを繰っていた。「これがなんだって言うんです? 北のほうの田舎のものですよ。もう使われていない番号だ」電話帳をピシャリと閉じると、ブラックはテーブルに放り出した。電話帳はテーブルの上を滑って床に落ちそうになり、ヴィックが間一髪のところで押しとどめた。「本当にみなさんにはびっくりしましたよ。特に、マーゴ、あなたには」ブラックは手を伸ばしてヴィックの手から電話帳を引ったくり、立ち上がって、玄関に向かいかけた。「すぐに返します。一日かそこらで。ジュニーの高校時代のクラスメートの行方が突きとめられるかどうか、調べてみたいんです。何人も連絡がつかないと言ってました。みんなたぶん結婚してしまっているでしょうけど。ほとんどが女性だから」玄関のドアをバタンと閉じて、ブラックは戻っていった。

「ひどく怒っていたわね」ややあって、マーゴが言った。

「何がブラックを怒らせたんだろう」ヴィックが言う。

レイグルは、追いかけていって電話帳を取り戻すべきだろうかと考えた。だが、そんなことをしても意味がないのは明らかだ。そう結論づけて、あとを追うのはやめた。

ビル・ブラックは狂ったように家に駆け戻ると、力まかせにドアを開け、妻の横も駆け抜けて電話に向かった。

「どうしたの？」ジュニーが言う。「喧嘩したの？　レイグルと？」ジュニーは、ローアリイの電話番号をダイヤルしているビルに歩み寄ってきた。「何があったのか言って。レイグルにしゃべったのね。レイグルがどう答えたか教えて。もし、わたしたちの間には何もないなんて言ったとしたら、彼は嘘つきよ」

「あっちに行っててくれ」ビルは言う。「なあ、ジュニー。頼むから。仕事の電話なんだ」ビルににらみつけられ、ジュニーはあきらめて離れていった。

「もしもし」ローアリイの声がした。

ブラックは背を丸め、ジュニーに聞かれないように、受話器を口もとに近づけて言った。

「行ってきた。連中は電話帳を入手していた。現行のか、少し前の電話帳だ。今はここにある。なんとかごまかして持ってきた。どういうことなのか、まだわからない」

「どこで手に入れたかは聞き出したのですか？」

「いや。もう頭に血が昇って、そのまま戻ってきてしまった。本当に恐ろしい奇襲攻撃だったよ。あの家に入っていくなり、こうだ。〝なあ、ブラック――マリリン・モンローという名前の女性を知っているかい？〟続いて、雨ざらしになった古い雑誌が、これ見よがしに顔の前に突きつけられた。なんとも惨めなひとときだったよ」ビルは今なお震え、汗をかいていた。頭と肩で受話器をはさみ、どうにかタバコをくわえてポケットからライターを取り出すのに成功した。だが、手が滑ってライターが落ち、ビルはため息をついて、手の届かないところに転がっていってしまったライターを見つめた。

「なるほど」ローアリイが言う。「彼らにとってマリリン・モンローは存在していません。うまく組みこめなかったんです」

「そうだった」

「雑誌と電話帳は雨ざらしの状態だったとおっしゃいましたね」

「ああ。ひどく傷んでいた」

「それなら、車庫か戸外で見つけたに違いありません。思うに、郡が管理していた、あの爆撃された兵器工場の跡地ではないでしょうか。今も残骸が残っています。あなたがたはいっこうに撤去しようとしていませんが」

「できないんだ！」ビルは言った。「あれは郡の所有地で、我々のものではない。それに、どのみち、あそこには何もない。セメントブロックと放射性廃棄物用の排水施設が残っているだけだ」

「市の作業車と作業員を使って舗装してしまったほうが賢明でしょう。フェンスで囲ってしまうんです」

「もうずいぶん前から、郡に許可を求める申請はしている」ビルは言う。「いずれにしても、彼らがあそこで見つけたとは思えない。もし、あそこで見つけたのだとすれば——あくまで〝もし〟だが——、それは、何者かがあそこに餌をまいたということだ」

「目につくように、ということですね」

「そう。金塊を二つ三つ」

「おそらくそうでしょう」

「だから、たとえあの空き地を舗装したところで、その何者かは、もう少し家に近いところに餌をまくだけのことだ。それに、ヴィックやマーゴやレイグルが、どうしてあの空き地を探りまわったりするんだ？　町から一キロ近くも離れているし、それに――」その時、ビルはマーゴの申請のことを思い出した。そうか、そういうことだったのか。「たぶん、きみの言うとおりだ」ビルはローアリイに言った。「その話はもういい」あるいはサミーか。いや、そんなことは問題ではない。電話帳はもう取り戻したのだから。

「彼らはホワイトページで何かを見つけたとは思いませんか？」ローアリイが言った。「昨日かけようとした番号とは別に」

ローアリイの言わんとしていることはわかった。「自分を探してみようなどと思うやつはいないさ」ブラックは言った。「誰も考えつかないことのひとつだよ、自分の電話番号を調べてみるなんて」

「電話帳は、今そこにあるんですね」

「ああ」

「彼が発見したかもしれないものを確認してみてください」

受話器が落ちないように気をつけながら、ビル・ブラックは、あちこちが破れ、しわだらけになった電話帳を繰っていった。Rのページまで。それは確かにそこにあった。

レイグル・ガム・インク、第二十五支社　　ケントウッド　六‐〇四五七

午後五時から午前八時　ウォールナット　四 - 三九六五
発送部　ローズヴェルト　二 - 一一八一
フロア１　ブリッジフィールド　八 - 四二九〇
フロア２　ブリッジフィールド　八 - 四二九一
フロア３　ブリッジフィールド　八 - 四二九二
受品部　ウォールナット　四 - 三八八二
緊　急　シャーマン　一 - 九〇〇〇

「レイグルがこのページを見ていたら、どうなっていただろう」ブラックは言った。

「神のみぞ知る、です。緊張性の昏迷状態に陥るというのがもっともありそうなところでしょう」

ブラックは、レイグル・ガムがこの番号を見つけて電話した時に交わされる会話を想像してみようとした。レイグル・ガム・インク、第二十五支社のどの番号でもいい。もし、レイグルが電話をしていたら——何ともおぞましい会話になったことだろう。それはほとんど想像を絶していた。

6

翌日の午後、サミー・ニールソンは、まだちゃんと機能しない鉱石受信機を、家から裏庭のクラブハウスに運んでいった。

クラブハウスの扉には、ヴィックがスーパーで作ってもらった標示板がかけられている。店のレタリングを担当しているデザイナーが作ってくれたものだ。

ファシスト、ナチ、共産主義者、
ファランへ党員、ペロン主義者、
アンジェイ・フリンカ*およびベーラ・クーンの支持者は**
立ち入りを禁ず

父も伯父も、これは最高の標示板だと断言したので、サミーはクラブハウスの扉に釘でとめつけたのだった。

鍵で南京錠を開け、受信機を運びこむ。中に入ると、まず扉にかんぬきをかけ、それからマッチで石油ランプに火をつける。次いで、壁の複数の覗き穴に詰めてある栓を抜いて、敵が忍び寄ってきていないかどうかを確かめる。

人の姿はない。無人の裏庭が見えるだけだ。隣の物干しに下がっている洗濯物。焼却炉から立ち昇る鈍い灰色の煙。

テーブルにつくと、サミーはイヤフォンをつけ、猫ヒゲ線を鉱石に接触させはじめた。接触させるたびに、雑音が聞こえた。何度も何度も接触作業を続けていると、ついに、ガリガリとかすかな人の声が聞こえた――あるいは、聞こえたような気がした。そこで、その位置に猫ヒゲ線を固定し、今度は同調コイルにそってビードをゆっくりと動かしはじめた。複数の声から、ひとつの声が分離する。男の声。だが、あまりに小さすぎて、何を言っているかは聞き取れない。

アンテナ線をもっと伸ばさないといけないんだ。サミーは思う。

もっとワイヤがいる。

＊　一八六四～一九三八　チェコスロヴァキアの政治家、カトリック司祭。スロヴァキア人民党党首。

＊＊　一八八六～一九三八？　ハンガリーの共産主義活動のリーダー。

クラブハウスを出て——ちゃんと錠を閉めて——サミーは裏庭をうろうろしながら、ワイヤを探しはじめた。車庫を覗きこむ。奥に作業台があった。台に載っている雑多な物を一方から調べていくと、反対側に到達する前に、スチール製らしき、はだかのワイヤの大きなロールが見つかった。額縁をかけるのに使うか、でなければ物干し用だ。パパが額縁をかけているところなんて見たことないけれど。

かまわないさ。サミーは断定した。

額縁用のワイヤをクラブハウスに持っていき、屋根によじ登って、鉱石受信機から伸びているアンテナ線にワイヤを結びつけた。裏庭の幅ほどの長さがある、二本ワイヤの立派なアンテナ線ができた。

もう少し高くしなくちゃ。

重量のある犬釘を見つけ出して、アンテナ線の端をくくりつけ、投擲器を思いきりしならせて発射すると、犬釘は首尾よく家の屋根の上に到達した。だが、アンテナ線はだらんとしている。これじゃダメだ。もっとピンと張らなくちゃ。

家に戻ると、サミーは階段を駆け上がり、最上階に行った。最上階には屋根の平らな部分に出られる窓があった。ラッチをはずして、窓から素早く這い出した。

階下から、マーゴが大声で呼びかけてきた。「サミー、屋根に出ようとしてるんじゃないでしょうね」

「違うよ」サミーは叫び返した。もう出ちゃってるもん。〝出ようとしている〟と〝出ている〟は違うもん、と心の中でつぶやいた。アンテナ線を結びつけた犬釘は、屋根の斜面にあった。サミーは腹這いになり、少しずつ体をずらしていって、ついに釘をつかんだ。どこに結びつけよう。

決まってる。テレビのアンテナだ。

アンテナの金属の支柱に、受信機のアンテナ線を結びつける。よし、完了。素早く窓から家の中に戻り、階段を駆け降りて裏庭に出ると、クラブハウスに走っていった。

すぐさまテーブルの受信機の前に座り、イヤフォンをつけると、再び同調コイルに沿ってビードを動かしはじめた。

今度は男の声がはっきりと聞こえた。次いで、ほかのいくつもの声が沸き立つように入ってきた。興奮に手を奮わせながら、サミーは慎重にビードを動かし、もっとも大きな声をピックアップした。

会話が続いている。サミーがピックアップしたのは途中からだった。

「……硬さじゃなくて、アニスなんだよ。なんにでも入っている。チョコレートのにも。白くて、クルミがついているやつもある。で、ぼくはいつも、砂漠で見つかる真っ白になった頭蓋骨を連想するんだ……ガラガラヘビの頭蓋骨、ジャックウサギの頭蓋骨……小型の哺乳類。すごいイメージだろ？　野ざらしになって五十年はたっているガラガラヘビの頭蓋骨にかぶりつくというわけだ……」男は笑った。くだけた雰囲気で、文字どおり、ハッハハッハという感じで。「さて、これくらいかな、レオン。あ、もうひとつ。きみの弟のジムが、アリは暑い日には動きが速くなると言ってたこと、憶えているだろう？　でも、ぼくが観察したかぎり、そんな様子は全然ないんだ。ジムに確認してもらえるかい？　この間、きみと話したあとで二時間ばかりじっくりアリを観察したんだよ。天気が良くて暑い日だったけど、いつもと同じスピードで動きまわっているようにしか見えなかった」

何だかわからないや。

サミーは別の声に同調させた。今度のは早口だ。

「……CQ、CQ、こちらW三八四〇-Y、CQ、CQ、こちらW三八四〇-Y、応答願います。W三八四〇-Y、応答を求めています。CQ、CQ、CQ、どなたかいませんか。CQ、CQ、こちらW三八四〇-Y、CQ、CQ、応答願います……」同じ呼びかけが果てしなく続く。サミーはビードを動かした。

次の声は恐ろしくゆっくりしていて、即座にパスしてしまおうかと思ったほどだった。

「……ノー……ノー……もう一度……なんだって？……そ……が……ノー……そうは思わない……」

何だよ、わけのわかんないものばっかり。サミーはがっかりしていた。でも、とにかく聞こえるようにはなった。

気を取り直して、さらにビードを動かした。

キーキーガーガーという音に、思わず顔をしかめる。次いで、すさまじい勢いのトントントントンというノイズ。信号だ。モールス信号。大西洋で船が沈みかけているのかもしれない。乗組員が救命ボートで、炎を上げる油の海を必死に突っ切ろうとしているんだ。

次の声はかなりはっきりしていた。

「……三時三十六分ちょうどだ。こちらが追尾する」長い合間。「こちら側から追尾する。そちらは待機していてくれ」合間。「そうだ、待機しているんだ。わかったな?」合間。「オーケイ。待っていろ。なんだって?」長い長い合間。「違う、2・8ではなさそうだ。2・8。キャッチしたか? 北西だ。オーケイ、オーケイ。そうだ」

サミーは腕のミッキーマウス時計を見た。まさに三時三十六分になるところだったが、少しばかり進みがちな時計だったので、正確かどうかは何とも言えなかった。

と、その時、クラブハウスのはるか上空に轟音が轟き、クラブハウス全体が震えた。同時に、イヤフォンの声が言った。

「そちらもキャッチしたな? 方向を変えるのが見える。オーケイ、今日の午後はこれで終わりだ。予定数に到達。よし。オーケイ。連絡終了」

声がやんだ。

やったー。サミーは歓声を上げた。パパとレイグルおじさんに聞いてもらわなくちゃ。

イヤフォンをはずし、クラブハウスを跳び出すと、裏庭を抜けて、家に駆けこんだ。

「ママ！」と大声を上げる。「レイグルおじさんはどこ？　居間でお仕事してるの？」

キッチンではマーゴが水切りボードを磨いていた。「エントリーを出しに出かけてるわ。今日は早く終わったんですって」

「くそったれ！」サミーは思いっきり叫んだ。

「何事ですか、お若い方」マーゴが言う。

サミーは「ええと」とつぶやき、「ロケットみたいなのを鉱石受信機でキャッチしたんだよ。で、おじさんに聞いてもらいたかったの」と言って、どうしたらいいかわからずに、円を描いて歩きまわっていた。

「わたしに聞いてもらうというのはどう？」マーゴは言った。

「いいよ」しぶしぶといった様子でサミーは言って家を出た。そのあとに、マーゴがついていく。

「二、三分だけ聞かせてもらうわね」マーゴは言った。「それくらいで戻らないと――晩ご飯の前にやらなきゃいけないことが山のようにあるから」

午後四時、レイグルは中央郵便局で書留にしたエントリーを発送した。締め切りより二時間も早い。やる時はやるんだというところを見せないと。

タクシーで家の近くに戻ってきたレイグルは、家までは行かず、曲がり角の古い二階建ての家の前でタクシーを降りた。灰色のペンキを塗った家。フロントポーチがかしいでいる。

マーゴに見とがめられる気遣いはない。マーゴにできるのは、せいぜい隣に走っていくくらいのものだ。

急な階段を登ってポーチに上がると、レイグルは三つ並んだ真鍮の呼び鈴のひとつを鳴らした。ドアのレースのカーテンの奥に見える天井の高い長い廊下の先でチャイムが鳴った。

人影が近づいてきて、ドアが開いた。

「まあ、ガムさん」カイテルバイン夫人が言った。「学習会の曜日をお伝えするのを忘れてましたわ」

「そのとおりです。通りかかったもので、直接うかがおうと思いましてね」

「学習会は一週間に二回です。火曜日の二時からと木曜日の三時から。憶えやすいでしょう」

さりげないふうを装いながら、レイグルはたずねる。「うまくいきましたか——大勢に登録してもらえましたか？」

「大成功というわけにはいきませんわね」カイテルバイン夫人は苦笑を浮かべた。今日は、それほど疲れた様子には見えなかった。青みがかったグレーのスモックとフラットシューズというでたちで、弱々しい印象は――去勢した猫をかたわらに推理小説を読んで過ごすオールドミスの雰囲気は――どこにもない。今日の彼女は、慈善バザーを開く熱心な教会活動家といったところだった。家の大きさと、複数の呼び鈴および郵便受けが、家主として生活費の一部を得ていることを示している。彼女はどうやら、この古い家を分割してアパートにしているようだ。

「登録した人で、わたしが知っていそうな人はいますか？」レイグルは言った。「わたしとしても、知り合いがいれば心強いので」

「ノートを見てみないと」とカイテルバイン夫人は言って、「よろしかったら、お入りになって、チェックする間、待っていていただけます？」

「ええ」

カイテルバイン夫人は廊下を進んで、突き当たりの部屋に入っていった。すぐに出てこなかったので、レイグルもあとに続いて部屋に入った。

部屋の大きさに、レイグルは驚かされた。風通しのいい講堂に似た広い空間で、ガスヒーターに作り替えられた暖炉があり、頭上からはシャンデリアが下がっていて、端に椅子がまとめて置かれてあった。部屋の片側には茶色に塗られたいくつものドアがあり、もう一方の側には高くて大きな窓が並んでいる。カイテルバイン夫人は書棚の前で、会計士が使うような台帳を繰っていた。

「見つからないわ」彼女はあきらめたという口調で言って、台帳を閉じた。「もちろん書きとめてあるんですけど、何もかもゴチャゴチャな状態で」と言って、雑然とした室内に向けて手を振ってみせた。「最初の会までに準備を整えておこうとはしているんですけど……たとえば椅子。椅子がまだ足らないんです。黒板も必要ですが、これは小学校がひとつくださるって約束してくれました」カイテルバイン夫人は不意にレイグルの腕をつかんだ。「ガムさん、地下室から運び上げたいオークの机があるんです。わたくしとウォルター——息子です——だけでは無理で、ずっと誰かに手伝ってもらおうと思っていたんです。手を貸していただけませんか？　ウォルターが言うには、男性二人なら数分で運び上げられるだろうということです。わたくしもやってみたんですが、椅子の背にかけた。

「喜んでお手伝いしますよ」レイグルは上着をぬいで、椅子の背にかけた。

笑みを浮かべた十代のひょろっとした若者がゆっくりと部屋に入ってきた。白いチアリーダーセーターにブルージーンズ、ピカピカの黒いオックスフォードシューズという格好だ。「こんにちは」はにかんだ様子で少年は言った。

紹介をすませたのち、カイテルバイン夫人を先頭に、三人は恐ろしく急な狭い階段を地下室に降りていった。湿っぽいコンクリートの壁に配線がむき出しになっている地下室には、クモの巣だらけのからっぽの果実酒用の広口瓶や、使わなくなった家具、マットレス、大昔の洗濯桶などが置かれてあった。

オークの机はすでに階段の下まで運ばれていた。

「すばらしい年代物の机です」カイテルバイン夫人は値踏みするような視線を向けつつ、机のまわりをゆったりと歩いた。「黒板の前に立っていない時は、この机に座っていたいんですよ。父の机でした。ウォルターの祖父の」

ウォルターが、まだ声変わりしていない、かすれ気味の高い声で言った。「七十キログらいです。びっくりするほど均等だけれど、後ろのほうが少しだけ重いかな。少し傾ければ、天井には引っかからないと思います。机の下に手が入ればオーケイ。で、ぼくがまず後ろ向きで持ち上げるので、ぼくの側が上がったら、そちらのほうに手を入れてください。いいですか？」ウォルターはすでにしゃがみこみ、後ろ向きで、机の下部に手を伸ばした。

「全体が上がったら、しっかりつかみますから」

軍務についていた時のレイグルは身体能力を自慢にしていたが、今は腰の高さに机を持ち上げただけで顔が赤らみ、息が荒くなった。ウォルターがしっかりつかみ直すと、机は揺れ、階段を一歩ずつ登るたびに、レイグルの手の内で左右にかしいだ。

階段上で三度、おろさなければならなかった。一度はレイグルが休むため、二度は、上部がつかえたために、持ち手の位置を変える必要があったからだ。しかし、ついに、大机は一階の広い部屋に上がり、重い音とともに、強張った指から離れて所定の位置におさまった。

「本当に、なんとお礼を申し上げたらいいのか」カイテルバイン夫人が地下室から上がってきて、階段の電気を消した。「どこかを打ったりはさんだりしていなければいいんですけど。わたくしが考えていたよりも重かったようね」

息子は、先刻と変わらない様子でしばらくレイグルを見つめていたのちに、思いきったようにたずねた。「コンテストに勝ちつづけているガムさんですよね」

「ああ」

少年の温和な顔に、どうしようかという表情が浮かぶ。「あの、こんなこと聞いちゃいけないのかもしれないけれど、でも、ずっと聞きたかったんです。コンテストでたくさん賞金を稼いでいる人に……ただの幸運だと思っているのか。それとも、たくさんの報酬を――ほかの人にはない能力を持っている弁護士が、普通よりずっとたくさんの報酬をもらうのと同じように、巨額の報酬を得ていると考えているのか。それとも、何百万ドルの値打ちがある絵を描いた昔の画家みたいなものなのか」

「恐ろしくハードな作業を必要とするものだ」レイグルは言った。「わたしはそんなふうに考えている。コンテストには一日に八時間から十時間、費やしているよ」

少年はうなずいた。「わかります、どういう意味か」

「どんなふうに始められたんですの？」カイテルバイン夫人が言う。

「わかりません。ある時、ふと新聞を見て、答えを送ってみた。三年くらい前のことです。そのままふらふらと入りこんでしまった。わたしのエントリーは最初から正解だった」

「ぼくは全然だめで、一度も正解したことがないんです」とウォルター。「十五回くらい出したけど」

「ガムさん、お帰りになる前に差し上げたいものがあるので、ちょっと待っていていただけます？　手伝っていただいたお礼です」カイテルバイン夫人は急ぎ足に、並んだドアのひとつから出ていった。

クッキーをいくつかというところだろう。レイグルは思った。

そうではなかった。戻ってきたカイテルバイン夫人の手には、明るい色のステッカーがあった。「車に貼ってくださいな」と言って、レイグルに差し出した。「後ろのウィンドウに。ＣＤのステッカーです。お湯にちょっとつけると、紙の部分がはがれて、マークが窓に残ります」彼女はにっこりとレイグルに笑いかけた。

「今は車を持っていないんですよ」

夫人は見るからにうろたえた。「あら、まあ」

ウォルターが楽しそうに大笑いして、「上着の背中に貼ってもらえばいいんじゃない」と言った。

「ごめんなさい」夫人はおろおろと言った。「とにもかくにも、ありがとうございました。

本当に何かお礼ができればいいんですけど、どうすればいいのか……そう、学習会をできるかぎりおもしろいものにします。それでいかがでしょう」

「たいへん結構」レイグルは言って、上着を取り上げ、廊下のほうに向いた。「そろそろ失礼します。それでは、今度の火曜の午後二時に」

部屋の隅、窓際の作りつけの椅子に、何かの模型らしきものが置いてあった。レイグルは足を止めて、じっくりと眺めた。

「学習会でそれを使うつもりですのよ」夫人が言う。

「なんなんですか、これは？」レイグルの目には、それは軍事要塞のレプリカのように見えた。内側の四角い広場で任務についている小さい兵士が何人もいる。全体の色は緑がかった茶色とグレー。建物の上から突き出したミニチュアの砲身に触ってみると、木彫りであることがわかった。「とてもリアルだ」

ウォルターが言う。「ぼくたち、こういうのをいくつも作ったんです。以前のCDの学習会で。去年、クリーヴランドにいた時。母さんが全部持ってきちゃったんですよ。こんなもの、ほかに欲しがる人はいないだろうけど」ウォルターはまた派手な笑い声を上げた。今回の笑い声は、むしろナーバスな感じがした。

「モルモン要塞のレプリカです」夫人が言う。

レイグルは驚いた。「いや、これは実に興味深い。わたしは第二次大戦に従軍しましてね。太平洋の島で過ごしたんです」

「そのようなことを、どこかで読んだ気がします。たいへんな有名人でいらっしゃるから……雑誌であなたのことを書いた小さな記事をしょっちゅう目にします。確か、これまでの新聞やテレビのコンテストでの最長の常勝記録を持ってらっしゃるんじゃなかったかしら」

「そうだと思います」

ウォルターが口をはさんだ。「太平洋で激戦に遭ったんですか？」

「いいや」レイグルは率直に言った。「相棒と二人で、小さな土のかたまりにへばりついていただけだ。ヤシの木が何本かと波形鉄板のバラックと無線機と気象観測機器がいくつかあるだけの絶海の孤島に。相棒が気象観測をして、わたしは、その情報を、何百キロも南にある海軍基地に通信していた。この作業には一日に一時間程度しかかからなかった。それ以外の時間はどうしていたかと言うと、日がな寝転がって天気を予想していた。毎日毎日、翌日の天気がどうなるか予想を立てていたというわけだ。これは我々の仕事ではなかった。我々の任務はデータを送るだけで、予想は本部の連中の仕事だったんだ。でも、わたしの予想はすばらしくよく当たってね。空を見て、それに観測装置のデータを加えるだけで充分。わたしの予想は、当たらないより当たるほうがずっと多かった」

「気象の状況は、海軍と陸軍にとって、とても重要なものだったんでしょうね」カイテルバイン夫人が言った。

「悪天候は地上作戦を実行できなくさせてしまうことがある。補給部隊が動けなくなってしまいますからね。戦争の趨勢そのものを変えてしまうんです」

「それがトレーニングになったんですね」ウォルターが言う。「コンテストの。天気で予想をやったのが」

レイグルは笑った。「そう、相棒とわたしがやっていたのはまさにそれだった。わたしが、十時に雨になると言うと、相棒は絶対にならないと言う。そんなふうにして、わたしたちは二年間、なんとか時間をつぶすことができたというわけだ。それプラス、ビールを飲むことで。一カ月に一度、補給要員が標準量の物資を運んできてくれるんだが、ビールに関しては、計算したところでは、一小隊分の標準量だった。ただひとつ、問題は冷やす手段がないことだった。結果、毎日毎日、ぬるいビールということになった」当時の記憶がはっきりと浮かび上がってきた。十五、六年前……三十歳。一介のクリーニング店の店員のもとに、ある日、徴兵の知らせが届いた。

「ねえ、母さん」ウォルターが興奮気味に言った。「すごいアイデアを思いついたよ。ガムさんに学習会で戦争の体験を話してもらうというのはどうだろう。会のみんなに、自分たちも直接の関係者なんだという感覚を強めてもらえるよ。危機はすぐそこにあるんだってこと。ガムさんは、ＧＩの訓練を全部憶えているだろうから、攻撃を受けた時や緊急時にどうすべきかとかいうことを教えてもらえる」

レイグルは言う。「わたしが体験したのは、今言ったことで全部だ」

「でも、ほかの隊の人たちが話していたことも憶えているでしょう？　空襲とか空爆とか」ウォルターは引き下がらない。「実際には体験していなくても」

子供はみな同じだとレイグルは思う。この少年はサミーと同じ線上で話をしている。サミーは十歳、この少年は十六くらいか。しかし、二人ともなかなかいい子だ。レイグルは、少年の言葉を賞賛と受け取った。

名誉。これがわたしの報奨なのだ。コンテスト史上、最大の、もしくは最長の勝者であることへの。十歳から十六歳までの少年は、わたしが何か特別の人間であるように思う。

こう考えて、レイグルは楽しくなった。「火曜日には、陸軍大将の軍服を着てくることにしようか」

少年の目が大きく見開かれた。次いで、体を硬くして興奮を表に出さないようにしながら言った。「嘘じゃないですよね？　陸軍大将？　四つ星の？」

「そのとおり」レイグルはできるだけいかめしい口調で言った。カイテルバイン夫人が笑みを浮かべ、レイグルも夫人に笑みを返した。

五時三十分、閉店後、裏の戸締まりをすませたのち、ヴィック・ニールソンは四人のレジ係を呼び集めた。

「聞いてくれ」ヴィックは言った。一日中、計画を練っていたのだった。窓のブラインドはすべておろされ、残っている客もいない。レジでは、副店長が売り上げの勘定と明日用のレシート用紙のセットにかかっていた。「きみたちにやってもらいたいことがあるんだ。心理学の実験なんだが、一分とかからない。やってくれるかな？」ヴィックはレジ係のリーダーであるリズに向けて言った。リズが承知すれば、ほかのみんなもやってくれるはずだ。

「明日じゃだめなの？」リズはすでに上着を着て、ハイヒールにはき替えていた。そのいでたちのリズは、どこか威風堂々たるパイナップルジュースの立体広告ポスターのように見えた。

「うちのやつも駐車場で待っていて、ぼくがすぐに出ていかないと、ホーンを鳴らしはじめるに決まっている。要するに、その程度の時間しかかからない」

ほかの男性レジ係はリズの答えを待った。三人はまだ白いエプロンをつけて、耳に鉛筆をはさんだままだ。

「いいわ。でもね」リズはヴィックに指を突きつけながら付け加える。「本当のことを言ったほうがいいわよ。事と次第によっては、あたしたちも、即刻出ていったほうがいいってことになるかもしれないし」

ヴィックは青果物のコーナーに行き、仕切りのひとつから紙袋を取って、息を吹きこみはじめた。リズと三人のレジ係は、その様子をぼんやりと眺めている。

「やってもらいたいことというのはこうだ」と、ヴィックは大きくふくらんだ紙袋の口をしぼりながら言った。「ぼくが、これをパンと叩いて、あることを叫ぶ。そうしたら、ぼくが言ったとおりの行動を取ってほしいんだ。何も考えずに——ただ、聞こえたとおりのことだけを実行する。間髪容れずに動いてほしいんだよ。ぼくの言っていること、わかるかい？」

キャンディとガムのラックからくすねたガムをかみながら、リズが言う。「ええ、わかったわよ。やってちょうだい。紙袋がパン、何かを叫ぶ、ね」

「こちらを向いて」四人は広いガラスのドアに背を向けて並んだ。店に出入りする唯一の通路だ。「よし」と言ってヴィックは紙袋をかかげて叫んだ。「逃げろ！」続いて、紙袋を叩き割る。ヴィックが叫んだ瞬間、四人はびっくりして、ほんの少し跳び上がった。紙袋が割れた時——からっぽの店内に、恐ろしく大きな音が響き渡った——四人は脱兎のごとく駆け出した。

誰ひとり、ドアには向かわなかった。四人はいっせいに、左手の支柱の方向に走り出したのだ。六歩、七歩、八歩……そこで四人は息を切らし、うろたえた様子で足を止めた。

「いったいどういうこと？」リズが詰め寄った。「なんの真似よ。最初に袋を割って、それから叫ぶって言ったじゃないの。それなのに、先に叫んだわ」

「ありがとう、リズ」ヴィックは言った。「実験成功だ。ボーイフレンドに会いにいってくれていいよ」

四人は馬鹿にしたような目でヴィックを一瞥すると、列を作って店から出ていった。

売り上げの勘定とロール紙のセットをしていた副店長が、「わたしにも駆け出してもらいたかったのかな？」と言った。

「いいえ」ヴィックは上の空で言った。頭の中は、今の実験のことでいっぱいになっていた。

「駆け出さなかったけど、レジの下にもぐりこもうとしたよ」と副店長。

「それはどうも」と言って、ヴィックは店を出た。入口の鍵をかけ、それから駐車場を横切って、フォルクスワーゲンに向かった。

フォルクスワーゲンにはがっしりした黒いドイツシェパードが乗っていて、近づいていくヴィックに鋭い視線を向けてきた。車はフロントバンパーが大きくへこんでいる。加えて、洗車が必要な状態だ。

これぞ心理学の実験だとヴィックはひとりごちた。あれはうちの車じゃない。マーゴではない。ヴィックは先刻、いつもマーゴが迎えにくる時間に、フォルクスワーゲンが駐車場に入ってくるのをちらりと見ただけで、マーゴが来たと思いこんでしまったのだった。

ヴィックはまわれ右して、再び店に向かった。入口の前まで来たところで、ガラス扉が開き、副店長が首を突き出した。「ヴィック、奥さんから電話だ。出てほしいそうだ」

「すみません」と言って、開いた扉を押さえ、店内に入って壁の電話のところに行った。

ヴィックが出ると、マーゴの声がした。「あなた？　ごめんなさい、まだ家なの。わたしが行くまで待っている？　それともバスで帰ってきてくれる？　疲れているなら今から迎えにいくけれど、でも、バスに乗ったほうが早いと思うのよね」

「バスに乗るよ」

「サミーのクラブハウスで鉱石受信機の通信を聞いていたの。すごかったわ！」

「よかったな。それじゃ」と言って、ヴィックは電話を切ろうとした。

「ありとあらゆる通信を聞いたのよ」

副店長に挨拶をしてから、ヴィックは通りの角まで行ってバスを待った。ほどなく、彼は、買い物客や勤め人や老婦人や子供たちとともに帰路についていた。

市の規則では公共の乗り物は禁煙だったが、どうにも気分が落ち着かなかったので、タバコに火をつけた。窓を開けて、隣に座っている女性の顔のほうに煙が行かないようにした。

実験は大成功だった、とヴィックは思った。あんなにうまくいくとは思わなかった。

彼は、レジ係たちがてんでんばらばらに——ひとりは出口に、ひとりは壁のほうに、ひとりは出口とは反対方向に、というふうに——走り出すと考えていたのだ。それが、彼の仮説を裏づけることになるはずだった。彼の立てた仮説とはこうだ。自分たちがいるこの現実は、ある意味で一時的なものであり、実際には、みな、どこか別の場所で人生を過ごしてきた。そして、誰もその〝別の場所〟を憶えてはいない。

だが……それなら、ひとりひとりが独自の反応を示すはずではないか。四人が四人、同じ反応を示すわけがない。ところが、実際には、四人全員が同じ方向に駆け出した。予想外の方向だったが、統制がとれていた。彼らは個人としてではなく、集団として行動していたのだ。

これは、端的に、四人の〝以前の現実〟における経験が似たようなものだったということを意味している。

それが成り立つ状況として、どんなものがありうるだろう？

現時点の仮説ではそこまでは説明できない。

そして、手でバスの窓の外に向けてタバコの煙を払っている今、ヴィックには、即座に別の仮説を考え出すこともできなかった。

あまりぱっとしないけれど、こんなのはどうだろう。ヴィックは頭の中にいくつかの思いつきを並べた。あの四人は一緒に何らかの職務についていた。同じ下宿屋で共同生活を送っていた。何年間か同じカフェで一緒に食事をしていた。同じ学校に通っていた……。

どこか得体の知れないところから、この現実に漏れ出している雫《しずく》。ここに一滴、あちらにまた一滴。天井にできたしみ。だが、この雫は、どこからやってきているのか？　この事態はいったい何を意味しているのか？

もう一度、論理的に整理しなおしてみよう。最初に気づいたのは、ラザニアを食べすぎた時だった。ポーカーを中断して――よくも悪くもない手だった――消化剤を飲みに真っ暗なバスルームに入った時。

それ以前に何かあっただろうか？

何もない。あれ以前には、陽の光があふれる世界だった。子供が遊び、牛が鳴き、犬が尻尾を振っている世界。日曜の午後には一家の主人が庭の芝を刈り、テレビでフットボールを観戦する世界。あの世界が永久に続いているはずだったのに。何にも気づくことなく。

いや、とヴィックは思い至った。レイグルの幻覚がある。

いったいどんな幻覚なのだろう。レイグルはそれまで一度として口にしたことがなかった。

だが、レイグルの幻覚は間違いなくぼくの体験と同じ線上にある。何らかの形で、レイグルは自分が現実に穴を開けていることに気づいたのだ。穴を広げていることに。あるいは、穴が広がりつつあることに。割れ目はどんどん大きくなっていき、やがて巨大な裂け目が口を開く。

ぼくたちは、それぞれが気づいていることを照らし合わせてみることができる。でも、それは、何かがおかしいということ以外、何も教えてはくれない。それが出発点だということはわかったが、ぼくたちが手にしている手がかりは、解答につながるどころか、真実が遠く手の届かないところにあることをいっそうはっきりと見せつけるばかりだ。

それにしても、とヴィックは思った。あの電話帳をビル・ブラックに渡したのはまずかった。

これから何をすべきなのか。心理学の実験をもっとやってみる？

いや。実験は一回で充分だ。バスルームで意図せずにやってしまった、あの一回だけで。さっきの店での実験は、マイナスのほうが大きかった。実証どころか、さらなる混乱を引き起こした。

これ以上、自分を混乱させてはならない。今でももう充分、これからの人生を安穏に過ごしていけないほどに混乱しているのだから。ぼくはいったい何を確実に知っていると言えるのだろう。たぶん、レイグルの言うとおりだ。哲学書を引っ張り出して、じっくり読むところから始めるべきなんだ。バークレー司教であれ誰であれ……バークレー司教以外には名前すら出てこないほど、ヴィックの哲学に関する記憶はあやふやだった。

目を閉じる寸前、ひとすじの光だけが入ってくるようにして、強烈に念じてみたらどうだろう。このバス、かさばったショッピングバッグを抱えて疲れ切った様子の、あの肥った老婦人、ぺちゃくちゃおしゃべりしている中学か高校の女生徒たち、夕刊を読んでいる男性、赤い首の運転手……ひょっとしたら、全員が消えてしまうのではないか。尻の下できしんでいる椅子。バスが発車するたびに湧き上がる排気ガスの臭い。振動。揺れ。窓の上の広告。すべてがあっさり消えてしまうかもしれない……。

ヴィックはぎゅっと目を細め、意識を集中してバスと乗客の存在を消し去ってしまおうとした。十分間、力をこめて念じつづけた。意識が一種のトランス状態に落ちこんでいく。中心だ。ぼんやりと考える。何か一点に意識を集中させるんだ。ヴィックは向かい側にある停車ブザーを選んだ。丸い白いブザー。消えろ。ヴィックは思う。消えてしまえ。

消えてしまえ。

消えて

消え

消

……

バスが発進して、ヴィックは目を覚ました。いつのまにか眠っていたのだ。

自己催眠だ。うとうとしてしまったんだ。みんなと同じように。乗客たちの頭がバスの動きに合わせて一様に揺れている。左、右。前。横。右。左。赤信号でバスが停まる。乗客の頭も同じ角度で止まる。

バスが発車すると、後ろに。

バスが停車すると、前に。

消えてしまえ。

消えて
消え
次の瞬間、半ば閉じた目の向こうで、乗客の姿が消えていった。

わお、やったぞ！　見ろ、何ておもしろいんだ。

違う。消えてなんかいない。

バスも乗客も消えてはいなかった。そうではなく、バス全体が大きく変化しはじめていた。それは、店での実験と同様、予想を裏切るものであり、ヴィックが望んでいたのとは異なる事態だった。

ちくしょう！　消えてしまえ！

バスの側壁が透明になっていく。その向こうに道が見え、歩道と立ち並ぶ店舗が見えた。細い支柱、バスの骨格。金属の梁で構成された、からっぽの箱。シートはなく、椅子の長さの薄い張り板の上で、目鼻のないカカシのようなものが揺れている。生きていないカカシが、前に、後ろに、前に、後ろに、揺れている。前方の運転手を見る。運転手は変化していなかった。赤い首。たくましい広い背中。うつろなバスを運転する運転手。

うつろな人間たち、とヴィックは思う。もっと詩を読んでおけばよかった。

運転手を除けば、ヴィックはこのバスでただひとりの人間だった。

バスはちゃんと走っている。繁華街を抜け、オフィス街から住宅地域へと進んでいく。運転手はヴィックを家に向けて運んでくれている。

ヴィックが再び目を大きく開くと、前後に揺れている人たちはもとの姿に戻っていた。買い物客。中高生。騒音と排気ガスの臭いと話し声。

正しく機能しているものなんてないんだ。ヴィックは自分に向けて言う。

運転手が、駐車場から出ようとしている車にホーンを鳴らした。すべてが通常の状態に戻っていた。

実験。ヴィックは考える。もし、あのままバスから道に落ちていたらどうなっただろう？　ぞっとしながら、ヴィックはさらに思った。もし、ぼくもまた存在することをやめていたら？

これがレイグルの見たものなのだろうか？

7

家の中に人の気配はなかった。

瞬間、ヴィックはパニックに襲われた。まさか。

「マーゴ！」大声を上げる。

どの部屋にも誰もいない。家中を歩きまわりながら、ヴィックは何とか気持ちを落ち着かせようとした。

やがて、ヴィックは裏口のドアが開いているのに気づいた。

裏庭に出て、あたりを見まわす。依然として人の気配はない。レイグルもマーゴもサミーもいない。

ヴィックは小道をたどり、物干し場を過ぎ、バラの植えこみの横を通り過ぎて、裏塀に接したサミーのクラブハウスに向かった。

クラブハウスの扉を叩くと、即座にスロットがスライドして、息子の目が現われた。

「ああ、パパか」すぐにかんぬきがはずされ、扉が開かれた。

レイグルがイヤフォンをつけて、テーブルの前に座っていた。その横にマーゴがいる。二人の前には、なぐり書きの文字がびっしりと記された紙の束があった。

「何をやっているんだ？」ヴィックは聞いた。

「モニターしているの」マーゴが答える。

「そのように見えるけど、でも、何を聞いているんだ？」

イヤフォンをつけたまま振り向いたレイグルの目がきらっと光った。「連中の通信をキャッチしているのさ」

「連中って──誰のことだ？」

「レイグルが言うには、それがわかるには何年もかかるかもしれないって」そう言うマーゴの顔も生き生きとしていて、目が輝いていた。サミーは陶酔しきっているかのように、横にじっと立ちつくしている。三人の様子は、いまだかつて見たことのないものだった。

「でも、わたしたちは彼らの話を盗み聞きする手段を手に入れたというわけ」マーゴが続ける。「メモを取りはじめたのよ。見て」と言って、紙の束をヴィックのほうに押しやった。「話の全部を書きとめているの」

「アマチュア無線家？」

「それもある」レイグルが言う。「ほかには、シップと基地の間の交信。基地は明らかに、すぐ近くにある」

「シップって、海の船のことか？」

レイグルは上方を指差した。

何てことだ。ヴィックもまた、同じような緊張と興奮を覚えた。すごい。

「すぐ上を飛んでいく時には、大きくはっきり聞こえるの。一分くらい。それで消えてしまうけど。話が聞こえるのよ。信号だけでなくて、会話が聞こえるの。冗談ばっかり言ってるわ」

「たいへんなジョーカーたちだよ」レイグルが言う。「最初から最後までジョークばかりだ」

「ぼくにも聞かせてくれ」

ヴィックがテーブルにつくと、レイグルがイヤフォンをはずしてヴィックの頭にはめた。

「わたしがチューニングしたほうがいいだろう。きみは聞いているだけでいい。シグナルがはっきりと聞こえたら言ってくれ。そこにビードを止めておくから」

即座に声が聞こえてきた。誰かが何らかの工業プロセスに関する情報を話している。しばらく耳を傾けていたのち、ヴィックは言った。「わかったことを話してくれ」気が逸《はや》っていて、通信の内容を聞いているどころではなかった。イヤフォンの中では単調な声が話しつづけている。「何がわかった？」

「まだ何も」レイグルは、満足げな様子を少しも減じることなく言った。「だが、すごいことじゃないか。連中がそこにいることがわかったんだぞ」

「そんなことはとっくにわかっていたじゃないか。しょっちゅう上空を飛んでいるんだから」

レイグルとマーゴは——サミーも——ハッとしたような顔をした。しばしの沈黙ののち、マーゴが兄をちらりと見た。レイグルが言った。「そのとおりだ。なぜそれに思い至っていなかったのか……これは説明するのが難しいな」

その時、クラブハウスの外から声が聞こえてきた。「……イッタイミンナドコニイルンダ」

マーゴが警告するように手を上げる。全員が耳をすませた。

裏庭で誰かが彼らを探している。小道をやってくる足音。続いて再度の声。先刻より近い位置だ。

「みんな、どこなんだ？」

低い声でマーゴが言う。「ビル・ブラックよ」

サミーが扉のスロットをスライドさせ、「ほんとだ、ブラックさんだ」とささやく。

サミーを抱き上げて横にやると、ヴィックは上体をかがめてスロットから外を覗いた。

ビル・ブラックが小道の真ん中に立っていた。彼らを探しているのは明らかで、その顔には苛立ちと当惑が表われていた。家の中に入ったのは間違いない。鍵がかかっていなかったので、そのまま入って、誰もいないことを知ったのだ。

「なんの用かしら」マーゴが言う。「このまま静かにしていれば、帰ってしまうわよ。どうせ夕飯にご招待とか、どこかに出かけようとか、そんなところだろうから」

四人は待機した。

ビル・ブラックは草を蹴とばしながら、所在なげに歩きまわった。「みんな！　いったいどこにいるんだ？」

沈黙。

「ここに隠れているのを見つかったら、きっと馬鹿みたいな気がすると思うわ」マーゴが神経質な笑い声を上げた。「まるで子供みたいだもの。あの人、ほんとおかしいわね。あんなふうに首を伸ばして、わたしたちを見つけようとやっきになって。草の後ろに隠れているとでも思ってるのかしら」

クラブハウスの壁に、おもちゃの銃がかけてあった。クリスマスにヴィックがサミーにプレゼントしたものだ。天辺からフィンとコイルがいくつも突き出していて、箱には〝山をも破壊する二三世紀の自動ロケット・ブラスター〟と書いてあった。サミーは二、三週間、この銃を撃ちまくりながら走りまわっていたが、そこでバネが壊れ、見てくれだけはまだ充分に脅威を与えるものの、結局、壁にかけられて記念品と化してしまったのだった。

そのブラスターを、ヴィックは壁からおろした。かんぬきをはずして扉を押し開け、静かに歩み出る。

ビル・ブラックはヴィックとは反対側を向いて、また大声を上げた。「みんな！　どこなんだ？」

ヴィックは低い姿勢を取り、銃身を上げてブラックに向けると、「おまえはもう死んでいる」と言った。

くるりと振り向いたブラックの目が銃をとらえた。真っ青になって、手を上げかけた時に、クラブハウスに気づいた。こちらをうかがっているレイグルとマーゴとサミー。フィンとコイルに、ピカピカのエナメルの銃身。ブラックは手をおろして言った。「ははは」

「ははは」とヴィックも言った。

ブラックが「何をしていたんです」と言った時、ニールソン家からジュニー・ブラックが現われ、裏口のポーチを降りて、ゆっくりと近づいてきた。ジュニーは眉をひそめてビルに寄り添い、夫の腰に腕をまわした。ブラックは何も言わなかった。

「ハイ」ジュニーが言う。

マーゴがクラブハウスから歩み出た。「あなたたちこそ何をしていたの？」マーゴは、どんな女性でも縮み上がりそうな声音でジュニーに言った。「わたしたちの家でくつろいでらしたというわけ？」

ブラック夫妻は無言で彼らを見つめた。

「さあ、どうぞどうぞ」マーゴは腕を組んで立ちはだかった。「お好きなだけくつろいでちょうだい」

「落ち着けよ」とヴィックが言う。

マーゴは夫に言った。「いいこと、この人たちはうちにズカズカ上がりこんだのよ。きっと、全部の部屋を見てまわったんでしょうね。何か見つかった？」とジュニーに向かって、「ベッドはきちんと整っていた？　カーテンに埃はついていなかった？　何か気に入ったものはあった？」

レイグルとサミーもクラブハウスから出てきて、ヴィックとマーゴの横に立った。全員がビルとジュニーに向き合った。

長い沈黙ののち、ようやくビル・ブラックが口を開いた。「勝手にお宅に入ったことは謝ります。一緒にボウリングに行かないかと誘いにきただけなんです」

夫の横で、ジュニーが間の抜けた笑みを浮かべた。ヴィックは彼女が少しかわいそうになった。誰かを怒らせるなど、これっぽっちも思っていなかっただろう。ましてや、他人の権利を侵害するなどとは。セーターに青いコットンのパンツというういでたちで、髪をリボンで束ねたジュニーは、とてもかわいらしく子供っぽく見えた。

「ごめんなさい」マーゴが言う。「でも、無断でよその家に入ってはいけないということぐらい、わかってるでしょう、ジュニー」

ジュニーはたじろぎ、蝶番《ちょうつがい》がはずれたようにぎこちなく二、三歩あとじさって、「わたし――」とつぶやいた。

「もう謝りました」ブラックが言う。「これ以上、何がお望みなんです？」ビルもジュニーと同じくらい動揺しているようだった。

ヴィックが手を差し出し、二人は握手した。これで一件落着となった。

ヴィックはレイグルに「いたいなら残っていてくれていいよ」と言った。「ぼくらは家に戻って夕飯の支度をするから」

「何があるんですか？」ブラックが言った。「もちろん、ぼくの知ったことじゃないというのなら、そう言ってください。でも、みんな、すごく真剣な様子なものだから」

サミーが口を開いた。「クラブハウスには入れないよ」

「どうして？」ジュニーが言う。

「メンバーじゃないから」

「わたしたちもメンバーにしてもらえない？」

「だめ」

「どうしてだめなの？」

「だめだったらだめなの」サミーは父をちらりと見た。

「そういうことだ」とヴィック。「申しわけないが」

ヴィックとマーゴとブラック夫妻は裏口のポーチを登っていった。「晩ご飯がまだなのよ」マーゴの口調にはまだ腹立ちが残っていた。

「今すぐボウリングに行こうというわけじゃないの」ジュニーが訴えるように言った。「あなたたちがプランを立てる前に、ちょっと聞いてみようと思っただけ。そうだわ、夕飯がまだだったら、うちに来て一緒にというのはどうかしら？　ラムの脚があるし、冷凍豆もいっぱい。それに、ビルが帰る途中でアイスクリームを一クォート、買ってきてくれてあるの」声は震え、切迫感がみなぎっていた。「どうかしら？」

「ありがとう」マーゴが言う。「でも、また今度ね」

ビル・ブラックもまだ完全に落ち着いてはいないようだったが、少し離れたところに立ち、生真面目な顔で、ある程度のクールさを保っていた。「いつでも大歓迎ですよ」と言って、妻の前に立って玄関のほうに向かいかけた。「ボウリングに行く気になったら、八時ごろに寄ってください。その気にならなくても――」肩をすくめて、「ええ、全然かまいません」

「それじゃまた」ビルに続いて玄関を出ながら、ジュニーが「来てもらえたらうれしいわ」と言って、乞うような笑みを向けた。そして、ドアが閉まり、ようやく二人は姿を消した。

「本当にうんざりする人たち」マーゴが蛇口をひねってヤカンに水を入れながら言った。

「びっくりして考える余裕もないうちに人間がどんなふうに行動するものか、心理学の理論が山と立てられるな」

「ビル・ブラックの反応は普通に思えるわね。銃を見て手を上げて、おもちゃだとわかったらおろしたもの」

「あの時にちょうど彼がやってくるなんて、すごい偶然だと思わないか？」

「いつだって、どっちかがうちに来てるわよ、あの人たち。でしょ？」

「確かに」ヴィックは言った。


かんぬきをかけたクラブハウスで、レイグル・ガムはイヤフォンを耳に、はっきりと聞こえてくる通信をモニターし、折々にメモを取った。何年間もコンテストの作業を続けるうちに、レイグルは独自の速記方式を作り上げており、交信を聞きながら、正確な内容を記録するだけでなく、コメントや考えや自分のリアクションなども書きとめていった。ボールペン——ビル・ブラックにもらったもの——は流れるように走った。

そんなレイグルを見ていたサミーが言った。「本当に速く書くんだね、レイグルおじさん。あとでもちゃんと読めるの？」

「ああ」

この信号が近くの発進基地から発せられていることは疑う余地がない。オペレーターの声もわかるようになった。レイグルが知りたいのは、基地に離着陸する飛行物体の実態だった。どこに向かっているのか。恐ろしい速さで飛翔していくが、どのくらいの速度なのか。町の住人が、この飛行物体に関して何も知らないのはなぜなのか。秘密兵器なのか。一般大衆にはまだまったく知らされていない新しい実験飛翔体なのか。偵察ミサイル……追尾システム……。

サミーが言う。「おじさんは第二次大戦の時に日本の暗号の解読もやってたんだよね」

これを聞いて、レイグルはいま一度、唐突な無為感に襲われた。子供のクラブハウスに閉じこもって、イヤフォンを耳に当て、小学生が作った鉱石受信機の通信に何時間も聞き入っている……アマチュア無線家の交信と離着陸の管制指示に聞き入っている。まるで、自身が小学生であるかのように。

おまえは間違いなく狂っている。レイグルは自分に向けて言った。

おまえは戦争で戦ったことになっている人間だ。四十六歳で、大人と見なされる存在だ。そのとおり、とレイグルは思う。加えて、わたしは、日がな家にいて、新聞の〈火星人はどこへ?〉パズルの答えをせっせと書き送ることで生活費を稼いでいる。ほかの大人たちはみな、定職と妻と自分の家を持っているのに。

わたしは落伍者だ——精神異常者だ。幻覚。そう、わたしは正気ではないんだ。小児性の精神退行。ここに座って、いったい何をやっているのか？　白昼夢がいいところではないか。上空を飛んでいくロケット機や軍や陰謀といった非現実的な夢想。パラノイア。

究極の誇大妄想。何百万という人々の膨大な労働力が投入され、何十億ドルという金が投下された、果てしなく続く仕事の、その中心に、わたしがいる……わたしを中心に宇宙がめぐっている。分子のひとつひとつが、わたしの意識の中で、わたしとともに動く。外部に向けて投射されるわたしの重要性は遠い星々にまで届く。宇宙開闢《かいびゃく》の時からエントロピーの増大が停止する最後の平衡状態に至るまでの全宇宙の発展過程の中心にある存在、レイグル・ガム。すべての物質と意識とが、わたしのまわりを回転するために存在している。

サミーが言った。「レイグルおじさん、日本の暗号と同じように、あいつらの暗号も解読できると思う？」

我に返って、レイグルは言った。「暗号なんてないさ。みな、普通に話しているだけだ。誰かが管制塔で、軍用機の離着陸をコントロールしている」レイグルはサミーのほうに顔を向けた。少年は、このうえない熱意をこめてレイグルを見つめていた。「三十代で、週に一度、ビリヤードをやって、テレビが大好きな男性だ。わたしたちと同じだよ」

「でも、敵だよ」サミーが言う。

レイグルは叱った。「そんなことを言うんじゃない。どうしてそういうことを言うんだね？　おまえの頭の中にはそれしかないのか」そして、レイグルは、それが自分のせいだということに思い至った。わたしがサミーに吹きこんだんじゃないか。

イヤフォンの声が言った。「……よし、LF－三四八八。こっちが正確におろすからな。そっちは普通に前進していてくれればいい。そうとも、実質的に真上を飛ぶことになる」

クラブハウスが揺れた。

「飛んでる」興奮したサミーが言う。

イヤフォンの声は続く。「……すべてクリア。いいや、問題なしだ。今、きみは彼の頭上を飛んでいる」

彼？　レイグルは思った。

「……真下だ。そうとも、きみは今まさに、レイグル・ガムその人を見おろしているんだ。オーケイ、レーダーに入った。ゴー」

振動がおさまっていった。

「行っちゃった」とサミー。「着陸したんだね」

イヤフォンをはずすと、レイグルは立ち上がった。「しばらく聞いていてくれ」

「どこに行くの？」

「散歩だ」レイグルはかんぬきをはずし、クラブハウスから、冷たくさわやかな夜の空気のもとに歩み出た。

家のキッチンの明かり……妹と義弟がキッチンにいる。夕食の支度をしている。

出ていこう。レイグルは思った。ここからすぐに出ていこう。計画はしていた。もうぐずぐずしてはいられない。

慎重に家の横手から玄関にまわった。マーゴにもヴィックにも気づかれないように静かに家に入り、自室に行った。たんすの引き出しや衣類や封筒などに分けて保管していた紙幣をすべて取り出し、瓶の小銭をポケットに入れた。そして、上着を着ると、玄関を出て、急ぎ足に歩道を歩いていった。

一ブロックほど行ったところで、タクシーが通りかかり、レイグルは手を振って停めた。

「グレイハウンド・バスの発着場まで行ってくれ」レイグルは言った。

「承知しました、ガムさん」運転手が言った。

「わたしを知っているのか?」まただ、とレイグルは思う。パラノイアの小児的な人格の投影。果てしなく広がる自意識。誰もがわたしを知っている。わたしのことを考えている。

「もちろんですよ」運転手はタクシーを発進させた。「あのコンテストの常勝者ですからね。新聞で見て、思っていたんです。この町の、すぐそこに住んでいるじゃないか。もしかしたら、このタクシーに乗ることがあるかもしれないぞ、って」

もっともな説明だ。現実と妄想が微妙に重なり合う。本物の名声と夢想の名声。

タクシー運転手がわたしを知っているという場合、それは、わたしの頭の中の出来事ではない――たぶん。だが、天が大きく裂けて、神が名ざしでわたしに語りかける時……それは、わたしの精神が完全におかしくなった時だ。

この二つを区別するのは難しい。

タクシーは暗い道路を走っていった。家並みや店舗の前を通り過ぎ、やがて、ダウンタウンのビジネス街に入ると、五階建てのビルの前の歩道際で停まった。

「つきましたよ、ガムさん」運転手が言って、運転席から跳び出すと、レイグルが座っている側のドアを開いた。

レイグルは車を降り、財布を取り出そうと上着のポケットに手を入れながら、建物を見上げた。運転手が金を受け取ろうと、手を伸ばす。

街灯の明かりの中に浮かび上がったビルは、よく知っているものだった。夜でも間違えようはなかった。

《ガゼット》のビル。

タクシーの中に戻りながら、レイグルは言う。「わたしはグレイハウンド・バスの発着場に行きたいんだ」

「なんですって？」運転手が雷に打たれたような声を上げた。「グレイハウンド・バスの発着場？　くそっ——そうだった」運転手は車に跳び乗り、即座にエンジンをかけた。

「もちろん憶えてますよ。ただ、コンテストの話をしたもんで、新聞のことを考えていて——」運転手は頭をまわして、後部座席のレイグルに笑いかけた。「そのまま頭の中で

《ガゼット》と結びつけてしまったんですよ。なんて間抜けなんだろう」

「かまわんよ」

車はどんどん走っていった。やがてレイグルはどこを走っているのかわからなくなった。ここはどこなんだろう。右手には静まり返った工場が並ぶ夜の光景が広がっている。鉄道の線路らしきものも見える。タクシーは何度か踏切を渡り、そのたびに車体が跳ねたり揺れたりした。がらんとした広大な敷地……工場地帯だ。明かりはひとつもない。

レイグルは考えた。このまま町の外に連れていってほしいと頼んだら、運転手はどう言うだろう？

上体を乗り出して、運転手の肩を叩いた。「ちょっと」

「はい、ガムさん」

「このまま町を出てもらえないかね。バスはもういいから」

「申しわけないんですけど、市外の道路に出るのは許されていないんですよ。条例があって、市内のタクシーはバス路線と競合できないことになっているんです。決まりなんで」

「もちろん、別途、金は払う。メーター料金のほかに六十キロ分。以前にだってやったことがあるはずだ、条例があろうとなかろうと」

「いいえ、一度だってやったことはありません」運転手は言う。「ほかのやつは知りませんよ。でも、わたしはやったことはありません。認可を取り消されたくはありませんからね。市のタクシーが高速道路を走っていて、ハイウェイパトロールに見つかったら、即座に停止させられます。で、乗客が乗っていようものなら、一発で認可取り消しです。五十ドルの罰金に加えて、生活の糧を取り上げられてしまうんです」

レイグルは自分に問いかけた。連中が高速道路で、わたしが町から出ないように見張っているのだろうか？　これも連中のプロットなのか？

また妄想だとレイグルは思う。

だが、本当に妄想なのか？

妄想と現実をどうやって区別できると言うのか。どんな証拠があると言うのか。

果てしない真っ平らな広がりの真ん中に青いネオンが現われた。タクシーはそのネオンに近づいていき、ほどなく、その前の歩道際に停まった。「つきました。今度は間違いなくバスの発着場です」

レイグルはドアを開け、歩道に降り立った。ネオンサインの文字はグレイハウンドではなかった。ノンパレイル長距離バスとなっている。

レイグルは動揺した。「ちょっと——わたしはグレイハウンドと言ったんだが」

「これがグレイハウンドです」運転手が言う。「と言うか、グレイハウンドと同じ長距離バスです。ここにはグレイハウンドの路線はないんです。州は、この規模の町には一社の路線しか認めていません。ノンパレイルは数年前、グレイハウンドより先に認可を取ったんです。グレイハウンドは権利を買い取ろうとしたけれど、ノンパレイルは売らなかった。そこでグレイハウンドは——」

「わかった」レイグルは料金とチップを渡し、歩道から、レンガ造りの四角い建物に向かって歩きはじめた。周辺には、ほかの建物はいっさいない。建物の両側には雑草が生い茂っている。雑草、割れた瓶、紙くず。放置区域だ。市の最外縁に位置する一帯。道路のずっと先、ガソリンスタンドのネオンとその先に続く街灯の列が見えるが、それ以外には何もない。冷たい夜の空気に体が震えた。レイグルは木の扉を開け、待合室に足を踏み入れた。

すさまじい喧騒と疲労感あふれる空気が押し寄せてきた。目の前には人でいっぱいの待合室が広がっていた。ベンチはどれも満員——眠っている水兵、疲れきった様子の妊婦、コートにくるまった年配者、サンプルのケースを抱えたセールスマン、いらいらと体を動かしているよそゆき姿の子供たち。入口のレイグルと切符売場の間には長い列ができていた。前に出て見るまでもなく、列が動いていないことがわかった。

扉を閉めると、レイグルは列の最後尾についた。注意を向ける者は誰もいなかった。こんな時こそ妄想が事実になってくれればいいのに、とレイグルは思った。この待合室がわたしを中心に回転していれば——せめて、切符売場がわたしの前に来てくれれば。ノンパレイル・バスは、どのくらいの本数が走っているのだろうか。

レイグルはタバコに火をつけ、体を休めようとした。脚にかかる負担を軽減できればと、壁に寄りかかったが、ほとんど楽にはならなかった。いったいどのくらい、この場所に縛りつけられることになるのか……。

三十分たって、前進したのはほんの数センチだった。窓口から離れた客はいない。首を伸ばして窓口の奥をうかがったが、仕切りに隔てられて係員の姿は見えなかった。列の先頭にいるのは、黒い上着を着た肥った年配の女性だった。その背中の様子から、切符を買おうとしているのは間違いなさそうだったが、窓口から動く気配はない。切符の購入が終わらないのだ。彼女の後ろにいるのは、ダブルのスーツを着た、やせた中年男性で、うんざりしきった様子で爪楊枝をかんでいる。次は若いカップルで、二人は低い声で自分たちだけの話に熱中していた。そこで列は縦になって個々の人物は見分けられなくなり、レイグルは結局、すぐ目の前の男性の背中を見ているしかなかった。

四十五分が経過しても、レイグルは依然として同じ場所にとどまっていた。わたしの精神の異常がこの場全体に移ってしまったのだろうか。ノンパレイル・バスの切符を買うのはこんなにもたいへんなのか。わたしは永久にここにいることになるのだろうか。

恐ろしい考えが頭をもたげはじめた。わたしは死ぬまでこの列に並んでいるのかもしれない。変化しない現実――わたしの前には同じ男性が、後ろには同じ若い兵士が立ち、向かいのベンチでは、不幸のどん底にいるかのような女性が、うつろなまなざしを永遠に宙に向けつづける……。

後ろの若い兵士が発作的に動いて、レイグルにぶつかり、「あ、悪い」とつぶやいた。レイグルはうなり声を返した。

兵士は手を組んで関節をポキポキと鳴らし、それから唇をなめると、レイグルに言った。「ちょっと頼まれてくれないかな？　この場所、取っておいてもらいたいんだ」そして、レイグルが答えるより早く、後ろの女性に振り向いて、「奥さん、この人にオーケイしてもらったから、戻ってきてもここに入っていいですよね？」と言った。

女性はうなずいた。

「どうも」と兵士は言って、人ごみをかき分けるように、待合室の隅に向かった。

そこにはもうひとりの兵士がいた。脚を開いて膝に頭をあずけ、両腕をだらんと垂らしている。同僚は上体をかがめて、眠りこけている兵士の肩を揺すり、早口で話しかけはじめた。座っていた兵士が頭を上げた。目はうつろで、だらしなく開いた口が引きつっていた。酔っ払っているのだ。

馬鹿なやつ、とレイグルは思った。浮かれ騒いで大酒を飲んで。レイグル自身、軍務についていたころ、二日酔いの体に鞭打ち、基地に戻るべく、必死の思いで陰鬱なバス乗り場にたどりついたことが何度かあったものだ。

兵士は走って列に戻ってきた。心の動揺を表わすように唇を引っ張りながら、レイグルにちらと目を向けて言う。「この列ときたらこれっぽっちも動きやしない。この様子だと、遅くとも五時にはここに来てなきゃならなかったようだ」若々しい張りのある顔が不安でいっぱいになっていた。「基地に戻らなくちゃならないんだ。八時までに戻らないと、フィルもおれもＡＷＯＬ（無許可離隊）になってしまう」

その兵士は十八、九に見えた。金髪でやせぎすのこの兵士が、二人のうちの問題解決担当なのは明らかだった。

「それは困ったことだな」レイグルは言った。「基地はどれくらい離れているんだ？」

「ハイウェイのすぐ先の飛行場さ。実際にはミサイル発着場だけどね。飛行場ということになっている」

何と、例の物体が離着陸している場所ではないか。「町のバーで飲んでいたのか？」レイグルは務めてさりげないふうを装いながら言った。

「とんでもない。あんなしけた田舎町で誰が飲んだりするもんか」嫌悪感もあらわに兵士は言う。「海岸地域をずっとまわってたのさ。一週間の休暇だったんだ。ドライブだよ」

「ドライブだって？　それじゃ、なぜこんなところにいるんだ？」

「フィルがドライバーなんだよ。おれは運転できない。フィルはあのとおり、酔っ払ったままだ。どうしようもないポンコツだったし、捨ててきた。あいつの目が覚めるのを待っているわけにはいかないしね。それに、どのみち新しいタイヤがいるんだ。あのポンコツ、道の先でペシャンコになってくたばっているよ。何せ五十ドルの代物――三六年型のダッジだから」

「誰か運転できる者がいたら、車で戻る気はあるかね？」わたしは運転できる。

兵士はレイグルを見つめて言った。「タイヤはどうする」

「なんとかなるだろう」レイグルは言って、兵士の腕をつかむと、列を離れ、待合室を横切って、酔いつぶれた同僚のもとに行った。「車を動かせるようになるまで、彼にはここにいてもらったほうがいいだろう」フィルと呼ばれていた兵士は、遠くまでどころか、まともに歩くのも無理そうで、自分がどこにいるのかもほとんど理解していないように見えた。

若い兵士が言った。「フィル、この人が運転してくれるって。キーをくれ」

「ウェイドか？」フィルは半睡状態で言った。

ウェイドはしゃがんで同僚のポケットを探り、「あった」と言って、キーをレイグルに渡した。そして、フィルに「いいか、おまえはここにいるんだ。おれたちは車のところまで歩いていって、それから動かせるようにして戻ってきて、おまえを拾う。オーケイ？わかったな？」

フィルはうなずいた。

「行こう」ウェイドがレイグルに言い、二人は待合室から暗く寒い道路に出た。「あいつがパニックになって逃げ出したりしないでくれたらいいんだが。そんなことになったら、二度と見つけ出せっこない」

あたりは真っ暗だった。割れ目から雑草が生い茂っている足もとの歩道もほとんど見えない状態で、二人は歩き出した。

「なんともひどいところだよな」ウェイドが言う。「バスの発着場は、スラムがあるくらいの大きい町だと必ずスラムにあるし、スラムがないと、ここみたいにとてつもなくひどいところにある」大またで歩いていくウェイドは、そこここに転がっている見えない石くれを何度も踏みつけた。「本当に暗いな。街灯は三キロごとにひとつでいいってのか?」

背後でかすれた叫び声が起こった。二人は足を止めた。レイグルが振り返ってみると、ノンパレイル長距離バスの青いネオンサインの光の中に、もうひとりの兵士が立っているのが見えた。二人のあとを追って、千鳥足で待合室から出てきたのだ。フィルは前に、次いで後ろに大きく揺らぎ、二人に向けて叫びながら一、二歩前に進んだが、そこで止まり、引きずっていた二個のスーツケースを手から離した。

「ちくしょう」ウェイドが言う。「戻らなくちゃ。でないと、あいつ、あのまま顔からぶっ倒れて、二度と見つけられなくなってしまう」ウェイドは戻りはじめ、レイグルもやむなくそのあとに従った。「そこらの草の中で、一晩中寝てるだろうから」

二人が歩み寄ると、フィルはウェイドをつかんで体をあずけた。「おまえたち、おれを置いて行きやがって」

「おまえはここにいるんだ」ウェイドが言う。「おれたちが車を取りにいっている間、荷物と一緒にここで待っていてくれ」

「おれが運転しなくちゃ」

ウェイドは相棒に果てしなく状況を説明しつづけた。レイグルはなすすべもなく、どのくらいこの状況に我慢できるだろうと思っていた。ついにウェイドはスーツケースをひとつ持ち、レイグルに、「こいつも連れていこう。あんたは、そっちのスーツケースを持ってくれ。こいつはすぐに落としてしまうだろうし、そうなったら二度と見つけられなくなる」

「誰かがおれの金をかっぱらいやがった」フィルがつぶやいた。

三人はのろのろと進んでいった。レイグルは時間と空間の感覚を失ってしまった。街灯が近づいてきて、いっとき、頭上から明るい黄色の光を投げかけ、また背後に消えていく。やがて次の街灯が近づいてくる。草だけが生い茂る敷地のかたわらを通り過ぎると、稼働している気配もない工場の建物が現われた。レイグルと二人の連れは、いくつもの線路をひとつまたひとつ横切っていった。やがて、右手に、肩ほどの高さがあるコンクリートの積荷台が現われた。そのひとつにフィルがぶつかったと思うと、そのまま台にもたれかかり、腕に頭を載せて、眠りこんでしまった。

前方、歩道際にある車がレイグルの目に止まった。

「あれじゃないか？」ときく。

二人も車に気づき、「たぶんそうだ」とウェイドが興奮気味に言った。「おい、フィル、あの車だよな」

「ああ」フィルが答える。

車は一方にかしいでいた。パンクしているのだ。とにもかくにも、車は見つかった。

「さあて、今度はタイヤを見つけなくっちゃな」ウェイドが、後部座席にスーツケースを放りこみながら言った。「ジャッキを出して、タイヤをはずして、サイズを確かめよう」

トランクにジャッキがあった。フィルはふらふらと歩き出し、数メートル離れたところで立ち止まると、車に背を向けたまま、空を見上げた。

「あいつ、一時間くらいはあのまま突っ立っているだろう」レイグルと一緒にジャッキで車を上げながら、ウェイドが言った。「少し戻ったところにテキサコのガソリンスタンドがある。そこを過ぎたすぐあとにパンクしたんだ」手慣れた様子でタイヤとホイールをはずすと、ウェイドは歩道を転がしはじめた。レイグルもあとに続いた。「フィルはどこだ？」ウェイドはあたりを見まわした。

フィルの姿はどこにも見えなかった。

「くそったれ。またどっかに行きやがった」

レイグルは言った。「とりあえずガソリンスタンドに行こう。一晩中こんなことをしているわけにはいかないし、それはきみたちだって同じはずだ」

「確かに」ウェイドは言って、「そうだな」としばし考えこみ、「たぶん、そのうち戻ってきて車で寝ているだろう。帰ってきたら、車の中にいるのが見つかるさ」と言うと、改めて猛烈な勢いでタイヤを転がしはじめた。

やがてガソリンスタンドについたが、店は真っ暗だった。すでに閉店して、従業員は帰宅してしまったのだ。

「ちくしょう、もうおしまいだ」ウェイドが言った。

「たぶん、近くに別のスタンドがあるだろう」レイグルは言う。

「おれは憶えてないよ。あんた、どうしてそんなふうに言えるんだ」ウェイドはあまりにがっくりしていて、これ以上動く気力もなさそうだった。

「ともかく、行ってみよう」

それから長い時間歩きつづけたのち、ついに前方に、白と赤と青の四角いスタンダード・ガソリンスタンドのマークが現われた。

「アーメン」ウェイドが本当にうれしそうな顔でレイグルを見て、「歩いている間、ずっと馬鹿みたいに祈ってたんだ。そうしたら、本当にあった」と言って、さらにスピードを上げてタイヤを転がしながら、勝利の雄たけびを上げ、背後のレイグルに向かって「来いよ！」と叫んだ。

糊のきいたスタンダード石油の白い制服姿のクリーンカットの若者が、特別な関心を見せるでもなく、店内から二人を見つめていた。

「ヘイ、お兄さん」店のドアを勢いよく開けて、ウェイドが言った。「タイヤを売りたくはないかい？　商売をしようぜ」

若者は作成中のグラフをわきに押しやり、灰皿のタバコを取り上げると、タイヤを見にきた。

「車種は？」とウェイドに聞く。

「三六年型ダッジのセダンだ」

若者は懐中電灯でタイヤのサイズを確認した。それから金属の輪のついた重そうなバインダーを開いて、パラパラと繰っていった。レイグルの目には、若者がバインダーを前から、次いで後ろからというふうに、各ページを少なくとも四回チェックしているように見えた。ようやくバインダーを閉じると、若者は言った。「合うタイヤはないみたいです」

「それでは、どうすればいいと言うのかね」レイグルは忍耐強く言った。「この兵隊さんとお連れは急いで基地に戻らなければならないんだ。でないと、ＡＷＯＬになってしまう」

従業員は鉛筆で鼻をかき、それから、「ハイウェイの先にタイヤを修理してくれるスタンドがあります。八キロほど行ったところだけど」

「八キロなんて歩けやしない」レイグルは言う。

「向こうにぼくのフォードのピックアップトラックがあるから」と鉛筆でその方向を指して、「ひとりがここに残って、ホイールも置いていく。もうひとりがピックアップでタイヤを運んでいく。シーサイド・スタンドです。最初の信号のところ。修理したタイヤを持って戻ってきたら、ここでホイールにはめてあげます。はめこみ代は六ビット（七十五セント）」若者はレジ横のキーの束を取って、レイグルに渡した。「それから、シーサイドに行ったら、ハイウェイの向かい側に終夜営業のレストランがあるから、フライドハムとチーズのサンドイッチとモルトミルクを買ってきてもらえるかな」

「ご指定のフレーバーはあるかね？」レイグルは言った。

「パイナップルだな」若者は言って、レイグルに一ドル札を渡した。

「それじゃ、待ってる」とウェイド。「急いで戻ってきてくれよ」店を出ていくレイグルに、ウェイドは大声で言った。

「オーケイ」

数分後、レイグルはピックアップトラックを人けのない道路に出し、従業員が示した方向に走らせていった。やがてハイウェイのライトが見えてきた。

何という状況だろう。レイグルは自分に向けてつぶやいた。

8

アンダーシャツとパンツを着けただけの若い男は、テープの端をリールのハブのスロットに入れた。リールをまわしてテープがきちんとかかっているのを確認し、それから、再生ボタンを押した。十六インチのスクリーンに映像が現われた。男はベッドの端に腰かけて、スクリーンを見つめた。

白いコンクリートで舗装された六車線のハイウェイ。中央分離帯には灌木と芝が植えられ、ハイウェイの両側には様々な商品の広告板が続いている。次々に走っていく車。一台が車線を変える。別の一台がバイパスに入るためにスピードを落とす。

フォードの黄色いピックアップトラックが現われる。

再生装置のスピーカーから声がした。「一九五二年型フォードのピックアップトラックです」

「了解」若い男は言った。

スクリーンはトラックを横からとらえた映像を映し出し、続いて、こちらに向けて走ってくる映像となった。男は正面から見たトラックの姿を確認した。

夜の映像になった。ヘッドライトを点灯したトラック。正面、側面、後部の映像が映し出され、男は特にテールライトをていねいに観察した。

再び日中の映像になる。陽光のもとを走るトラック。トラックは車線を変えた。

「車線を変える際には手で合図しなければならないと道路交通法で定められています」スピーカーの声が言う。

「よし」男は言う。

トラックは砂利の路肩に停まった。

「停車する際には手で合図しなければならないと道路交通法で定められています」とスピーカーの声。

男は立ち上がり、テープを巻き戻しにいった。

「ここは憶えたぞ」男はテープを巻き戻してリールをはずし、別のリールを置いた。からリールにテープを装着していると、電話が鳴った。そのままの位置で男は言う。「はい」

呼び出し音が止まり、壁から、誰かわからない音声処理された声がした。「彼はまだ列に並んでいる」

「了解」男は言った。

電話は切れた。テープをかけ終わると、男は再度、再生ボタンを押した。

スクリーンに制服姿の人物が現われる。ブーツ、裾をブーツに入れた褐色のズボン、革ベルト、ホルスターのピストル、褐色のキャンバス地のシャツ、襟もとに覗いているネクタイ、厚手の褐色のジャケット、バイザーつきのヘルメット、サングラス。制服姿の男は全体の様子がわかるように、ゆっくりとひとまわりした。そして、オートバイにまたがり、キックしてエンジンをかけると、轟音を立てて走り去った。

続いて、疾走するオートバイの場面が登場する。

「よし」アンダーシャツとパンツ姿の若い男は言って、電動シェイバーを取り出し、パチンとスイッチを入れて、スクリーンを見ながら髭をそった。

画面のオートバイは一台の車を追っていた。追いつくと、手を振って、路肩に停車するよう合図した。若い男は機械的にシェイバーを動かしながら、ハイウェイパトロールマンの表情を観察した。

パトロールマンが言う。「結構です。免許証を拝見できますか?」

若い男が繰り返す。「結構です。免許証を拝見できますか?」

停車させられた車のドアが開き、ワイシャツにアイロンをかけていないズボンという格好の中年男性が降りてきて、ポケットに手を入れた。「なんでしょう」

パトロールマンは言った。「ここが制限速度区域であることに気がついておられましたか?」

若い男が繰り返す。「ここが制限速度区域であることに気がついておられましたか？」

運転手が言う。「もちろんです。七十キロしか出していませんよ。ついさっき速度表示で見たとおり」彼は財布から取り出した免許証を渡し、パトロールマンがチェックした。画面に免許証の拡大映像が現われ、そのままストップした。若い男は髭そりを終え、アフターシェイブローションを顔にはたくと、アンティバックスで口をゆすぎ、わきの下に防臭剤をスプレーして、シャツを探しにかかった。そこで、免許証の画像が消えた。

「免許証の期限が切れています」パトロールマンが言う。

若い男は、ハンガーからシャツを取りながら、繰り返す。「免許証の期限が切れています」

電話が鳴った。男はテープレコーダーに駆け寄って、一時停止ボタンを押してから言った。「はい」

壁から音声処理された声が聞こえてくる。「彼は今、ウェイド・シュルマンと話している」

「了解」男は答えた。

電話は切れた。テープレコーダーに戻った男は、今度は早送りにした。再び通常の再生に戻すと、画面は、パトロールマンが車のまわりを歩きながら、女性ドライバーと話をしている場面になった。

「ブレーキペダルをしっかり踏みこんでいただけますか？」

「いったいぜんたいなんなの？」女性ドライバーが言う。「急いでるの。こんなことしている場合じゃないのよ。法規のことはほとんど知らないし」

若い男はネクタイを締め、ピストルのホルスターをつけた重い革ベルトを腰にまわした。

「お引き止めして申しわけありませんが」と、バイザーつきのヘルメットをかぶりながら言う。「テールライトが点灯していません。適切なテールライトなしで走行することは許されていません。修理していただかないと。免許証を拝見できますか？」

男がジャケットを着ると、再び電話が鳴った。

「はい」鏡で自分の姿をチェックしながら、男は言う。

「彼は、ウェイド・シュルマン、フィリップ・バーンズと一緒に車に向かって歩いているところだ」音声処理された声が言う。

「了解」男は言って、テープレコーダーのところに戻ると、ハイウェイパトロールマンのクローズアップの正面像の画面で停止させた。そして、鏡に映った自分の姿と比べてみた。ばっちりだ。

「現在、スタンダード・ガソリンスタンドに入ろうとしている」音声処理された声が続ける。「そろそろ出動してくれ」

「今、出るところです」男は言って、部屋を出てドアを閉め、暗いコンクリートの傾斜路を登って、待機していたオートバイのもとに行った。シートにまたがると、腰を上げて、全力で発進ペダルを踏みこんだ。エンジンがかかる。そのままオートバイをゆっくりと路上に導き、ヘッドライトをつけると、クラッチを踏み、ギヤを入れた。エンジンに燃料を送りこみ、クラッチをはずすと、オートバイは轟音を上げて前進しはじめた。速度が上がるまでは、ややぎこちなくハンドルを握り締めて前かがみになっていたが、ほどなくリラックスして、ゆったりとシートに腰をあずけた。最初の交差点で右折し、ハイウェイに向から。

ハイウェイに入ってから、男は何かを忘れていることに気づいた。何だろう。制服の一部。

サングラスだ。

パトロールマンは夜もサングラスをつけていただろうか？　乗用車やトラックを次々に追いこしていきながら、男は思い出そうとした。対向車のヘッドライトをカットするのに必要だろう。男は片手をハンドルに残し、もう一方の手をジャケットのポケットに入れた。サングラスはそこに入っていた。サングラスを取り出して片手でかける。と、視界が一挙に暗くなった。瞬時、男には何も見えなくなり、目の前には暗闇が広がっているだけとなった。

これじゃまずいな。

サングラスをはずすと、男は確認作業を始めた。まず、サングラスごしに道路を眺め、次いで、サングラスなしで眺めてみる。その時、左側から大型の車が近づいてきて、オートバイに並びかけた。男はほとんど注意を払わなかった。車を牽引しているトレイラーのようだ。男は速度を上げて、トレイラーの前に出ようとした。すると、トレイラーも速度を上げた。

くそっ。確かに忘れ物をしている。手袋だ。一方でハンドルを握り、もう一方でサングラスを持っている手が、寒さでかじかみはじめていた。

取りに戻る時間はあるだろうか？　ない。

男は目を細めて、フォードの黄色いピックアップトラックの姿を探した。信号のあるところでハイウェイに入ったはずだ。

左手のトレイラーがさらに速度を上げ、オートバイの前方に出て、徐々に、オートバイが走行している車線に入ってこようとしていた。くそったれ。男はサングラスをポケットに押しこみ、ハンドルを切って右車線に移りかけた。けたたましい警笛が鳴った。すぐ右側に車がいたのだ。男はあわてて元の位置に戻った。と同時に、トレイラーが幅寄せをしてくる。男の手が警笛に伸びた。警笛？　白バイに警笛なんてあったか？　そうだ。サイレンだ。男は前かがみになって、サイレンのスイッチを押した。

サイレンが鳴り響くと、トレイラーは即座に幅寄せをやめ、元の車線に戻った。右側の車はオートバイのために車間を開けた。

これを見ていっきに自信が戻ってきた。

黄色いフォードのピックアップトラックを視野にとらえるころには、男はこの任務を大いに楽しみはじめていた。

背後にサイレンの音が聞こえると同時に、レイグルは、彼らが自分をつかまえる決断を下したことを知った。レイグルはスピードを落とさなかったが、同時に上げもしなかった。しばし同じ速度で走行を続け、追ってくるのが車ではなくオートバイであることを確認した。しかも、追っ手はひとりだった。

さて、そろそろわたしの時空間感覚を使う時だ。わたしの傑出した能力を。

レイグルは、周囲の車の位置と速度、走行パターンを把握した。それをはっきりと念頭に置いて、急激に左に車線変更して二台の車の間に入った。後ろの車が速度を落とした。ほかにどうしようもなかった。いかなる混乱も起こすことなく、ピックアップトラックは途切れのない車列の中に入りこんでいた。その後、立て続けに同様の車線変更を繰り返し、やがて、ピックアップトラックは、二台連結の巨大トレイラーの前に位置を占めた。これで、何が追ってこようとも、ピックアップトラックの姿はとらえられなくなったはずだ。サイレンの音はなおも聞こえていたが、オートバイがどこにいるのかはわからなくなった。

ということは、向こうも間違いなく、ピックアップトラックの姿を見失ったことになる。前方のセダンと巨大トレイラーにはさまれたピックアップトラックのテールライトが見えることはない。夜間にパトカーが追跡する唯一の目標はテールライトだ。

その瞬間、オートバイが左側の車線に現われた。運転している警官が首を曲げて、ピックアップトラックを確認した。だが、近づくことはできず、オートバイはそのまま走りつづけるしかなかった。車列がスローダウンする気配はない。運転手はみな、誰が追跡されているのかわからず、白バイはもっと先に行くつもりなのだろうと考えているのだ。

さて、そうなると警官は、今度はわたしを待っていることになる。レイグルは即座にもっとも左側の車線に移動した。これで、白バイとの間に二車線ができたことになる。警官は路肩で待っているはずだ。そこでレイグルはスピードを落とし、後続車が右レーンに移って追い越していくようにした。これで右側の車列が密になった。

直後、砂利の路肩に停まっている白バイの姿が見えた。制服姿の警官が後方を注視している。だが、彼はピックアップトラックをとらえなかった。一瞬ののち、レイグルはうまくやりおおせたことを確信した。もう大丈夫だ。いっきに速度を上げると、初めて車列の先頭に出た。

ほどなく、目指していた最初の信号が見えてきた。

だが、行くようにと言われたシーサイド・スタンドは見当たらない。

おかしい。

ハイウェイを降りたほうがよさそうだ。そうすれば、もう停められることもない。わたしが何か交通違反を犯したことになっているのは間違いない。後部バンパーに適切な色の反射板がついていないとか、必要なものを装着していないとか。何であれ口実があれば、組織は動くことができ、全部隊を挙げてわたしを包囲することができるのだ。

これがわたしの妄想であることはわかっている。それでも、まだつかまりたくはない。

手信号を出して、レイグルはハイウェイをはずれた。トラックは大きく揺れて、轍《わだち》だらけの土の路肩に停まった。停車すると同時にライトを消し、エンジンを切った。誰にも気づかれないはずだ。レイグルは自分に言った。だが、いったいぜんたい、ここはどこだ？

これからどうすればいいのか？

窓から首を突き出して、シーサイド・スタンドらしきものは見えないかとあたりを見まわした。信号のある交差点は、すでに闇の彼方に消えている。ハイウェイのライトは数百メートルごとにしかない。何もない。マイナーなルートなのだ。町から出る幹線道路ではあっても。

ハイウェイのはるか先に、かすかに光るネオンサインが見て取れた。

あそこまで行ってみよう。ハイウェイに戻る危険を冒しても意味はあるだろう。

レイグルは後方を注視しながら待った。車列がかたまってやってくるのを見届けると、アクセルをいっきに踏みこんで跳び出し、車列の先頭についた。警官が追っていたとしても、車列のテールライトがひとつ増えたことには気づかないだろう。

すぐにネオンサインが近づいてきた。ロードサイドレストランだった。チカチカ点滅する明かりが視野に跳びこんでくる。砂利の駐車場。大きな看板には〈フランクのバーBQ&ドリンク〉とある。五角形の化粧漆喰細工の明るい窓が並ぶ一階建てのモダンな建物で、何台かの車が駐車していた。レイグルは手信号を出して、ハイウェイからレストランの駐車場に入った。トラックはすぐには停まらず、バーBQの壁まであと五十センチというところまで行ってから、レイグルは冷や汗をかきつつ、ギヤをローに入れ、建物沿いに裏手にまわって、ゴミの缶と箱の山の陰に車を停めた。裏口があった。間違いなく配送業者のトラックが停車する場所だ。

ピックアップトラックを降り、歩いて入口のほうに戻ったレイグルは、こちら側からトラックが見えるかどうかを確かめた。大丈夫、ハイウェイからは見えない。通過する車から見とがめられる気遣いはない。誰かに聞かれたら、トラックとのかかわりを否定するまでだ。わたしがあのピックアップトラックに乗ってきたことを立証できるわけがない。歩いてきたと言えばすむ。あるいは、ヒッチハイクをして、乗せてもらった車は交差点で別方向に向かった、と。

レイグルはバーBQのドアを押した。誰かがシーサイド・スタンドの場所を知っているだろう。ここがきっと、フライドハム・サンドイッチとモルトミルクを買ってくるように言われた場所なのだろう。

いや、違う。レイグルは即座に断定した。人が多すぎる。あのバス発着場と同じだ。同じパターンだ。

椅子席のほとんどは若いカップルで占められている。中央にあるドーナツ形のカウンターに座って食事をしている大勢の男たち。店内にはハンバーグを焼く匂いが漂い、片隅ではジュークボックスが大音量で鳴っている。

駐車場に停まっていた車の数からは、とうていこれだけの人間がいるのを説明できない。店内の客で、レイグルに気づいた者はまだいなかった。中には入らず、そのままドアを静かに閉めると、レイグルは急いで駐車場を横切り、建物の横をまわって、裏口に停めてあるピックアップトラックに戻った。

広すぎる。モダンすぎる。明るすぎる。人が多すぎる。これは、わたしの精神状態が最終段階に到達したことを示しているのだろうか。人間不信……集団と人間の活動に対する不信、色彩への、生命への、騒音への不信。わたしはこうしたものをシャットアウトしている。倒錯的に。闇を求めている。

闇の中に戻ったレイグルは手探りでトラックに乗りこみ、エンジンをかけて、ライトは消したまま、再びハイウェイの前に戻った。そして、車列に間隔が開いたのを見てとるや、一番端の車線に跳び出した。レイグルは今一度、移動を始めていた。町から遠ざかる方向に、知らない人間のトラックに乗って。これまで一度も会ったことのないガソリンスタンドの従業員。彼の車を、わたしは盗んだのだ。だが、ほかにどんな方法があったというのか。

彼らが共謀していたのは確かだ。二人の兵士。従業員。わたしをだまそうという企み。バスの発着場も。タクシーの運転手も。誰も彼も。誰も信じることはできない。彼らはわたしをこのトラックに乗せて送り出し、巡回中の最初のハイウェイパトロールにつかまるように仕向けた。おそらく、このトラックの後部には〝ソ連のスパイ〟とでもいうネオンサインが光っているのだろう。背中に〝わたしを蹴飛ばせ〟という紙が貼ってあると思いこむような妄想。

そのとおり。わたしは〝蹴飛ばせ〟サインが背中にとめつけられている人間なのだ。どれほど頑張っても、背中のそのサインを確認できるほど素早く振り返ることはできない。だが、本能は、そのサインが間違いなくそこにあることを告げている。なすべきは、ほかの人々を注意深く観察し、彼らの行動の意味を判定すること。人々が行なうことから推量すること。サインがあるのがわかるのは、わたしを蹴飛ばすべく列をなしている人々が見えるからだ。

これからは、明るい照明に照らされた場所に入るのはやめよう。知らない人間たちと話を始めたりもしないようにしよう。わたしに近づいてくる人間で、純然たる赤の他人などは存在しない。誰もがわたしを知っている。それは友人か敵のいずれかなのだ……。

友人——友人とは誰だ？　どこにいる？　妹か？　義弟か？　隣人たちか？　わたしは彼らを信頼している。だが、それはほかの誰かを信頼するのと同じ程度でしかない。これでは充分ではない。

その結果、わたしは今ここにいる。

レイグルはピックアップトラックを走らせつづけた。その後、ネオンサインはいっさい現われなかった。ハイウェイの両側には真っ暗な、生命の気配もない大地がどこまでも続いている。車の数もすっかり少なくなり、時折、対向車線の彼方からやってくる車のヘッドライトが、瞬時、彼の顔を照らしては過ぎ去っていくばかりだ。

ひとりきり……。

視線を落としたレイグルは、ダッシュボードにラジオがあるのに気づいた。スライド式のチューナー。ノブが二つ。

ラジオをつけたら、わたしのことを話し合っている連中の声が聞こえるのだろう。

レイグルは手を伸ばし、ためらい、そののち意を決してスイッチを入れた。低いハム音が起こる。徐々に真空管があたたまっていき、それとともに、ほとんどノイズに近い音がかすかに聞こえてきた。運転しながら、レイグルはボリュームを上げた。

「……あとで」キーキーという声。

「……ではなくて」別の声が応じる。

「……最善を」

「……オーケイ」つづけざまのやり取り。

彼らが連絡を取り合っている。レイグルは思う。緊急無線が飛び交っている。レイグル・ガムに出し抜かれた！　レイグル・ガムが逃亡した！

キーキー声。「……もっと経験を積んだ」

レイグルはつぶやく――次はもっと経験を積んだチームを送れ。素人集団だ。

「……たほうが……これ以上……」

頭の中で補完する――あきらめたほうがいい。これ以上追っても無駄だ。彼は恐ろしく頭が切れる。恐ろしく抜け目がない。

キーキー声。「……シュルマンが言うには」

シュルマン司令官というところか。ジュネーヴの本部にいる最高司令官。世界中の軍事行動を一点に向けるためのトップシークレットの戦略を練っているところだ。このピックアップトラックに全勢力を集中させる。わたしに向けて艦隊を送り出す。原子砲。いつもの作業。

キーキー声に我慢できなくなって、レイグルはラジオを切った。まるでネズミだ。ネズミたちがキーキーと叫び合っている……体中がむずむずする。

走行計を見ると、すでに三十キロ以上走っていた。結構な距離だ。町はない。明かりもない。車ももう走っていない。前方に道路が、左手に中央分離帯が続いているだけ。ヘッドライトに浮かび上がる路面。

闇。平らな大地。頭上の星。

農家もないのか？　標識のひとつも？

こんなところで精神状態が限界を超えたら、どうなるのだろう。ここはどこなのだ？そもそも〝どこか〟と言える場所なのか？

もしかしたら、わたしは動いていないのかもしれない。〝場所と場所の間〟にとらえられているのかもしれない。砂利の中で空転するピックアップトラックの車輪……なすすべもなく永遠に回転しているだけのタイヤ。動いているという幻想。エンジン音も車輪の音も聞こえ、路面を照らすヘッドライトの明かりも見える。だが、実際には動いてなどいないのだとしたら……。

そんなふうに思いつつ、しかし、このうえない不安感に、レイグルはどうしてもトラックを停めることができなかった。トラックを停め、外に出て、あたりを探ってみるなど、考えるだけで恐ろしかった。トラックの中にいれば多少なりとも安心していられる。少なくともまわりを囲まれている。金属の外殻。目の前のダッシュボード、尻の下のシート。

計器、ハンドル、フットペダル、ノブ。

外の無の世界よりずっとましだ。

その時、右手はるか遠くに明かりが見えた。続いて、ヘッドライトが標識をとらえた。交差点を示す標識。左右に分岐する道がある。

レイグルはスピードを落として、右に曲がった。

ヘッドライトの中に、荒れた狭い路面が浮かび上がった。トラックが大きく揺れ、バウンドする。レイグルはさらに速度を落とした。廃道だろうか。補修がなされている様子はない。前輪がくぼみに落ち、あわててギヤをセカンドに入れると、車はほとんど停まりかけた。車軸が折れる寸前だった。それからは慎重に運転を続けた。道は曲折を繰り返しながら、やがて登りになった。

周囲は暗い丘陵と深い樹林に囲まれていた。タイヤが木の枝を踏み、バリッと折れる音が聞こえた。突然、白い毛の小動物がすごい勢いで前を横切った。それを避けようと、大きくハンドルを切ると、タイヤが泥の中でスピンした。ぞっとして、レイグルはハンドルを元に戻した。つい先刻の悪夢……やわらかく崩れやすい土に突っこんで、永遠に空転しつづけるタイヤ。

恐ろしい急傾斜の道を、トラックはローギヤで登っていった。やがて舗装は突き固めた土の道に変わった。以前に通った車が作った深いくぼみがそこここにある。トラックのルーフを何かがかすめ、レイグルは思わず首を引っこめた。ヘッドライトが道からはずれ、生い茂る木の葉を照らし出したかと思うと、トラックは切れ落ちた路肩の端にいた。道はそこで急角度で左に折れていて、レイグルは細心の注意を払いながら、車を左にターンさせた。両側に生い茂る灌木が枝を伸ばし、あちこちで道を隠している。道はさらに狭くなっていく。トラックが大きな穴を乗り越えて大きく揺らぐと、レイグルはブレーキを踏んだ。

次の曲がり角で、タイヤが路肩をはずした。右の両輪が下生えに突っこんで空転する。スピンしかけて、レイグルは思いきりブレーキペダルを踏みこみ、エンジンを切った。トラックは大きく右に傾いた。そのまま座席から右に滑っていきそうになったレイグルは、両手で必死にドアハンドルをつかんだ。トラックは何とか態勢を立て直し、大きなきしみ音を上げると、半ば右に傾いた格好で静止した。

これで精一杯か。

ひと息ついたレイグルは、どうにかドアを開けて外に出ることができた。

ヘッドライトが木立と灌木の間でギラギラと輝いている。その上に見える夜空。道はほとんど道とも言えなくなっているものの、なおも高みに向けて続いていた。振り返って下に目を向けると、はるか下方にハイウェイのライトの列が見えた。だが、町はない。人家の気配もない。丘陵の端でライトの列は切断され、その先の様子をうかがうことはできなかった。

レイグルは高みをめざして歩きはじめた。視力はほとんど役に立たず、触覚だけが頼りだった。右足が下生えに突っこむと、左に曲がれとみずからに指示した。レーダーだな、と思う。コースをはずさないこと。はずしたら、頭から転落だ。

下生えの中では様々な生き物がざわめいていた。彼が近づくと、あわてて逃げる音も聞こえた。獰猛なやつではなさそうだ。でなければ、全速力で逃げ出すわけがない。

唐突に足が空を切った。よろけながらも何とか体勢を立て直す。道はそこで平坦になっており、レイグルは大きく息をついて足を止めた。山の上に着いたのだった。

右手に明かりが見えた。道から引っこんだところに家があった。農家のような平屋建ての家。明らかに人が住んでいる。窓から光が漏れている。

レイグルは土の踏み跡をたどって、家に向かった。塀があった。手で探ると、ゲートが見つかった。横に長いゲートをスライドさせて中に入る。二本の深い轍《わだち》が家に続いている。それからの短い道のりでレイグルは何度も転びそうになった。だが、ついに足が石段にぶつかった。

家。着いたぞ。

腕を伸ばして石段を上がり、ポーチに出る。両手でまさぐっていると、指が旧式のドアベルを探り当てた。

ベルを鳴らした。そして、待った。息を切らし、夜の寒さに震えながら。

ドアが開いた。くすんだ褐色の髪の中年の女性が現われた。茶色のスラックス、赤と褐色の格子模様のシャツ、くるぶしを隠すボタンどめのワークブーツ。カイテルバイン夫人だ――と頭の中の声が言う。彼女だ。だが、そうではなかった。レイグルは女性を見つめ、女性もレイグルを見つめた。

「なんでしょう?」女性が言った。背後の居間から、男性が女性の肩ごしにうかがっている。「どうかなさいました?」

レイグルは言った。「車が故障してしまったんです」

「まあ、それは。お入りになって」女性はドアを大きく開いて押さえた。「怪我は? おひとり?」と言ってポーチに一歩踏み出し、ほかに誰かいないかとあたりを見た。

「わたしだけです」レイグルは言った。カエデ材の家具……低い椅子、テーブル、ポータブルのタイプライターが載った長いベンチ。暖炉。幅の広い壁板、頭上の梁。「ありがたい」と言って、レイグルは暖炉に歩み寄った。

開いた本を手にした男性が言った。「うちの電話を使っていいですよ。どれぐらい歩いたんですか?」

「それほどじゃありません」レイグルは言った。温和な表情を浮かべた男性の丸い顔は子供のようになめらかだった。女性よりもずっと若いように見える。たぶん、息子なのだろう。ウォルター・カイテルバインに似ている。レイグルは思う。驚くほどよく似ている。瞬時……。

「ここを見つけられたのは幸運でしたわ」女性が言う。「この時期にこの山にいるのは、うちだけですから。ほかの方たちはみな、夏までいらっしゃいません」

「なるほど」

「ぼくらは一年中います」若者が言う。

女性が、改めてという口調で言った。「わたしはミセス・ケッセルマン。これは息子です」

レイグルは二人をまじまじと見つめた。

「どうかなさいました?」ケッセルマン夫人が言う。

「あ、いえ――お名前を聞いたことがあるような気がして」レイグルは言った。これには何か意味があるのだろうか? だが、この女性はカイテルバイン夫人ではなく、若者もウォルターではない。つまり、雰囲気や家族構成や名前が似ているという事実は何も意味していないということだ。

「こんなところで何をなさっていたんですか?」ケッセルマン夫人がたずねる。「ほかには人っ子一人いない見捨てられたような土地ですから。ここに住んでいるわたしがこんなことを言うのはおかしいのはわかっていますけど」

レイグルは言った。「友人をたずねてきたんです」

この答えに、ケッセルマン親子は納得したようにうなずいた。

「あの連続するカーブのひとつで、車が路肩からはみ出してしまったんです」

「まあ、なんてこと」とケッセルマン夫人。「恐ろしい。滑って道からはずれたんですね？　そのまま谷に落ちたんですか？」

「いいえ。でも、道に戻すには牽引車が必要でしょう。とても、もう一度乗る気にはなりませんでした。ひょっとしたら今ごろは谷に落ちているかもしれない」

「絶対に、そんな状態で乗ってみたりしてはいけません。これまでにも何度かあったんですよ、路肩で滑ってそのまま谷底まで落ちたという事故が。お友達に電話して、無事を知らせたほうがいいんじゃありません？」

レイグルは言った。「電話番号を知らないんです」

「電話帳で調べてみます？」若者が言う。

「実は、名前も知らないんです」レイグルは言った。「男性かどうかも」あるいは、と、心の中で付け加える——存在しているかどうかも。

ケッセルマン親子は不審な顔も見せずに、レイグルにほほえみかけた。言うまでもなく、言葉どおりではない別の事情があると了解したのだ。

「牽引車を呼びましょうか」ケッセルマン夫人が言ったが、息子が口をはさんだ。

「こんなところに夜に牽引車を寄こしてくれるところなんかないよ。以前にいくつかの整備所に頼んでみたことがあったじゃないか。どこも来てくれなかった」

「そうだったわね。となると、どうしましょう。困ったわ。わたしたち、いつもこういうことが我が身にも起こるんじゃないかって心配していたんです。でも、一度も、こういう事態には遭っていません。もちろん、わたしたちが道をよく知っているということはありますけれどね。もう長い間、ここに住んでいますから」

息子が言った。「よかったら、ぼくがお友達のところまで送っていきますよ。場所がわかればだけど。それとも、ハイウェイまで送っていきましょうか。なんだったら、町まで」若者は母を見やり、母親は同意のうなずきを返した。

「それはなんとご親切な」レイグルは言った。しかし、本心ではこの場所を離れたくなかった。暖炉の前で体をあたためながら、レイグルはこの部屋の平穏さを心の底から満喫していた。いくつかの点で、ここは、レイグルの記憶にあるどの家と比べても格段に洗練されているように思えた。壁にかかった何枚かの版画。乱雑さとは無縁の室内。意味のない飾り物はいっさいない。そして、何もかもが趣味よく配置されている。本、家具、カーテン……すべてが一体となって、レイグルに本来的に備わっている強い秩序の感覚を十全に満足させた。パターンの知覚。ここには本物の美的なバランスがある。これほどに安らいだ気持ちになれるのは、そのためだ。

ケッセルマン夫人はレイグルが何かをするのを、あるいは何かを言うのを待っていた。彼がそのまま暖炉の横に立ちつづけていると、彼女は言った。「何かお飲みになりますか?」

「ええ、いただきます」

「何があるか見てきますね」夫人は言って部屋を出ていった。息子はそのまま残った。

「外は寒かったでしょう」若者が言う。

「ええ、とても」

若者はおずおずと手を差し出し、「ぼく、ギャレットといいます」二人は握手した。

「インテリアの仕事をしています」

この部屋の趣味の良さはそのためだったのだ。「とてもすてきな部屋だ」レイグルは言った。

「あなたはどんなお仕事をなさっているんですか?」ギャレット・ケッセルマンがたずねる。

「新聞関係の仕事です」

「ええっ、本当ですか」ギャレットの声が高くなった。「嘘じゃないですよね。魅力的な世界だろうなあ。実はぼく、大学時代に二年間、ジャーナリズムの課程を取ったんですよ」

ケッセルマン夫人が、三つの小さなグラスと変わった形のボトルを載せたトレーを持って戻ってきた。「テネシーのサワーマッシュ・ウィスキーです」夫人は言って、ガラスのコーヒーテーブルにトレーを置いた。「全国で一番古い醸造所のものなんですよ。ジャック・ダニエルの黒ラベル」

「初めて聞く名前です」レイグルは言う。「でも、とてもよさそうな響きだ」

「すばらしいウィスキーなんですよ」ギャレットが言って、レイグルにウィスキーをついだグラスを渡した。「カナディアン・ウィスキーに似ているかな」

「わたしはビール党なんです、いつもは」レイグルは言って、サワーマッシュ・ウィスキーを味わった。申しぶんのない味のように思えた。「うまい」

それからしばらく三人は無言のまま、ウィスキーをすすっていた。

レイグルが一杯目を飲み干して、自分で二杯目をつぐと、ケッセルマン夫人が口を開いた。「誰かを探して車を走らせるにはいい時間とは言えませんわね。昼間でも、たいていの人が苦労する道ですもの」夫人は座り直し、レイグルに真正面から向き合った。息子はソファの腕に腰かけている。

レイグルは言った。「実は、妻と大喧嘩をして、もう何もかもが我慢できなくなって、家を跳び出してきたんです」

「まあ」

「着替えを持ってくることさえ考えつきませんでした。これからどうするなどということはいっさい考えずに、ただ出てきてしまったんです。そして思い出したのが、その友人です。しばらく彼のところにいさせてもらえるかもしれない、気持ちの整理ができるまで——そう考えました。でも、彼にはもう何年も連絡を取っていません。もしかしたら、とっくにどこか別の場所に引っ越してしまっているかもしれない。なんとも悲惨なものです、結婚生活が破綻する時というのは。世界の終わりのような」

「ええ」ケッセルマン夫人は同意した。

レイグルは言った。「今晩、泊めてもらうわけにはいきませんか?」

親子は顔を見交わした。当惑した様子の二人は同時に口を開こうとした。答えは決まっている。ノーだ。

「どこかに泊まらなければならないんです」レイグルは言って、上着のポケットに手を入れ、財布を取り出すと、金を数えた。「二百ドルほどあります。あなたがたにとって迷惑なのは重々承知しています。迷惑の程度に応じて金を払います。迷惑料ということで」

ケッセルマン夫人が「相談する時間をくださいな」と言って立ち上がり、息子にも来るようにと手招きした。二人は別室に行き、境のドアが閉じられた。

どうあってもここに泊めてもらわなければ。レイグルはひとりつぶやいた。サワーマッシュ・ウィスキーをもう一杯つぐと、グラスを手に、暖炉のぬくもりのもとに戻った。

あのピックアップトラックには——とレイグルは考える。ラジオがついていた。あれは連中のものに違いない。でなければラジオがついているわけがない。スタンダード・スタンドの従業員……彼も連中の一員なのだ。

証拠。ラジオこそが証拠だ。ラジオはわたしの頭の中のものではない。厳然たる事実だ。〝あなたがたは、その実《み》によって彼らを見分けるだろう〟——レイグルの頭に、聖書の言葉が浮かんだ。そう、連中の〝実〟は、ラジオで連絡を取り合っていたことだ。

ドアが開いた。ケッセルマン夫人と息子が戻ってきた。夫人は「話し合いました」と言って、ソファに腰をおろし、レイグルに向き合った。息子は真面目な面持ちで、その横に立っている。「あなたが困っておられるのは明らかです。どうしようもない状況にあることがはっきりしているということから、泊まっていただいてもかまわないという結論に達しました。ですが、わたしたちに対して、もう少し正直になっていただきたいのです。あなたの状況には、これまでうかがった以上のことがおありなのでしょう?」

「そのとおりです」レイグルは言った。

ケッセルマン親子は視線を交わした。

「わたしは自殺するつもりで車を走らせていたんです。猛スピードを出して、道路から跳び出してしまおう、側溝に突っこもう、と。でも、いざとなったら怖気づいてしまった」

ケッセルマン親子は信じられないという面持ちでレイグルを見た。夫人は「そんなこと」と言って立ち上がり、レイグルに歩み寄った。「ガムさん――」

「わたしの名前はガムではない」レイグルは言った。だが、二人が自分のことを知っているのは明らかだった。最初からわかっていたのだ。

世界中の誰もがわたしを知っている。驚くことではない。事実、わたしは驚いていない。

「あなたがどなたかは、わかっていました」夫人が言う。「でも、あなたのほうからおっしゃりたくないのだとしたら、困らせたくはないと思って、あえて口にしなかったのです」

ギャレットが母に言う。「かまわなければ教えてもらいたいんだけど、ガムさんって誰なの？　ぼくも聞いたことがあるような気がするけど、思い出せない」

母が言う。「この方はね、《ガゼット》のコンテストで勝ちつづけていらっしゃるガムさんよ。ほら、先週もテレビでガムさんの特集番組をやっていたでしょう？」夫人はレイグルに向き直って、「ええ、あなたのことはなんでも知っています。わたしも昔はいろいろなコンテストに参加していたものです。実のところ――」と言って夫人は笑い出した。

「一九三七年には〈オールドゴールド〉コンテストに応募して、トップまで昇りつめたんですよ。全部の問題に正解して」

「ズルをやって、だけどね」息子が言う。

「ええ。友達と二人で、一緒にためた五ドルを持ってランチタイムに抜け出しては、新聞売りのおじいさんがカウンターの下からこっそり渡してくれる情報紙を買っていたんです」

「地下室で休んでもらうことになるけれど、かまいませんよね」ギャレットが言った。「文字どおりの地下室ではなくて、何年か前に娯楽室に作り替えたものです。バスルームとベッドもあります……夜になって山を降りられなくなったお客さんに使ってもらっています」

「それと――自分をどうにかしてしまおうという気はもうなくなったでしょうね？」夫人が言う。「それとも、まだ頭から消えていない？」

「いいえ、大丈夫です」レイグルは言った。

夫人の顔に安堵の色が浮かんだ。「そう聞いて本当にうれしいわ。コンテスト参加者の一員としても、耐えがたいことですもの。わたしたちみんな、あなたがずっと勝ちつづけるのを願っているんです」

「ねえ、母さん」とギャレット。「ぼくたち、歴史に残るかもしれないよ、この……」と一瞬名前に詰まって、「ガムさんが自己破壊の衝動に走るのを止めた人間として。ぼくらの名前がガムさんと一緒に残るんだ。有名になるんだよ」

「そう、有名になるだろう」レイグルは同意した。

改めて一同のグラスにテネシー・サワーマッシュ・ウィスキーがつがれた。三人はそれぞれに好きな場所に座り、たがいに見つめ合いながらウィスキーを味わった。

9

ドアチャイムが鳴った。ジュニー・ブラックは手にしていた雑誌を落として立ち上がり、玄関に行った。

「ウィリアム・ブラックさん宛てに電報です」ウェスタン・ユニオンの制服を着た若者が言った。「ここにサインをお願いします」差し出された鉛筆で受領証にサインをすると、ジュニーは電報を受け取った。

玄関のドアを閉め、夫に渡しにいく。「あなたによ」

ビル・ブラックは電報を開き、体の向きを変えて、妻に肩ごしに覗かれないように注意しながら読んだ。

バイク、トラックを見失う。

ガム、バーBQには入らず。判断を。

大人の仕事に子供を送るもんじゃない。ビル・ブラックは頭の中で言った。そちらの判断もこちらと同様、ご立派なもんだ。ビルは腕時計を見た。午後九時三十分。刻一刻、時間が過ぎていく。もう手遅れかもしれない。

「なんの電報？」ジュニーがたずねた。

「なんでもない」ビルは言った。彼は見つかるだろうか。見つかってほしい。見つからなかったら、明日のこの時間には大勢の死者が出ているだろう。どれくらいの人間が死ぬかは神のみぞ知るだ。我々の命はレイグル・ガムにかかっている。彼とコンテストにかかっている。

「たいへんなことが起こったのね？」ジュニーが言う。「そうでしょ。あなたの顔に書いてあるもの」

「仕事だ。市の仕事だよ」

「本当に？」ジュニーは言う。「嘘はつかないで。わかってるわ、絶対、レイグルに関係のあることね」いきなりビルの手から電報を引ったくると、ジュニーは部屋の反対側に駆けていった。「言ったとおりじゃない！」離れたところで電報に目を通したジュニーが叫ぶ。「あなた、何をしたの？　誰かを雇って、レイグルを殺そうとしたの？　彼が姿を消したのは知っているわ。マーゴと話したから。マーゴが言うには――」

ビルは電報をジュニーの手から奪い返した。「この電報の意味がおまえにわかるわけがない」ビルは強い自制心を発揮して言った。

「わかるわよ。マーゴが言ったもの。レイグルが姿を消して――」

「レイグルは消えたわけじゃない」自制心が切れかかるのを感じながら、ビルは言った。

「自分から出ていったんだ」

「どうして知っているの？」

「ぼくにはわかっている」

「あなたが知っているのは、レイグルの失踪に責任があるからよ」

ある意味で、ジュニーの言うことは正しい。ビルは思った。ぼくには責任がある。レイグルとヴィックがいきなりクラブハウスから出てきた時、ただの冗談だと思ってしまったのだから。「そうとも。ぼくに責任がある」

ジュニーの目の色が変わった。瞳孔が小さくなる。「なんてこと」ジュニーは激しく頭を振りながら言った。「その喉をかき切ってやりたい」

「やれよ。いい考えかもしれない」

「お隣に行くわ」

「どうして？」

「ヴィックとマーゴに、あなたに責任があるって言うのよ」ジュニーは玄関に向かって駆け出した。ビルは即座にあとを追い、ジュニーをつかまえた。「放してよ」身を振りほどこうとしながら、ジュニーは言う。「二人に言うの、わたしとレイグルは愛し合っていて、もし彼があなたのいまわしい企みを逃れることができたら――」

「座れ」ビルは言った。「落ち着けったら」そこで再びビルの頭に、レイグルが明日のパズルを解かなかったらという考えが浮かんだ。パニックの芽が生まれ、ビルの意識を支配しはじめる。「クローゼットに閉じこもりたい。いや、そうじゃない。床の下に穴を掘って地面の中にもぐりこみたい」

「子供じみた罪の意識だわね」ジュニーがあざ笑った。

ビル・ブラックは言う。「怖い。ただ怖いんだ」

「恥じているのよ」

「違う。子供じみた恐怖。大人の恐怖だ」

「〝大人の恐怖〟ですって？」ジュニーは鼻を鳴らした。「そんなものはないわ」

「いや、ある」ビルは言った。

ギャレットは洗濯ずみのたたんだバスタオルとボディタオルと包装されたままの石鹼を椅子の腕に置いて言った。「申しわけないけど、パジャマなしで寝てもらわなければなりません。バスルームは、このドアの先です」ギャレットがドアを開けると、船の通路のような狭い廊下があり、その突き当たりにクローゼットのような小さなバスルームがあった。

「結構」レイグルは言った。ウィスキーのせいで眠くなっていた。「いろいろありがとう。それじゃ、また明日」

「娯楽室には本や雑誌がたくさんあります」とギャレット。「眠れなくて何か読みたくなったら。チェスやそのほかのゲームもあります。ひとり遊び用のはないけど」

ギャレットは出ていった。レイグルは、一階に上がっていく足音に耳をすませていた。階段の上のドアが閉じる音が聞こえた。

ベッドに腰かけて、靴をぬぎ、床に落とした。そののち、両手の指に引っかけて持ち上げ、置き場所を探した。壁に沿って棚があった。その上には、電気スタンドと手巻き式の置き時計、それに、白い小さなプラスチックのラジオが置いてあった。

ラジオを見るや、レイグルは再び靴をはき、シャツのボタンをかけて部屋から跳び出した。

もう少しでだまされるところだった。だが、ボロを出してしまったな。レイグルは階段を二段ずつ駆け上がり、ドアを押し開けた。ギャレット・ケッセルマンが出ていってまだ一分とたっていない。レイグルは戸口に立って、耳をすませた。遠くから、ケッセルマン夫人の声が聞こえてくる。

連中に連絡しているんだ。彼らと話している。電話か無線か、どちらかの方法で。音を立てないよう細心の注意を払いながら、レイグルは夫人の声がするほうに向けて進んでいった。暗い廊下は、半ば開いたドアの前で終わった。ドアの向こうから光が漏れ出ている。覗いてみると、そこは食堂だった。

ロ一ブとスリッパ姿で、髪をターバンでくるんだケッセルマン夫人が、床に置いた小皿に餌を入れて黒い小型犬に食べさせていた。犬と夫人は、ドアを押し開けて入ってきたレイグルをびっくりしたように見つめた。犬は二、三歩あとずさりし、それから速いスタッカートで吠えはじめた。

「まあ。おどかさないでくださいな」夫人の手にはドッグビスケットの箱があった。「何か足らないものがありました？」

「下の部屋にラジオがある」

「ええ」

「あれは連中の通信機だ」

「誰ですって？」

「連中――連中が誰かはわからないが、そこら中にいる。わたしを追っているんだ」そして――と心の中で付け加える。あなたと息子も連中の一員だ。もう少しでうまくいくところだったのに、残念ながらラジオを隠し忘れた。時間がなかったんだろう。

廊下からギャレットが現われ、「どうかした？」と心配そうな声でたずねた。

母が言う。「ドアを閉めて戻ってくれる？　ガムさんと二人だけでお話ししたいの。いいわね？」

「息子さんにもいてもらいたい」レイグルは言って、ギャレットに歩み寄った。ギャレットはまばたきして、両腕を振りながらあとずさった。ギャレットが部屋に入ってから、レイグルはドアを閉めて言った。「わたしがここにいることを、あなた方が連中に伝えたかどうか、確かめるすべはない。まだ連絡していないという可能性に賭けるしかない」

ほかにどこに行けばいいのかわからない。レイグルは思う。少なくとも、今夜はどこにも行くところはない。

「いったいぜんたいなんなんですか？」ケッセルマン夫人はかがみこんで、餌やりに戻った。犬はもう二、三回、レイグルに向かって吠えたのち、再び餌を食べはじめた。「あなたは何かの組織に追われていて、わたしたちもその組織の一味だとおっしゃっている。だとすると、〝自殺しようと思った〟とかなんとかいうのも作り話だったわけね」

「作り話だ」レイグルは同意した。

「なぜ追われているんです？」ギャレットが言う。

「わたしが世界の中心にいるからだ。少なくとも、彼らの行動から、わたしはそう判断している。彼らは、わたしが世界の中心にいるかのように行動している。わたしは世界を存続させつづけなければならない。連中は、たいへんな労力を費やして、わたしのまわりに偽の世界を作り上げた。わたしを平穏な状態に置いておくために。建物、車、まるごとひとつの町。自然に見えるが、いっさいが現実ではない。わたしにわからないのは、コンテストがどういう役割を担っているかだ」

「まあ、あのコンテストが」

「コンテストが連中にとって決定的に重要な役割を果たしていることは疑う余地がない。ただ、わたしには具体的なことはわからない。あなたたちは知っているのか？」

「あなた以上のことは何も知りません」ケッセルマン夫人が言う。「もちろん、ああいった大きなコンテストが裏で操作されているという話はしょっちゅう聞きます……でも、どれもただの噂話で……」

「わたしが聞きたいのは」レイグルは言う。「あのコンテストが実際にはなんなのか、あなたたちは知っているかということだ」

二人とも無言だった。ケッセルマン夫人はレイグルに背を向けて餌やりを続け、ギャレットは椅子に座って脚を組み、両手を頭の後ろにまわして、落ち着いているように見せようとしている。

「わたしが毎日、実際に何をやっているのかを知っているんだろう？　わたしは、火星人が次にどこに現われるかを突き止めるということになっている。だが、実際には別のことをやっているに違いないんだ。連中はもちろんそれが何かを知っているが、わたしにはわからない」

二人は依然として黙ったままだ。

「もう連絡したのか？」レイグルは問い詰めた。

ギャレットは狼狽のあまり、震えている。ケッセルマン夫人も震えているように見えたが、それでも餌やりをやめなかった。

「家探ししていいか？」レイグルは言った。

「もちろんですとも」ケッセルマン夫人がすっくと立ち上がった。「いいですか、ガムさん、わたしたちはあなたのお役に立ちたいとできるかぎりのことをしています。それなのに――」たけだけしい身振りとともに、夫人はいっきに怒りを爆発させた。「はっきり言います。あなたはわたしたち二人をこんなにも怯えさせている。いったいわたしたちが何をしたと言うんです。これまであなたに会ったことなど一度もないんですよ。あなたは頭がおかしくなっている――そうじゃありません？　きっとそうです。あなたの振る舞いは、頭がおかしくなったとしか思えません。本当に、あなたがここに来なければよかったのに。あのまま――」と瞬時ためらって、「ええ、こう言おうとしたんです。車ごと道から落ちていればよかったのに、って。わたしたちはこんなトラブルに巻きこまれるいわれはまったくありません」

「そのとおりだ」ギャレットがつぶやいた。

わたしは誤解しているのだろうか？　レイグルは自問した。

「ラジオのことを説明してくれ」レイグルは大きな声で言う。

「説明することなんてありやしません。あれはありふれた五管ラジオで、第二次大戦の直後に買ったものです。もう何年もあそこに置きっぱなしです。動くかどうかもわかりません」ケッセルマン夫人の怒りは違《たが》えようもなかった。両手がブルブルと震え、顔は緊張と疲労に引きつっている。「ラジオくらい誰だって持っています。ラジオの二つや三つ」

レイグルは食堂にある二つのドアを開いた。一方は、棚や容器が並ぶ貯蔵室に続いていた。「家を調べたい。あなたたちは、ここに入っていてもらう。そうすれば、わたしが調べている間に何をしているか気にしないですむ」錠には鍵がついていた。

「お願いですから――」夫人は言いかけて、レイグルをにらみつけた。もう言葉が出てこないようだった。

「ほんの数分だ」レイグルは言った。

親子は目を見交わした。夫人は、あきらめの表情を浮かべ、二人は無言で貯蔵室に入っていった。レイグルはドアを閉め、鍵をかけて、鍵をポケットに入れた。

これで気分がだいぶ落ち着いた。

皿の前で犬が物問いたげにレイグルを見つめていた。こいつはなんでわたしを見ているのだろう。そう思った時、皿がからになっていて、餌をもっとほしがっていることに気づいた。ビスケットの箱は、ケッセルマン夫人が横長のテーブルに置いたままになっていた。

レイグルが箱の中身を皿に移すと、犬はまた黙々と食べはじめた。

貯蔵室の中から、ギャレットの声がはっきりと聞こえてきた。

「……現実を見なきゃ——あの人、狂ってるよ」

レイグルは言った。「わたしは狂ってはいない。これまで事態が進んでいくのを段階を追って、この目で見てきた。少なくとも、わたし自身が一歩一歩、気づくようになっていった」

ケッセルマン夫人がドアの向こうから呼びかける。「ガムさん、あなたが、ご自分のおっしゃっていることを信じているのはよくわかります。でも、ご自分が何をなさっているかはわかっておられない。あなたはすべての人が自分に敵対していると思っていて、その結果、すべての人を自分に敵対する人物にしてしまうんです」

「ぼくたちみたいに」ギャレットが言う。

夫人の言葉には説得力があった。レイグルは、確信がぐらついてくるのを感じながら言った。「運まかせで何かに賭けてみるというわけにはいかない」

「誰かに賭けてみなくてはいけません」ケッセルマン夫人は言う。「でないと、生きていけません」

レイグルは言った。「家をひとわたり調べてくる。それから結論を出す」

落ち着きを取り戻した夫人のしっかりした声が続く。「せめてご家族に電話して、無事なことを伝えてください。そうすれば、ご家族も安心するでしょう。とても心配しているでしょうから」

「ぼくたちが連絡したほうがいいんだったら、そうします」とギャレット。「でないと、ご家族は警察かどこかに電話してしまうかもしれない」

レイグルは食堂を出た。最初に居間を調べた。おかしいと思えるものは何もなかった。そもそもわたしは何を見つけようとしているのか？　昔ながらの同じ問題……見つかるまで、それが何かはわからない。そして、見つかったとしても、たぶん明確にはならないのだ。

小型のスピネットピアノの向こう側の壁に電話がかかっていた。明るいピンクのプラスチックの電話で、クルクルと巻いたプラスチックのコードがついている。そして、書棚に立ててある電話帳。レイグルは電話帳を手に取った。

それは、サミーが市の空き地で見つけてきたのと同じ電話帳だった。開いてみると、最初の白いページに、鉛筆や赤いクレヨンやボールペンや万年筆で、様々な番号と名前が書きこまれていた。住所、なぐり書きの日付、時間、イベント……現行の電話帳だ。この家であの親子が使っている電話帳。ウォールナット、シャーマン、ケントフィールド、デヴォンシャーの番号。

壁にかかった電話の番号もケントフィールドのものだった。

これではっきりした。

レイグルは電話帳を持って食堂に戻った。鍵を取り出し、貯蔵室の錠を開けて、勢いよくドアを開いた。

貯蔵室はもぬけのからだった。後ろの壁がきれいに切断され、大きな穴が開いている。まだあたたかい木の切り口と漆喰の向こうは寝室だった。二人はものの数分で、この穴を開けたのだ。穴の下の床に、小さなドリル状の切削工具の部品が二本転がっていた。一本は曲がり、傷がついている。サイズ違い。小さすぎたのだろう。もう一本は使われた形跡がない。二人は正しいサイズの部品を見つけ出して、壁に穴を開け、そこから大急ぎで逃げ出した。あわてたあまり、二本の部品を持っていくのを忘れた。

手のひらに載せてみたドリル状の部品は、レイグルが知っているどんな機械部品にも似ていなかった。生まれてこのかた一度として見たことのないものだった。

先刻、理性的に、論理的に話を続けている間にも、彼らは穴を開ける作業を続けていたのだろう。

まったくもって大差の負けだ。あきらめたほうがいいのかもしれない。

レイグルは急いで家の中を一巡してみた。二人の気配はどこにもない。裏口のドアが夜の風にあおられて、開いたり閉じたりしている。外に逃げてしまったのだ。家には誰も残っていない。レイグルは家がからっぽなのを感知した。残されたのはわたしと犬だけか。

いや、犬の気配さえない。犬も一緒に逃げ出してしまったのだ。

わたしも逃げることは可能だ。どこかに懐中電灯があるだろう。わたしに着られるような厚いコートも。運がよければ、ケッセルマン親子が支援部隊を連れて戻ってくる前に、相当遠くまで行くことができる。森の中に隠れて朝を待つこともできる。それから、ハイウェイをめざす……この山の下まで降りる。たとえ何キロあろうとも。

考えているだけで、どうしようもなく気が滅入ってきた。レイグルは即座に、この考えを払い捨てた。わたしに必要なのは休息と睡眠だ。これ以上歩くことではない。

あるいは——このままとどまって、残された時間で家の中をできるかぎり探索してみるというのはどうだろう。彼らに再びつかまるまでに、集められるかぎりの情報を手に入れる。

こちらの考えは、やってみる気にさせるものだった。何かをせねばならないとしたら、このほうがはるかにいい。

レイグルは居間に戻った。たんすや飾り棚を開き、片隅のテレビセットといったありふれたものの奥も探ってみた。

マホガニーの台に載ったテレビの上にテープレコーダーがあった。スイッチを入れると、装着されていたリールがまわりはじめた。ややあって、テレビ画面が明るくなる。音声つきのビデオテープだ。後ろに下がって、レイグルはスクリーンを見つめた。

画面に現われたのはレイグル・ガムだった。まず正面から、次いで横から見た画像。住宅地域の並木道をのんびり歩いていくレイグル・ガム。駐車している車のかたわらを過ぎ、芝地の前を通り過ぎていく。次いで、顔のクローズアップ。

テレビのスピーカーから声がした。「レイグル・ガムです」

画面のレイグル・ガムは、どこかの家の裏庭のデッキチェアに座っている。ハワイふうのスポーツシャツとズボン。

「これから、彼の話し方の一部を聞いてもらいます」スピーカーの声に続いて、自分自身の声が聞こえてきた。「……きみより先に家に着いたら、わたしがやろう。でなければ、明日、きみがやってくれればいい。それでいいかな?」

連中はわたしを画像にしている。カラー画像に。

レイグルは一時停止ボタンを押した。画像が動かなくなった。スイッチを切ると、画像が小さな光の点に収束し、やがて完全に消えた。

誰もがわたしを知っているのも当然だ。教えこまれているのだから。

今後、自分が狂っているのではないかと想像しはじめたら、このビデオを思い出そう。わたしを認知させることを目的とした、この教育プログラムを。

このようなテープはいったいどのくらいあるのだろう。どれくらいの家庭にどれくらいの再生装置があるのか。どれくらいのエリアの家庭に設置されているのか。これまでわたしが通り過ぎてきたすべての家。すべての道路。すべての町。たぶん。

地球全域だろうか？

遠いところからエンジン音が聞こえてきた。この音で、レイグルは我に返ったように行動に移った。

もうあまり時間はない。玄関のドアを開けると、音は大きくなった。下方の闇の中に一対の光がひらめく。折々に木立にさえぎられて見えなくなっては、近づいてくる。

それにしても、いったいなんのためだ？　連中は何者なのか。いったい、いったい、いったい世界は本当はどんな姿をしているのか？　それを突き止めなければ……。

家の中を走り抜けながら、レイグルはあらゆるものをチェックしていった。ひとつまたひとつ、ひとつひとつの部屋から次の部屋へ。家具、本、キッチンの食品、引き出しの中の個人的な品々、クローゼットに下がった衣類……もっとも大きなことを教えてくれるものはなんだろう？

裏口のポーチに続くスペースに至って、レイグルは足を止めた。家はここで終わりだ。洗濯機、ラックにかけられたモップ、ダッシュ洗剤の箱、積み上げられた雑誌と新聞。レイグルは手を伸ばして新聞と雑誌をつかみ、床に落として、ランダムに開いてみた。新聞の日付に手が止まる。レイグルは新聞をつかんだまま、立ちつくした。

一九九七年五月十日。

四十年近く先の日付だ。

見出しを次々に拾っていく。瑣末な出来事の意味のない羅列。殺人事件、駐車場建設の財源を増やすための債券発行、著明な科学者の訃報、アルゼンチンでの暴動。

そして、一番下に次の見出しがあった。

金星の鉱物資源が争点に

金星での所有権をめぐる国際問題裁判所での訴訟……レイグルはできるかぎり速く記事に目を通すと、新聞を放り投げて、雑誌の山を探った。

一九九七年四月七日の《タイム》があった。それを丸めてズボンのポケットに突っこむ。《タイム》はほかにも何冊かあり、レイグルはそれらを次々に開いて、何かをつかみ何かを記憶にとどめておこうとしながら、猛烈な速さで記事に目を通していった。ファッション、橋、絵画、薬品、アイスホッケー――何もかも。簡潔な文章で表現された未来世界の縮図。いまだ到来していない社会の多様な側面のコンパクトな要約……。

いや、この世界はすでに到来している。この今、存在している。

これは現在発行されている雑誌だ。今年は一九九七年なのだ。一九五九年ではなく。

外の道から聞こえてくる車の音がやんだ。レイグルは残りの雑誌をつかみ上げた。ひと抱えの雑誌……レイグルは裏口のドアを開いてポーチに出ようとした。

人の声。裏庭で何人もが動きまわっている。ライトがひらめく。腕いっぱいに抱えた雑誌がドアに引っかかり、ポーチにバラバラと散らばった。レイグルは膝をついて、雑誌をかき集めた。

「いたぞ」声がして、ライトがレイグルのほうに向けられた。目がくらんで、レイグルはくるりとライトに背を向けた。《タイム》の一冊を取り上げたレイグルの目は、表紙に釘付けになった。

その一九九六年一月十四日の《タイム》の表紙には、レイグルの肖像があった。カラーの肖像画だ。その下のキャプション。

レイグル・ガム――マン・オブ・ザ・イヤー

レイグルはポーチに座りこみ、《タイム》を開いて記事を見つけた。赤ん坊時代の写真。母と父。小学校の時のレイグル。彼はものすごい勢いでページを繰っていった。現在のレイグル。第二次大戦であろうはずはないが、何らかの戦争に従軍し、軍服姿でカメラに向かって笑顔を見せているレイグル。

最初の妻の写真。

続いて、どこかのパノラマ写真。大小様々の尖塔が屹立し、全体がひとつの町のように見える広大な工業施設。

手から雑誌が引ったくられた。目を上げると、驚いたことに、そこには見慣れたカーキ色の作業服を着た男たちがいた。彼らはレイグルを立ち上がらせ、ポーチから引きずっていった。

「そのゲートに気をつけろよ」ひとりが言う。

レイグルは、暗い木立ちと、花壇に入りこんで草花を踏みつけている男たちを見つめた。フラッシュライトの光が揺れる中、石敷きの細道をたどって裏庭から道路に向かう。道路には、エンジン音を響かせ、ヘッドライトを点灯した複数のトラックが停まっていた。一トン半のオリーブグリーンの作業トラック。これまた見慣れたものだ。カーキ色の作業服と同様に。

市のトラック。市の補修作業員たち。

男のひとりがレイグルの顔の前に何かを突きつけた。プラスチックの風船のようなもので、男が指でぎゅっとつかむと風船はパチンと割れ、気体になった。

四人の男につかまれたレイグルは、その気体を吸いこむしかなかった。フラッシュライトが気体を黄色く染め、まばゆい光を真っ向から浴びせかける。レイグルは目を閉じた。

「怪我をさせるなよ」ひとりがつぶやく。「慎重に扱え」

体の下からトラックの金属の冷たく湿った感覚が伝わってきた。まるで冷蔵コンテナに積みこまれた野菜だとレイグルは思った。郊外の農地で生産され、町に運ばれていく農産物。明日の青果市場に出すために。

10

あふれんばかりの朝の陽が、寝室を白い輝きで満たした。レイグルは目を手で覆った。吐き気がした。

「シェードをおろそう」という声がした。その声が誰のものかわかったレイグルは、目を開いた。ヴィック・ニールソンが窓際に立ってシェードをおろしていた。

「戻ってきたのか」レイグルは言った。「どこにも行きつけなかった。一歩も」車を走らせていたのは憶えている。山道を登った。下生えの中を突っきった。「高いところまで登った。ほとんど天辺まで。でも、そこで追い返された」誰に？　しばし考えたのち、レイグルは言った。「誰がわたしをここに運んできたんだ？」

ヴィックが言う。「タクシーの運転手だ。百三十キロはあろうかという大男でね、きみを玄関から運び入れて、ソファに置いていった」瞬時、間《ま》を置いて、こう付け加える。「どっちの勘定になるかは知らないけど、十一ドルだった」

「わたしはどこで見つかったんだ？」

「バーだそうだ」

「どこの？」

「聞いたことがない名前だった。町のはずれ。北の端。工業地区だね。線路や貨物の積載場があるあたりだ」

「バーの名前を思い出せないか？」レイグルには、それが重要なことのように思えた。理由はわからない。

「マーゴに聞いてみる。起きていたから。二人とも起きていたんだ。ちょっと待っていてくれ」ヴィックは出ていき、すぐにマーゴがベッドの足もとにやってきた。

「〝フランクのバーＢＱ〟というところよ」マーゴが言った。

「ありがとう」

「具合はどう？」

「だいぶよくなった」

「何か軽いものでも作りましょうか？」

「いや、いらない」

ヴィックが言う。「泥酔状態だった。ビールじゃないね。ポケットにシューストリングポテトがいっぱい詰まっていた」

「ほかには何かなかったか？」レイグルは言う。ほかに何かあったはずだ。何かとても大事なものをポケットに入れた憶えがある。何としてでも持ち帰りたかった何か。

「〝フランクのバーBQ〟の紙ナプキンが一枚」マーゴが言う。「あとは小銭がいっぱい。二十五セントと十セント」

「電話をしようとしてたんじゃないかな」とヴィック。

「そうだ。そう思う」何か電話に関係のあること。電話帳。「誰かの名前を憶えている」レイグルは言う。「ジャック・ダニエルだ」

ヴィックが言う。「それはタクシーの運転手の名前だよ」

「どうして知っているの？」マーゴがたずねる。

「レイグルが、運転手をずっとそう呼びつづけていたんだ」

「市の補修作業車のことは？」レイグルは言った。

「その話は一度もしなかったけれど、でも、市の作業車のことが頭に浮かんだ理由は簡単に説明がつくわ」

「なぜだ」

マーゴは窓のシェードを上げた。「朝からずっと作業をしているの。七時前から。あの工事の音が意識下に影響を与えて、作業車のことを連想させたのよ」

レイグルは上体を起こして窓の外を見た。少し離れた歩道際に、オリーブグリーンの市の作業車が二台停まり、カーキ色の作業服を着た作業員が道を掘り返していた。ガンガンと頭に響くトリップハンマーの音。確かに、しばらく前からこの音を聞いていたことは間違いない。
「当分、居座りそうだな」ヴィックが言う。「水道管が壊れたんだろう」
「あの人たちが地面を掘り返しはじめると、いつも心配になっちゃうのよね」とマーゴ。
「途中で帰ってしまうんじゃないかって。作業をほったらかしにして」
「やるべきことはわきまえているさ」ヴィックは言って、マーゴとレイグルに手を振り、仕事に出かけていった。

しばらくして、レイグルはよろよろとベッドから出て顔を洗い、髭をそって、服を着た。ゆっくりとキッチンに行って、トマトジュースをグラスに注ぎ、半熟卵を作って、バターなしのトーストに載せた。

テーブルにつくと、マーゴが調理台に置いたままにしてあったコーヒーをすすった。食欲はなかった。外からトリップハンマーのドラパパパパパ音が聞こえてくる。いったいいつまで続くんだろう。

タバコに火をつけ、朝刊を取り上げた。ヴィックかマーゴが取ってきて、レイグルがすぐに見つけられるようにと、テーブルのわきの椅子に置いておいてくれたのだ。

新聞の手触りに、レイグルは不快感を覚えた。手に持っているのも嫌な感じだった。

最初の数ページをまとめて折り返すと、コンテストのページをざっと眺めた。いつもどおり、正解者の名前が並んでいる。特別枠にあるレイグルの名前。栄光に包まれて。

「今日のコンテストはどんな感じ？」マーゴが隣の部屋から声をかけた。七分丈のぴったりしたパンツにヴィックの綿のワイシャツを着たマーゴは、テレビを磨いていた。

「いつもと似たり寄ったりさ」レイグルは言った。新聞に載っている自分の名前を見ると、どこか落ち着かない居心地の悪さを感じた。先刻の吐き気が戻ってきた。「おかしなもんだ」レイグルは妹に向かって言った。「印刷された自分の名前を見ていると、突然、頭がガーンとやられたような気分になることがある。ショックを受けることが」

「わたしは自分の名前が印刷されているのを見たことがないから」マーゴは答える。「あなたに関する記事の中でたまに出てくることはあるけれど」

そう。わたしに関する記事。「わたしは相当の重要人物なんだな」レイグルは言って、新聞を置いた。

「そのとおりよ」マーゴが同意する。

「こんな気がするんだよ。わたしのやっていることは人類に影響を与えているんだ、って」

マーゴは掃除の手を止めて、背筋を伸ばした。「なんだか不思議な言い方ね。よくわからないけど――」と言葉を切って、「結局のところ、コンテストはただのコンテストよ」

朝食を終えたレイグルは、チャートやグラフ、表、スキャニング装置の準備にかかった。

一時間ほどたったころにはもう、今日のパズルを解く作業に没頭していた。

十二時にマーゴがドアを叩いた。「レイグル、ちょっといいかしら。だめだったらそう言って」

レイグルはドアを開いた。ひと休みは歓迎だった。

「ジュニー・ブラックが話したいんですって」マーゴが言う。「すぐにすむからって。まだ仕事は終わっていないって言ったんだけど」マーゴが手招きすると、ジュニー・ブラックが現われた。「ドレスアップしてるのね」マーゴがジュニーを見つめながら言う。

「これからダウンタウンまでショッピングに行くの」ジュニーが言った。赤いウールのニットスーツ、ストッキングにハイヒールといういでたちで、短めのコートをはおっている。アップにした髪、念入りなメイクアップ。目は特別に黒く見え、つけまつげはドラマティックなまでに長い。「ドアを閉めて」とレイグルに言って、ジュニーは部屋に入ってきた。

「あなたにだけ話したいことがあるの」

レイグルはドアを閉めた。

「具合はどう?」

「問題ない」

「あなたに何が起こったか、知っているわ」レイグルの肩に両手を置いたのち、ジュニーは発作的な怒りに身を震わせながら、体を引いた。「あのろくでなし! 言ってやったわ、あなたに何かしたら、わたし、別れるって」

「ビルのことか？」レイグルはたずねる。

「責任はあの人にあるのよ。あなたを追わせて、スパイさせていたの。私立探偵を何人か雇って」ジュニーは緊張した表情で怒りをくすぶらせながら、室内を歩きまわった。「ひどく殴られたんじゃない？」

「いや、殴られてはいないと思う」

ジュニーは考えこんだ。「おどすだけでよかったのね」

「昨夜のことはきみのご主人にはなんの関係もないと思うんだが」レイグルはためらいがちに言った。「きみとも」

ジュニーは頭を横に振った。「いいえ、関係があるのはわかっている。昨晩、彼のところに届いた電報を見たの。あなたがいなくなってから電報が来て、彼はわたしに見せようとしなかったけど引ったくって見たの。一言一句憶えているわ。あなたのことだった。あなたに関する報告だった」

「なんと書いてあったんだ？」

ジュニーはしばし、持てるかぎりの知力を絞ったのち、熱をこめて言った。「〝失踪したトラックを発見。ガム、バーベキューを通過。次の手を〟」

「確かか？」ジュニーのとっぴな想像を熟知しているレイグルは、念を押した。

「ええ。彼に取り返される前に暗記したから」

市の作業車。道路のオリーブグリーンのトラックはまだ立ち去っていない。作業員は依然として舗装を掘り返しつづけている。溝の長さはもう相当なものになっているだろう。「ビルは補修作業とは関係ないんじゃなかったか」レイグルはたずねた。「彼が作業車を手配しているなんてことはないな？」

「あの人が水道局で何をしているか、全然知らないわ。でも、そんなこと、どうでもいい。レイグル、聞いてるの？　どうでもいいの。わたし、あの人と別れるんだから」突然、ジュニーは駆け寄ってきて、両腕をレイグルの体にまわした。彼を抱き締めながら、耳もとではっきりと、こう言う。「レイグル、わたし、決心したの。あの人のこのおぞましい犯罪的な報復のたくらみは、これっきりでおしまい。わたし、ビルと縁を切るから。見て」ジュニーは左手の手袋をぬぎ、レイグルの顔の前で手を振ってみせた。「わかる？」

「いや」

「結婚指輪よ。もうはめてないの」再度手袋をはめて、「これを言いたくて来たのよ、レイグル。憶えてるかしら、芝生の上に寝そべって、あなたが詩を読んでくれて、わたしを愛しているって言ったこと」

「ああ」

「マーゴやほかのみんなが何を言おうと、わたしは気にしない。今日の午後二時半に弁護士さんと会う約束になっているの。離婚の手続きについていろいろ確かめてくるつもり。ビルと離婚したら、あなたと死ぬまで一緒に暮らせるわ。もう誰にも邪魔させやしない。もしあの人がまた暴力的な手段に出るようだったら、警察に連絡するわ」

ジュニーはハンドバッグを取り上げて、廊下へのドアを開けた。

「もう帰るのか?」レイグルは巨大な旋風に巻きこまれた思いで、半ば呆然としていた。

「ダウンタウンに行かなくちゃならないから」ジュニーは言って、廊下の左右を見渡し、それからレイグルに向けて熱烈な投げキスを送った。「あとで電話するわね」彼のほうに身を乗り出して、小さな声で言う。「弁護士がどう言ったか、知らせるわ」ドアが閉まり、ジュニーが玄関に急ぐヒールの音が聞こえた。次いで、家の外で車が発進する音。ようやく行ってしまった。

「いったいぜんたい、なんだったの?」マーゴがキッチンから声をかけた。

「逆上していたよ」レイグルはあいまいに言った。「ビルと喧嘩したんだ」

マーゴが言う。「あなたが全人類にとって重要な存在だとしたら、彼女にかかずらうよりもっと大きなことができるはずだし、そうすべきよ」

「昨夜、ビル・ブラックに、わたしがいなくなったことを言ったか?」

「いいえ。でも、ジュニーには話したわ。あなたがいなくなってから、ジュニーがまた顔を見せたの。わたし、あなたがどこに行ったかわからなくてとても心配で話を聞いている余裕はないって言ってしまったのよ。どのみち、ジュニーの側では、用と言っても、あなたに会う口実でしかなかったんでしょうけど。実際、わたしとは話したくなさそうだったから」ペーパータオルで手をふきながら、マーゴは続けた。「今日の彼女はとてもすてきだったわね。容姿の点では本当に魅力的。でも、まるで子供よ。サミーの遊び相手の小学生の女の子とこれっぽっちも変わらないわ」

レイグルはマーゴの話をほとんど聞いていなかった。頭痛がして、吐き気がつのり、以前よりも頭が混乱していた。昨夜のエコー……。

外では、市の作業員がシャベルにもたれてタバコを吸っていた。家の近辺から移動する様子はないようだ。

彼らはわたしを監視するために、あそこにいるのだろうか？

反射的に、レイグルは彼らに対して強い嫌悪感を覚えた。それは、恐怖にも近いものだった。理由はわからない。レイグルは改めて昨夜のことを思い返し、自分の身に起こったことを思い出そうとした。自分が何をして、彼らが自分に何をしたか。オリーブグリーンのトラック……猛スピードで車を走らせたこと、のろのろと進んだこと。どこかの時点で、隠れようとしたこと。そして、何かとても重要なものを発見したこと。しかし、それは彼の手から滑り落ちるか奪い去られるかしてしまった……。

11

翌日の朝、ジュニー・ブラックが電話してきた。

「仕事中だった?」

「いつだって仕事中だ」レイグルは答えた。

「昨日、ヘンプキンさんと話をしたの。弁護士よ」その口調は、ジュニーがこれから細かい報告をするつもりであることを告げていた。彼女は「もう、こんなにややこしいものだとは思わなかったわ」と言ってため息をついた。

「どういうことになるのか教えてくれ」レイグルは早くパズルに戻りたかったのだが、いつものようにジュニーの投じた釣り針にかかってしまった。これから、細部をあれこれと飾り立てる芝居がかった話に付き合わされることになる。「弁護士はなんと言ったんだ?」レイグルは言った。いずれにしても、この問題は真面目に考えなければならない。ジュニーが裁判に持ちこむとすれば、レイグルも共同提訴人として法廷に召喚されることになる可能性がある。

「ああ、レイグル。あなたに会いたくてたまらない。あなたと一緒にいたい。あなたにすぐそばにいてほしい。こんなにもつらい思いをしなくちゃならないなんて」

「弁護士が言ったことを教えてくれ」

「ヘンプキンさんが言うには、すべてはビルがどう思っているかによるんですすって。本当に困ったわ。いつ会える？　お宅に行くのは怖いのよね。昨日だって、マーゴがすごい顔でわたしを見るんですもの。これまで誰からもそんなふうに見られたことはないほどの恐ろしい顔。マーゴは、わたしがお金のためにあなたを追いかけていると思っているんだわ。ほかにどう考えられる？　それとも、単にマーゴが陰険な性格だってことかしら？」

「弁護士が言ったことを教えてくれ」

「電話では話したくないのよ。ちょっとだけうちに来られない？　でも、マーゴが怪しむかしら？　レイグル、聞いて。わたし、心を決めてから、これまでにないほどいい気分なの。あなたとなら本当の自分でいられる。はっきりしない思いに引っ張られて無理に押さえつけておくのではなくて。生涯で最高に重要な時だわ。ものすごく荘厳な感じ。教会みたいに。今朝起きた時、まるで教会で目を覚ましたような気持ちだった。まわりじゅうに聖霊がいるのよ。この聖霊はなんだろうって自分に問いかけたわ。そして、すぐにわかったの、これはあなただって」ジュニーは言葉を切って、レイグルのコメントを待った。

「例の民間防衛はどうだ？」レイグルは言った。

「なんのこと？　いい考えだと思うけど」

「学習会に行かないのか？」

「行かないわ」とジュニー。「どういうこと？」

「あの会を使うつもりだと思っていた」

「レイグル」ジュニーは苛立ちをあらわにして言った。「あなたって、時々わけがわからなくなるわね。ついていけないわ」

　この点では、わたしが誤解していたようだ。レイグルは思った。民間防衛の学習会で会うという計画はあきらめるしかない。ジュニーに、自分がどういうつもりでいたか、カイテルバイン夫人が勧誘に来た時にどう考えたかを説明するのは至難のわざというものだ。

「いいかい、ジュニー」とレイグルは言った。「わたしも、とてもきみに会いたい。きみがわたしに会いたいと思っているのと同じくらいに。いや、たぶんそれ以上だろう。だが、わたしはどうしてもこのパズルを終えてしまわなければならないんだ」

「わかってるわ。あなたにはあなたの義務があるんですものね」ジュニーはあきらめて言った。「今晩はどうかしら？　エントリーを送ったあとで」

「こちらから電話するよ」だが、ビルが帰宅していたら、どうしようもない。「たぶん、今日――今日の午後にでも。今日はエントリーを早く発送できそうだから」これまでの進捗状況は順調だった。

「午後は、わたし、家にいないの。昔の友達とお昼を食べることになっているの。女性よ。ごめんなさいね、レイグル。ああ、あなたに話したいことがいっぱい。あなたと一緒にやりたいことも。でも、わたしたちの前にはこれから長い人生が待っているわ」ジュニーは話しつづけ、レイグルは聞きつづけた。ついに、彼女も話し疲れたのか、さよならを言って電話を切った。

ジュニーと意思を疎通させるのは何と難しいことだろう。

部屋に戻ろうとしかけたところで、再度電話が鳴った。

「わたしが出ましょうか？」マーゴが別室から言った。

「いや、いい。たぶんわたしにかかってきたんだ」再びジュニーの声が聞こえるものと思いながら、レイグルは受話器を取った。だが、電話口から聞こえてきたのは、聞き憶えのない年長の女性の声だった。

「あの――ガムさんはいらっしゃいます？」

「わたしです」予想を裏切られて、ぶっきらぼうな口調になった。

「ああ、ガムさん。民間防衛の学習会を憶えてらっしゃるかどうか心配になって。ミセス・カイテルバインです」

「憶えてますとも。こんにちは、カイテルバインさん」そして、ちゃんと断れと自分に言い聞かせながら、「カイテルバインさん、申しわけないのだが――」

カイテルバイン夫人がさえぎる。「今日の午後です。火曜ですから。午後二時から」

「行けないんです」レイグルは言った。「コンテストの作業でかかりきりになっていて。また次の機会にということにさせてください」

「まあ、どうしましょう。わたくし、前もってみなさんにあなたのことを伝えてしまったんです。みなさん、あなたの第二次大戦のお話を聞くのを楽しみにしています。会員全員に電話をしたんですよ。みんな、たいへん興奮していました」

「申しわけない」

「本当に困ったわ」うろたえきった口調だった。「スピーチはなしということで来ていただくわけにはいきませんか？　会に参加して、質問に答えるだけ——それでも、みなさん、喜んでいただけると思います。どうでしょう、そのくらいのお時間も取れませんか？　ウォルターが車で迎えにあがりますし、終了後はお宅までお送りします。会自体は長くて一時間ですから、全部合わせても一時間と十五分以上にはなりません」

「息子さんに迎えにきてもらうには及びませんよ」レイグルは言った。「半ブロックの距離ですから」

「ああ、そうでした」とカイテルバイン夫人。「すぐそこにお住まいでしたわね。では、なんとかお時間を作ってくださると考えてよろしいんでしょうか。お願いします、ガムさん——わたくしの顔を立ててくださいませんか」

「わかりました」レイグルは答えた。たいした手間ではない。一時間かそこらのことだし。「まあ、本当にありがとうございます」夫人の声に安堵と喜びがあふれた。「心から感謝します」

受話器を置くと、レイグルはただちにエントリーに戻った。会に出るとなると、発送までもう二時間しかない。エントリーを送らなければならないという感覚は、いつもと変わらずレイグルを支配していた。

午後二時、レイグルはペンキを塗っていない傾いた階段を登ってカイテルバイン家のポーチに立ち、呼び鈴を鳴らした。

ドアが開いてカイテルバイン夫人が現われた。「ようこそ、ガムさん」

夫人の肩ごしに、華やかなドレス姿の大勢の婦人連と、これと言った特徴もなく影が薄い印象の男性が数人、見てとれた。全員がレイグルのほうをうかがっている。彼の参加を期待して、みな早くから集まっていたのだと、レイグルは思った。これで会が始められることになった。こんなところでも、わたしは重要人物なのだ。しかし、そう思っても、レイグルは何の満足感も覚えなかった。わたしにとって意味のある人物は来ていない。実のところ、ジュニー・ブラックが来ていればという思いは、もうほとんどなかったのだが。

カイテルバイン夫人は、レイグルを大きな古い木のデスクの前に導いた。ウォルターと二人がかりで地下室から運び上げた机だ。椅子は参加者と向かい合う位置に置かれていた。「こちらにどうぞ」夫人は椅子を指し示して言った。「おかけになってくださいな」夫人はこの会のためにドレスアップしていた。たっぷりしたひだとレースに包まれたローブのようなシルクのロングスカートとブラウスに、レイグルは卒業式か音楽のリサイタルを連想した。

「オーケイ」と言って、レイグルは着席した。

「みなさんの質問に入る前に、民間防衛のいくつかの面について話し合います。質疑応答の邪魔にならないように」夫人はレイグルの腕を軽く叩いた。「わたくしたちの会に有名人をお迎えするのは初めてなんですよ」にっこり笑って着席すると、手を叩いて開始を告げた。

影のような紳士淑女の一団は静かになったが、まだ小さなささやきが残っていた。一同はウォルターが並べた椅子の前から何列かを占めていた。ウォルター自身は部屋の後ろ、ドアに近い位置に座っている。セーターにスラックス、ネクタイをつけたウォルターは、礼儀正しく、レイグルに向けてうなずいた。

上着を来てくるべきだったとレイグルは思った。シャツだけの格好で出てきた彼は、居心地の悪さを感じていた。

「前回のクラスで、どなたかがこういう問題提起をなさいました」カイテルバイン夫人は机の前で手を組んで話しはじめた。「アメリカに対する大規模な一斉攻撃がなされた場合、敵の全ミサイルを迎撃するのは不可能ではないか、と。そのとおりです。すべてのミサイルを撃ち落とすのが不可能であることは明白です。何パーセントかは目標に到達するでしょう。恐ろしいことですが、これが真実です。わたくしたちは、その事実にはっきり向き合って、どう対応するかを考えねばなりません」

聴衆は一体となって――それぞれがたがいの鏡像であるかのように――反応し、一様に厳粛な表情を浮かべた。

「戦争が勃発すれば、わたくしたちは恐るべき惨状に直面することになります。死者と致命的な怪我を負う人は何千万という数になるでしょう。町は瓦礫と化します。放射性降下物が降ってきて農作物は汚染され、生殖細胞は何世代にもわたって回復不能なダメージを受けます。かつて経験したことのないスケールの災厄が起こるのです。政府が現在、防衛に向けている予算は、わたくしたちにたいへんな負担を強いて経済を疲弊させているように思われますが、それでも、想定されるこの規模の災厄に比べれば、バケツの水の一滴程度のものでしかありません」

カイテルバイン夫人の言っていることは正しい。レイグルは思った。彼女の話を聞きながら、彼はいつか死と苦痛の情景を想像しはじめていた。廃墟の町に生い茂る黒い草、腐食した金属、一面の灰の広がりの中に形を失って散らばる骨また骨。生命はない、音も聞こえない……。

　その時、何の前触れもなく、途方もない危機の感覚が襲ってきた。危機がすぐそこに迫っているという感覚が、その現実が、雷のようにレイグルを直撃した。そのあまりに強烈な感覚に、レイグルは思わずうめき声をもらし、椅子から半ば跳び上がった。カイテルバイン夫人が話をやめ、同時に聴衆の全員がレイグルに視線を向けた。

　わたしは時間を無駄に費やしている。新聞のパズル。どうしてここまで、わたしは現実から逃げていられるのだろう？

「ご気分が悪いんですか？」カイテルバイン夫人が言った。

「いや――大丈夫です」

　聴衆のひとりが手を挙げた。

「どうぞ、ミセスF」夫人が言う。

「ソ連が大量のミサイルを同時発射した場合、我が国の熱核弾頭を装着した迎撃ミサイルは、小規模の連続攻撃を受けるよりも高い確率で撃ち落とすのに成功するのではないですか？　先週お聞きしたことからすると――」

「たいへんもっともなご指摘です」カイテルバイン夫人が言う。「実のところ、我が国の迎撃ミサイルは、戦争が始まってから数時間で使い果たされてしまうかもしれません。そして、迎撃ミサイルを使い果たしたあとになって、敵の勝利を目指す計画が、日本軍の真珠湾攻撃に匹敵するような単独の超大規模攻撃をベースにしたものではないということが判明するかもしれません。つまり、水爆を小出しに使って〝少しずつかじり取っていく〟ような、必要とあらば何年もかけて最終的な殲滅を試みるような、そんな計画である可能性もあります」

別の手が挙がる。

「どうぞ、ミスP」夫人が言う。

ぼんやりとした聴衆のかたまりの一部が分離して、女性の姿になった。「でも、ソ連に、そんな長期戦を実行することが可能でしょうか？　たとえば、第二次大戦時のナチはロンドンへの連続集中空爆を実施しましたが、結局のところ、日々の重爆撃機の損失は経済的に支えきれないという結果になったんじゃありませんでしたか？」

カイテルバイン夫人がレイグルのほうに振り向いて言った。「今の質問にはガムさんがお答えくださると思います」

レイグルは瞬時、夫人が自分を指名したことを把握できなかった。だが、すぐに、彼女が自分に向けてうなずいているのに気づいた。「なんですか？」

「ナチの重爆撃機の損失についてお話しください。イギリスを空爆した際の」夫人が言う。

「わたしは太平洋にいました。申しわけないが、ヨーロッパの戦線のことは何も知りません」実際、ヨーロッパでの戦いのことは何ひとつ思い出せなかった。彼の意識には、先刻の急迫した危機の感覚しかなかった。それは、ほかのいっさいを追い払い、レイグルをからっぽにしてしまっていた。なぜわたしはここに座っているのだろう？　レイグルは自問した。わたしがいるべき場所はこんなところではない。それは――どこだ？

　ジュニー・ブラックと二人で田園地帯の草原に出かける……あたたかく乾いた斜面にブランケットを広げ、午後の太陽と草の香りに包まれる……。違う、そんなところではない。そんな世界もまた消え去ってしまったのではなかったか？　実質を失った空虚な外殼。太陽はもはや明るく輝いてはいない。あたたかな日はなく、雨が静かに降りしきる、冷たい灰色の毎日が続くばかり。降りしきる雨。おぞましい死の灰を含んだ雨があらゆるものに降りそそぎ、浸みこんでいく。草原には一本の草もない。断ち切られ焼け焦げた木の根もとだけを残して。汚染された水たまり……。

　頭の中で、彼は彼女を追いかける。何もない荒涼とした斜面。彼女の姿が小さな点に収束し、消える。生命のない外郭だけの存在――十字架の支柱に支えられた白くうつろなカカシ。ニヤニヤ笑いを浮かべて。目はただの穴だ。それを通して全世界が見える。わたしはその内側にいて、そこから外を覗いている。小さな裂け目からうかがっている。見えるのは――空虚。その空虚な目の奥を覗きこむ。

「わたくしの理解しているところは、こうです」カイテルバイン夫人がミスPに言った。

「ドイツにとっては、爆撃機そのものより、熟練したパイロットを失うほうがはるかに深刻な問題であったことでしょう。撃墜された飛行機の代わりはすぐに作れますが、パイロットの訓練には長い時間がかかるからです。ですが、次の戦争——最初の水爆戦でわたくしたちが置かれる状況は大きく変わります。ミサイルには乗員は不要です。ですから、熟練パイロットの損失という問題はなくなるのです。ミサイルを操縦する人間は不要だという単純な理由から、ミサイル攻撃がやむことはなくなります。ミサイルを製造する工場が存続しつづけるかぎり、ミサイルは永久に飛来しつづけるでしょう」

机の上、カイテルバイン夫人の前には印刷された紙があった。夫人はその紙に書かれてあることを読んでいるのだった。政府によって作られた周到なプログラム。

いま話しているのは政府なのだ。レイグルは思う。何か役に立つことをしたいと思っている中年の女性ではなくて。これらは事実であって、ひとりの人間の意見などではない。

これは現実なのだ。

そして、わたしはその内にいる。

「模型をいくつかお見せしましょう」カイテルバイン夫人が言う。「息子のウォルターが作ったものです……いくつかのきわめて重要な施設です」夫人が合図すると、ウォルターが立ち上がって前にやってきた。

「この国が次の戦争を生き延びるつもりなら」まだ声変わりしていない若々しいテノールが響いた。「新しい生産方法を習得する必要があります。現在、ぼくたちが知っているような工場は地表から一掃されます。地下の生産ネットワークを確立しなければならないのです」

しばし、ウォルターの姿が消えた。別室に模型を取りにいったのだ。聴衆は期待の表情で待ち受けた。ウォルターは大きな模型を抱えて戻ってきて、聴衆の前の机におろした。

「これが計画されている工場システムです」ウォルターが言う。「地下千五百メートル以上のところに建設されることになっています。攻撃を受けても大丈夫なように」

全員が立ち上がって、模型を眺めた。レイグルもデスクの上の模型に顔を向けた。尖塔が何本も突き立っている広場、建物、巨大な製造工場のレプリカ。この光景はよく知っている――レイグルは思った。そして、模型の上に上体をかがめているカイテルバイン夫人とウォルター……以前に見たことのあるシーン。過去にどこかで。

もっとよく見てみようと、レイグルは立ち上がった。

雑誌のページ。写真だった。模型ではなくて。本物の写真。この模型のもとになった施設。

こんな施設が実在していたのか？

レイグルが熱心に眺めているのを見て、カイテルバイン夫人が言った。「とても精密なレプリカでしょう、ガムさん」

「ええ」

「以前にこのようなものをご覧になったことはありますか?」

「ええ」

「どこで?」

もう少しで思い出せそうだった。答えはすぐそこにあった。

「こういう工場は何を生産することになるんでしょう?」ミスPが言う。

「ガムさん、どう思われます?」とカイテルバイン夫人。

「おそらく——アルミニウムのインゴット」これは正しそうに思えた。「ほとんどすべての基本的な鉱物、金属、プラスチック、ファイバー」

「この模型、自慢なんですよ」ウォルターが言う。

「でしょうね」とミセスF。

レイグルは思う。わたしはこの施設を隅々まで知っている。建物のひとつひとつ、通路の一本一本。ひとつひとつのオフィス。

わたしはこの中に入ったことがある。数えきれないほどの回数。

民間防衛の会が終わってから、レイグルは家には戻らず、バスに乗ってダウンタウンに行った。

店が建ち並ぶ中心街でバスを降り、しばらく歩いた。やがて、向かい側に広い駐車場と〈ラッキー・ペニー・スーパーマーケット〉の看板が現われた。何と大きな店だろう。遠洋航海用の船以外は何でも売っていそうだ。道路を渡ると、レイグルは駐車場を囲む低いコンクリートの壁の上に登り、両腕を伸ばしてバランスを取りながら、壁づたいに店の裏手に行った。そこは、高いスチール板で囲われた荷おろし場になっていた。

四台の長距離トラックが後部を荷おろし台につけ、布エプロンをつけた男たちがダンボール箱に入った缶詰や瓶入りマヨネーズ、果物や野菜の木箱、小麦粉や砂糖の袋などを台車に積み上げていた。缶ビールなどの小型のカートンは、回転するローラーでできた傾斜路に載せられ、トラックから倉庫へと次々に送りこまれていく。

なかなかおもしろそうだ。箱を傾斜路に放り出して、それが荷おろし場から開いた扉の向こうに滑り落ちていくのを見ているのは。傾斜路の向こう側で、誰かが落ちてくる箱や袋をキャッチし、積み上げているのは間違いない。反対側の端で進行している目に見えないプロセス……見えないところでせっせと働いている作業員。

タバコに火をつけて、レイグルはゆっくりと近づいていった。

トラックのタイヤは直径がレイグルの背と同じくらいありそうだった。こうした大型の長距離トレイラーを運転すると、絶対に偉くなったような気分になるに違いない。レイグルは最初のトラックの後部ドアに掲示されているライセンスプレートを眺めてみた。十の州の十枚のプレート。ロッキー山脈を越え、ユタ州の大平原を走り、ネヴァダ州の砂漠へ……雪をいただいた山々、大平原にギラギラと燃え立つ熱い空気。フロントガラスに衝突する虫たち。何千ものドライブイン、モーテル、ガソリンスタンド、標識。常に遠方に続いている山並み。乾いた単調な道。

しかし、何よりも充足感をもたらすのは、移動しているという感覚だ。どこかに向かっているという感覚。場所の変化。夜ごと異なる町へ。

冒険。ロードサイドカフェの孤独なウェイトレスとのロマンス。大都会に行って、すばらしい時間を過ごしたいと夢見ているかわいい女性。変化することのない田舎の光景に育てられ作り出された、すてきな歯とすてきな髪を持った、青い目のレディ。

わたしには自前のウェイトレスがいる。ジュニー・ブラック。人妻を盗むといういかがわしいロマンスに落ちこんだわたしの冒険。彼女のほうは、ちっぽけな家が建ち並び、キッチンの窓の前に車が停まり、裏庭には洗濯物がぶらさがっているゴミゴミした環境の中で、数えきれない雑事に追われつづけている。ほかにやることがなくなるまで。すんでしまったことと、これからやることとで手一杯の生活。

これで充分ではないのか？　これでは満足しないのか？

おそらくはこれが原因だ。今のこのわたしの不安は。ビル・ブラックがピストルを手にやってきて、妻と密通していると言って、わたしを撃つという不安。真っ昼間、洗濯や芝刈りや買い物といった日常の真っただ中で、わたしは殺される。形を変えた罪の意識……ただの侵犯行為の代償でしかない運命という妄想。侵犯行為そのものと同様に何ともつまらないもの。

少なくとも、精神分析医ならそう言うだろう。ハリー・スタック・サリヴァンやカレン・ホーナイやカール・メニンガーを読んだ主婦なら、全員が口をそろえてそう断言するだろう。あるいは、これはわたしのビル・ブラックに対する敵愾心の表われかもしれない。不安は、抑圧された敵愾心が形を変えたものとされている。外部に――世界のスクリーンに投影された、わたしの日常の問題。そして、ウォルターのあの模型。わたしは未来に生きたいと思っているに違いない。なぜなら、あの模型は未来に存在するものの模型だからだ。あれを見た時、わたしには完璧に自然なものと映った。

レイグルは、スーパーマーケットの裏から建物をぐるっとまわって正面入口に行った。センサーを通過すると、自動ドアが大きくスイングして開いた。店内に入り、レジの横を通り過ぎて、青果売場に行く。ヴィック・ニールソンはタマネギの台の前で検品に励んでおり、傷んだタマネギを丸いブリキの容器に放りこんでいた。

レイグルはヴィックに近づいていって、「やあ」と声をかけた。

「おや」ヴィックは検品を続けながら言った。「今日のパズルはもう終わったのかい?」

「ああ。もう発送した」

「気分はどうだい?」

「だいぶよくなった」客はあまり多くない。「今、出られるかな?」とレイグルは言った。

「少しなら」

「どこか別の場所で話をしたいんだが」

ヴィックはエプロンをはずして、容器の上に置いた。並んでレジの横を通り過ぎる際に、レジ係に、十分か十五分で戻るから、と言った。二人は店を出て駐車場を横切り、歩道に出た。

「アメリカン・ダイナー・カフェでいいかな」

「ああ」と言って、レイグルはヴィックのあとに続き、次々と車がやってくる午後の道路に足を踏み出した。真っすぐ道路を横切るという信条のもと、ヴィックは突進してくる二トントラックをものともせずに、悠々と歩いていった。クライスラーがすれすれのところを通過し、ふくらはぎに排気ガスを吹きつけていった時、レイグルはたずねた。「ぶつかったことはないのか？」

「今のところはね」ポケットに手を突っこんだままで、ヴィックは言った。

カフェに入ろうとした時、レイグルは、オリーブグリーンの市の作業車が近くの駐車スペースに停まっているのに気づいた。

「どうした？」ヴィックが足を止めて言う。

「あれを見ろ」レイグルは言って、トラックを指差した。

「あれがどうした？」

「気にさわるんだよ。あの市のトラックが」たぶん、家の前の道を掘り返していた作業員が、カイテルバイン夫人の家に入るレイグルの姿を見たのだろう。「コーヒーはいい。店で話そう」レイグルは言った。

「ぼくはどっちでもいいよ」ヴィックは言った。「どのみち、すぐに仕事に戻らなきゃならないし」そして、再度、道路を横切りながら、「どうして市のトラックが嫌なんだ？ビル・ブラックに関係しているのか？」

「たぶん」

「マーゴが言ってた。昨日、ぼくが出かけてから、ジュニーが来たそうだね。おめかしして。弁護士がどうとか言っていたそうだけど」

これには答えずにレイグルは店に入り、ヴィックもあとに続いた。「どこに行けばいい？」レイグルが言う。

店の一番奥まで行くと、ヴィックは「ここだ」と言って、酒売場の横にある小切手換金用の小部屋の鍵を開けた。室内にはスツールが二つあるだけで、ほかには何もなかった。ドアを閉めたヴィックは、スツールのひとつに腰をおろして、「窓も閉まっている」と、小切手を現金化する窓口を指して言った。「ここなら誰にも聞かれる心配はない。それで、いったいなんの話なんだい？」

「ジューンには関係のないことだ」レイグルはもうひとつのスツールに腰かけて、義弟に向き合った。「くだらん話を聞かせてうんざりさせるつもりはない」

「それはよかった」ヴィックは言う。「いずれにしても、そういう雰囲気ではないと思っていたけど。一昨日、タクシーの運転手に運ばれてきてから、きみの様子はすっかり変わってしまった。どういうことなのかはっきりは言えないんだけど、昨夜、ベッドに入ってから、マーゴとあれこれ話し合ってみた」

「結論は？」

「以前より従順になっているような気がする」

「かもしれない」

「以前より精神的に落ち着いたというか」

「いや、落ち着いてはいない」

「暴行を受けたりしたわけではないんだろう？　例のバーで」

「ああ」

「ダニエル――タクシーの運転手がきみをソファにおろした時に、最初に頭に浮かんだのは、それだったんだ。誰かに袋叩きにされたんだろう、って。でも、殴られた跡はいっさいなかった。実際、殴られたんだとしたら、憶えていないわけがないし、跡だって残る。何年か前に、ぼく自身がめちゃくちゃにやられたことがあるんだが、すっかり治るまで何カ月かかかった。打撲の跡は、それくらい残るものなんだ」

レイグルは言う。「逃げ出す寸前までいったのは確かだ」

「逃げ出すって、何から?」

「ここから。連中から」

ヴィックが頭を上げた。

「境界のすぐ手前まで行ったんだ。そして、ありのままの現実の一端を見た。我々のために、それらしく見えるようにしつらえられたものではない現実を。でも、そこでつかまってしまって、今はここに戻っている。何があったかはっきり憶えていないのは、わたしに憶えてもらっていては困るので、連中がなんらかの処置をしたからだろう。だが——」

「だが、なんだ?」ヴィックは換金窓口から目を離さず、店内の売場やレジや入口をうかがっている。

「フランクのバーBQに九時間もいたのではないということは確かに言える。あそこに入ったことは入ったのだろう……ぼんやりとだが、店内のイメージが残っている。だが、その前には長い間、別の場所にいた。そして、そのあとには、どこか高いところにある家にいた。そこで、誰かと何かをした。その家にいる間に、なんであれ、まごうかたなき現実の一端をつかんだんだ。しかも、それは、わたしが細かいところまで知っているものだった。実際憶えているのはそこまでで、それ以外はいっさい記憶に残っていない。ところが今日、あるものの模型を見せられた。わたしには、それがあの家で見た写真の模型だと思えた。その写真を見た時に、市のトラックがやってきて――」

レイグルはそこで口を閉ざした。

二人ともしばし黙って座っていた。

ややあって、ヴィックが口を開く。「ビル・ブラックにジュニーとのことを知られたらという不安が原因でないということは確かなんだな？」

「ああ。そういうことじゃない」

「わかった」

「裏手にいる、あの長距離輸送トラックだが」とレイグルは言う。「あれは相当遠くまで行くんだろう？　ほかの車では行けないようなところまで」

「商用ジェット機とか蒸気船とか幹線鉄道とかほど遠くまではいかないよ」ヴィックは言う。「でも、三千キロくらいは行くこともあるかな」

「それなら充分だ」とレイグル。「一昨日、到達したよりずっとずっと遠くまで行ける」

「あれで脱出するつもりなのか？」

「ああ、たぶん」

「コンテストはどうなる？」

「さあ」

「もう続けないってことか？」

「ああ」

ヴィックは言う。「問題がいっぱいだな」

「わかっている。だが、どうしてももう一度トライしてみたいんだ。今までは何もわかっていなかったが、今回は少なくとも、行けるところまで行ってみようと歩き出すだけではだめなことがわかっている。それでは連中が絶対に脱出させてくれない。その都度追い戻されるだけだ」

「でも、具体的にどうする？　箱の中に隠れて、製造元に戻す不良品の間にでもまぎれこむか？」

「そのあたりを教えてほしい。きみは四六時中、荷おろしを見ているから、何かいいアイデアがあるんじゃないか。何しろ、わたしはあの長距離トラックをじっくり眺めたのも、今日が初めてなんだ」

「ぼくが知っているのは、品物が作られるか栽培されるかしたところから運ばれてくるということだけだ。品物がどんなふうにチェックされるかとか、ドアが何度くらい開け閉めされるかとか、どのくらいの時間閉じこめられていても大丈夫かとかいったことは何もわからない。一カ月もどこかに放置されることだってありうるし、逆に、ここを出た途端にトラックの中を掃除するかもしれない」

「運転手のことを何か知っているか？」

ヴィックは少し考えたのちに「いや」と言った。「実際には何も知らない。顔は合わせているけれど、名前だけの相手だ。ボブ、マイク、ピート、ジョー」

「ほかには何も考えつかないんだ」レイグルは言った。しかし、絶対にやってみる、とレイグルは思う。あの工場をこの目で見たい。写真や模型ではなく、実物を。カントが言うところの〝物自体〟。「きみが哲学に関心がないのは残念なことだな」

「ぼくだって関心を持つことはあるさ」ヴィックは言う。「この今というわけじゃないけどね。きみが言いたいのは〝事物は本当はどのようなものなのか？〟といった問題だろう？　実を言うと、先立《せんだ》って夜にバスで帰ってきた時に、現実が本当はどのようなものなのか、ぼくもその一端を見てしまったんだ。幻影を通して。バスの乗客はみんなシートの上で揺れているカカシでしかなかった。バス自体は――」と、両手で払うような仕草を見せて、「中身のない殻だった。何本かの支柱とぼくのシート、それと運転席があるだけ。でも、運転手は本物だった。現実にぼくを家まで運んでくれた。ぼくだけをね」

レイグルは上着のポケットに手を入れて、常に持ち歩いている小さな金属の箱を取り出し、蓋を開けてヴィックに見せた。

「なんだ？」

「現実だよ。きみに現実をやろう」

ヴィックは紙片を一枚取って、そこに記された文字を読んだ。「〝飲用噴水〟と書いてある。どういう意味だ？」

「あらゆるものの根底には」とレイグルは言う。「言葉がある。それは神の言葉なのかもしれない。〝初めに言葉ありき〟だ。それがどういうことなのか、わたしにはわからない。ロゴス。わたしにわかるのは、この目で見ることと、この身に起こることだけだ。我々は目に見えているのとは違う別の世界に生きているんだと思う。そして、その別の世界がどういうものか、わたしはしばし、はっきりとつかんでいたような気がする。だが、それはこの手から滑り落ちてしまった。あの夜以来。その別世界は、おそらく未来だ」

言葉の紙片を入れた箱を返しながら、ヴィックが「見てもらいたいものがある」と言って、換金窓口の向こうを指し示した。レイグルはそちらを見た。「レジに黒いセーターを着た背の高い女の子がいるだろう。大きな胸の子だ」

「以前にも会ったことがある」レイグルは言う。「すごい美人だな」レイグルは、その若い娘が次々と値段を打っていくのを見つめた。仕事をしながら、彼女は楽しそうに笑っていた。なめらかな白い歯を見せて客に向けられる輝くばかりの笑顔。「いつかきみに直接紹介してもらったんじゃなかったかな」

ヴィックは言う。「真面目に聞くので、真面目に答えてほしい。いやらしい言い方に聞こえるかもしれないけれど、ぼくはとても重要なことだと思っている。きみの問題は、ほかの何よりも、あの方向に向くことで解決できるとは思わないか？　リズには知性がある

——少なくともジュニー・ブラックとは比べものにならないほど頭がいい。魅力的なのは誰もが認めるところだ。しかも、結婚していない。きみは、彼女が関心を持つだけの金を持っているし、有名人でもある。あとはきみ次第。彼女と二、三度デートして、そのあとで改めて、この問題を話し合うというのはどうだろう」

「そんなことはいっさい役に立たないと思う」レイグルは言った。

「でも、きみだって、そういうことを本気で考えているだろう？　違うか」

「いつだって本気で考えているさ。その特定のことに関しては」

「わかった。きみに絶対の確信があるのなら、そういうことなんだろう。さて、きみに必要なのは、トラックを一台乗っ取ることかな」

「できるか？」

「トライしてみることはできる」

「きみも一緒に来たいか？」

「ああ——ぼく自身も見てみたい。そう、この目で外の世界を見てみたい」

「それじゃ、あのトラックのどれかで出発する算段を考えてくれ。ここはきみの店だ。トラックに関しては、全面的にきみにまかせる」

午後五時、ビル・ブラックは作業トラックの一団がオフィスの窓の下のスペースに停まる音を聞いた。すぐにインターホンが鳴って、秘書の声がした。

「ネローニさんがご面会です、ブラックさん」

「通してくれ」ブラックは言って、オフィスのドアを開いた。ほどなく、黒い髪のがっしりした大男が現われた。カーキ色の作業服と作業靴をはいたままだ。「入りたまえ」とブラックは言った。「今日何があったか話してくれ」

「記録を取りました」ネローニは言って、テープのリールをデスクに置いた。「保存用にまとめてあります。ビデオもあるんですが、こちらはまだ編集中です。電話班の話では、今朝十時ころに、あなたの奥さんが彼に電話をしました。特にどうという内容ではありませんが、彼はどうやら民間防衛の学習会で彼女と会うつもりだったようです。奥さんは、午後にはダウンタウンで女友達と約束があると言ったそうです。その後、民間防衛を取り仕切っている女性から、会は今日の午後二時からだと念を押す電話がかかってきました。カイテルバイン夫人です」

「違う」ブラックは言った。「ケッセルマン夫人だ」

「十代の息子がいる中年の女性です」

「そのとおり」ブラックは、数年前にケッセルマン親子と面談したことを思い出した。このいっさいが、まだ頭の中のプランでしかなかった時のことだ。そして、つい先日、ケッセルマン夫人は民間防衛のクリップボードと資料を手に、うちにも姿を現わした。「彼は民間防衛の学習会に行ったのか？」

「はい。エントリーを投函してから、彼らの家に行きました」

ブラックは民間防衛の学習会については知らされておらず、その目的が何かは見当がつかなかった。ケッセルマン親子は、ブラックの部署から指令を受けているのではなかった。

「民間防衛の学習会をカバーしている者はいるのか？」ブラックはたずねた。

「いいえ、わたしの知っているかぎりでは誰も」

「まあいい。彼女が自分で取り仕切っているんだな？」

「わたしが把握しているかぎりではそうです。彼が呼び鈴を鳴らすと、夫人がドアを開けました」ネローニはそこで眉根を寄せて言った。「わたしたちが話しているのは同一人物なのでしょうね？ケッセルバイン夫人、ですか？」

「そんなところだ」ブラックは不安でたまらなかった。この数日間のレイグル・ガムの行動はブラックを回復不可能な精神状態に追いやっていた。彼らは、危ういながらもこれまで何とか日々のバランスを保ってきたわけだが、しかし、その意識はもはやビルには一片も残されておらず、それはレイグルが戻ってからも変わらなかった。

今や、レイグルが逃げ出せることがわかった。ブラックは思う。どんな手段を講じようと、彼を失ってしまう可能性があるのだ。彼は徐々に正気に戻りつつある。計画を立て、それを実行に移せるようになっている。いつ手遅れになるか、我々にはわからない。いや、もしかしたらもう手遅れになっているのかもしれない。

今度、彼が逃亡したら、見つけ出すことはできないだろう。たとえ、今度でなくとも、その次には。結局、彼はいなくなってしまうのだ。

クローゼットの奥深くに隠れても、何の助けにもなりはしない。闇の中、服の下にもぐりこんでも、闇にまぎれて姿を隠しても……そんなことはいっさい無益なのだ。

12

駐車場に着いた時、夫の姿はなかった。マーゴはフォルクスワーゲンのエンジンを切り、運転席に座ったまま、しばらく店のガラスドアを見つめていた。

いつもなら、わたしが来るのを待っているのに。

マーゴは車を降りて店に向かった。

すると、「マーゴ」と呼ぶ声がして、店の裏手からヴィックが現われた。その歩きぶりと緊張した顔つきから、マーゴは何かがあったのだと思った。

「あなた、大丈夫？」マーゴは言った。「これから定期で日曜出勤することにしたんじゃないでしょうね」これはもう何年もの間、二人の間で論争になってきたことだった。

ヴィックはマーゴの腕をつかむと、車のところまで戻った。「一緒に帰れないんだ」フォルクスワーゲンのドアを開いてマーゴに乗るよううながすと、ヴィックも助手席に乗りこみ、ドアを閉めて、隙間のないようにすべてのウィンドウをきっちり巻き上げた。

裏の荷おろし場から、巨大なトレイラートラックが現われ、駐車場に出ると、ゆっくりとフォルクスワーゲンのほうに進んできた。あの怪物、わたしたちを吹っ飛ばすつもりかしら。マーゴは思った。フロントバンパーが触っただけで、わたしたち、跡形もなくなってしまうわ。

それに、トラックはこっちの出口は使わないはずじゃなかった？　あなた、確か——」

「あの運転手、何をやってるの？」とヴィックに聞く。「運転の仕方を知らないみたい」

ヴィックがさえぎった。「レイグルが運転しているんだ」

マーゴはまじまじとヴィックを見つめ、それから目を上げて、トラックの運転席を見やった。レイグルがマーゴに向けて小さく手を振った。「いったいどういうこと？　あなたもわたしと一緒には帰らないって言ったわね」マーゴが詰問する。「あの化物に乗ってきて、家の前に停めておくっていうの？」マーゴの頭に、このトラックが家の前に停車し、近隣に、夫がスーパーマーケットで働いていることをふれまわるさまがまざまざと浮かんだ。「いいこと、あんなトラックに乗って帰ってくるなんて許しませんからね。絶対に」

「あれで家に帰るつもりじゃない」ヴィックは言う。「兄さんとぼくは、あれに乗って出かけるんだ」ヴィックはマーゴの腕を軽く叩き、キスした。「戻ってくるのがいつになるかはわからない。けど、心配しないでくれ。いくつか頼みたいことがある——」

マーゴがさえぎる。「二人して出かけるですって？」マーゴには事の成り行きがまったくつかめなかった。「どういうことなのか、ちゃんと説明して」

「まず最初に、ビル・ブラックに、レイグルとぼくは店で仕事をしていると伝えてほしい。それ以外のことはいっさい何も言わないように。ぼくたちが出ていったことも、いつ、どうやって出ていったかということも、言っちゃだめだ。わかったかい？　ジュニーかビルが、いつなんどき現われて、レイグルはどこにいるかと聞いても、とにかく店にいると言うんだ。夜中の二時でもね。抜き打ちの会計監査があるんで、在庫表を作る手伝いをぼくがレイグルに頼んだと言うんだ」

「ひとつだけ聞いていい？」せめてささやかな情報だけでも知りたいと思いながら、マーゴは言った。ヴィックがこれ以上詳しいことを伝えるつもりがないことは明らかだった。

「タクシーの運転手がレイグルを運んできたあの晩、レイグルはジュニー・ブラックと一緒だったの？」

「神かけて、ノーだ」

「レイグルをどこかに連れていくのは、ビル・ブラックに見つかって殺されないようにするため？」

ヴィックはマーゴを見つめた。「ハニー、きみは間違った道筋をたどっているよ」いま一度マーゴにキスし、抱き締めると、ヴィックは車のドアを押し開け、外に出た。「サミーに、行ってきますと言っておいてくれ。ぼくたち二人分」トラックから声がして、ヴィックは頭を上げ、大声で言った。「なんだ？」それから、もう一度、フォルクスワーゲンに頭を突っこみ、「レイグルが、もっと賞金の高い新聞のコンテストを見つけたとローアリイに伝えてほしいってさ」と言って、にっこり笑いかけると、大型トラックに駆け寄り、前をぐるっとまわって反対側に行った。運転席に登る音がしたと思うと、すぐに兄の横にヴィックの顔が現われた。

「それじゃ」レイグルがマーゴに大声で言った。二人が手を振る。トラックは轟音とともに真っ黒な排気ガスを吐き出して、ゆっくりと動きはじめた。巨大トラックが駐車場から道路に出ようとするのを見て、ほかの車はスピードを落とした。トラックは何ともぎこちない動きでのっそりと右に曲がり、それからすぐに店の建物の向こうに姿を消した。マーゴは、トラックが速度を上げ、去っていく重い振動音に長い間耳をすませていた。

二人とも頭がどうかしちゃったんだわ。マーゴは言いようのない惨めな気分に包まれていた。はっと思い出したようにキーを差し入れてフォルクスワーゲンのエンジンをかけると、その音に、背後のトラックの最後の振動音が飲みこまれていった。

ヴィックはレイグルを助けようとしているんだわ。マーゴは思う。どこか安全なところに連れていこうとしている。ジュニーが弁護士に相談したのは知っている。二人は結婚するつもりなのだろうか。たぶんビルが離婚に同意しないのではないだろうか。

ああ、考えただけでおぞましい。ジュニー・ブラックが義理の姉になるなんて。

あれこれと思いをめぐらせながら、マーゴはゆっくりと家に向かった。

トラックは夕刻の道路を走っていった。ヴィックが言った。「こんなでかいトラックが町から出て一キロ行ったところで消えてしまうなんて思っていないよな」

レイグルが言う。「食料品は外から運んでこなければならない。我々だって動物園を維持したいと思ったら、同じことをするさ」それ以外の何ものでもないとレイグルは思う。「ピクルスやエビやペーパータオルのカートンをおろしていたあの男たちは、我々と本当の世界をつなぐ役割を果たしているんだと思う。実態はどうあれ、それで筋は通る。いずれにしても、このまま進みつづける以外、何ができる？」

「彼が窒息しないといいが」ヴィックが言った。後ろのコンテナに入ってもらっている運転手のことだ。荷おろし場で、二人はほかのトラックが出発するまで待っていた。残ったこのトラックの運転手、テッドが、コンテナの中で箱を積み直している間に、ヴィックとレイグルは扉を閉め、重い金属の扉にボルトをかけた。一分とかからなかった。そして、運転席に乗りこみ、エンジンをあたためはじめた。そうしている間に、マーゴがフォルクスワーゲンでやってきたのだった。

「これが冷蔵トラックでないかぎり、大丈夫さ」レイグルは言った。確か、ほかのトラックが出発するのを待っている間に、ヴィックがそう言ったはずだった。

「彼を店に置いてきたほうがよかったとは思わないか？　この時間なら、裏の貯蔵室を覗く人間がいるわけはないし」

「絶対に彼は貯蔵室から脱出する――そういう気がした。なぜかはわからないが」

ヴィックは、なぜかとはたずねず、道路を注視しつづけた。すでにダウンタウンのビジネス街は通り過ぎていた。車は少なくなっている。やがて店舗も姿を消し、住宅地域になった。一階建ての小さな今ふうの家々。高いテレビアンテナ、物干し綱から下がっている洗濯物、杉材の高い塀、家の前に停まっている車。

「連中はどこで我々を止めようとするだろう？」レイグルは言った。

「しないんじゃないかな」

「するのは間違いない。だが、それまでに、あちら側に行ってしまえばいい」

ややあって、ヴィックが言った。「ふと思ったんだけど――もし、これがうまくいかなかったら、ぼくらは誘拐という重罪を犯したことになるわけだな。ぼくはもう青果物販売の仕事にはつけないし、きみも〈火星人はどこへ？〉コンテストから降りるよう求められるだろう」

住宅は少なくなっていった。トラックは、ガソリンスタンドやけばけばしいカフェやアイスクリームスタンドやモーテルの横を通り過ぎていった。わびしいモーテルが続く風景に、レイグルは思った。まるでもう何千キロも走ってきて、見知らぬ町に入ろうとしているところみたいだ。こんなにもよそよそしく、こんなにも荒涼として親しみのかけらもない光景は見たことがない。自分の住んでいる町のはずれに、こんなガソリンスタンド――格安ガソリンスタンド――とモーテルが並ぶ一画があったとは。これでは、どこの町ともわからないではないか。そうでありながら、そんな町を受け入れなければならないのだ。ひと晩だけではなく、自分の住んでいるその町に住みつづけようというかぎり。

だが、わたしたちはもうここに住みつづけるつもりはない。わたしたちは町をあとにしつつある。永遠に。

先日も、こんなところまで来たのだろうか？　トラックは、何もない地域にさしかかっていた。最後の交差点、市域の外に配置された工場群に至る道路。鉄道線路……レイグルは、恐ろしく長い貨物列車が停まっているのに気づいた。工場群に立ち並ぶあちこちの塔に吊り下げられている化学物質のドラム缶。

「この世のものとはとても思えないな」ヴィックが言う。「特に、日暮れどきだと」

道路を走っているのは今ではトラックばかりで、乗用車の姿はほとんど消えていた。

「きみの言ってたバーベキューの店がある」

右手に〈フランクのバーBQ&ドリンク〉の看板が見えた。ひどくモダンに見える。確かにきれいすぎる。駐車場に並んでいるのは新車だけだ。トラックは速度を落とさず、その前を通り過ぎた。〈バーBQ〉は後方に消え去っていった。

「さあて、これで、こないだより遠くまで来たってわけだ」ヴィックが言った。

ハイウェイは丘陵地帯に入っていった。あの上だ、とレイグルは思う。どういうわけか、あの上に登っていったのだ。尾根まで。あの山並みを歩いて越えようとした。あんなに酔っ払っていて、そんなことが可能だったのだろうか?

失敗したのも無理はない。

トラックは走りつづけた。やがて、あたりは単調な風景が続く一帯になった。平原、連なる山々。一定の間隔を置いて広告板が突き立っているだけで、それ以外にはいっさい目を引くものはない。と突然、何の前触れもなしに山並みが姿を消し、気づくと、トラックは長い直線路を勢いよく下っていた。

「これはきついな」レイグルは言う。「でかいトレイラーで、こんなに長い坂を下るのは」トラックは重量があるため、すでにギヤはローにしていた。少なくとも、トラックに荷物は積まれていない。トラックだけなら、経験のないレイグルにも何とかコントロールできる重量だ。エンジンをあたためている間に、ギヤボックスの扱い方はどうにかマスターしていた。「いざとなれば、このクラクションを思いっきり鳴らせばいい」と、レイグルはヴィックに言い、試しに二度ほど鳴らしてみた。そのあまりのけたたましさに、二人とも跳び上がったほどだった。

坂道が終わるところに黄色と黒の標識があった。小屋か仮設の建物とおぼしきものがゴチャゴチャとかたまって建っている。不吉な雰囲気が感じられた。

「ここだな」とヴィック。「きみが言っていたのは」

小屋の前には何台かのトラックが並んでいた。さらに近づいていくと、制服姿の男たちが見えた。ハイウェイの上部に突き出した標示板が夕暮れの風に揺れている。

州間道路農産物検査ステーション
トラックは右レーンの秤台のみを使用のこと

「このトラックも当てはまるな」とヴィックが言う。「秤《はかり》か。重量を量るんだ。検査と言うからには、後ろを開けるんだろう」ヴィックはちらりとレイグルを見た。「ここで停まってテッドをどうにかするか?」

もう遅すぎる。レイグルは思った。州の検査官たちには、このトラックも運転席にいる我々の姿も見えているはずだ。何をしても見とがめられるのは間違いない。最初の小屋の前には黒いパトカーが二台停車し、何事かに気づいたら即座にハイウェイに出てこられる態勢を取っている。あのパトカーから逃れるのはとうてい無理だ。このまま進んでいって秤に乗る以外、できることはない。

レイグルが速度を落として停まろうとすると、ぴっちりとプレスしたダークブルーのズボンとライトブルーのシャツを着て、バッジをつけ、帽子をかぶった検査官がひとり、ぶらぶらと近づいてきた。そして、二人には目をくれることもなく、行けというように手を振った。

「停まらなくていいんだ！」レイグルは興奮して言った。直感的にわかった。「偽装なんだ！」レイグルは検査官に手を振り、ヴィックもそれにならった。検査官はすでに二人に背を向けていた。「こういう大型トレイラーは停めないんだ——要するにターゲットは乗用車だってことだよ。脱出できたぞ」

偽装の検査所と標示板は背後に小さくなっていき、やがて視界から消えた。二人は脱出した。やりとげたのだ。このトラック以外だったら、どんな車でも通過できなかっただろう。だが、この道は、本物の運搬トラックが何台も何台も一日中往来している……先刻もバックミラーで、さらに三台のトラックがそのまま通過していいと手を振られているのが見えた。小屋の前に並んでいたトラックは、ほかのセッティングと同様、ただのダミーだったのだ。

「トラックはいいんだ。一台も止められていない」

「きみの言うとおりだな」ヴィックが言って、シートに背をもたせかけた。「フォルクスワーゲンに乗って通過しようとしていたら、こんなふうに言われたに違いないぞ。シートに虫が付着しています。マメコガネですね。このまま戻って除虫剤を散布してから、再検査のための一カ月許可証の申請をしてください。とりあえずは無期限の市外走行禁止です、とかなんとか」

やがて、レイグルはハイウェイの様子が変わったのに気づいた。検査所を通過してほどなく、道路は、それぞれ五車線の上下線に分離し、完全に平らな直線路になった。路面ももはやコンクリートではない。走行を続けながら、自分が何の素材の上を走っているのか、レイグルにはわからなかった。

これが〝外〟なのだ。レイグルは思った。我々が見ることも知ることも決してないとされている外の世界のハイウェイなのだ。

前にも後ろにもトラックがいる。物資を運びこむトラック、物資をおろして、からで戻っていくトラック。町に出入りを続けるアリの列。休むことのない活動。乗用車は一台も走っていない。轟音を上げて疾駆するディーゼルトラックだけだ。

それに、広告看板もすっかり姿を消している。

「ライトを点けたほうがいいんじゃないか」ヴィックが言った。丘陵と平原を夕闇が包みはじめていた。反対車線を走ってくる一台のトラックはヘッドライトを点灯していた。

「法規は守っておこう。どんなものであれ」

レイグルはライトをつけた。夕暮れは静かでわびしく見えた。遠くで鳥が一羽、翼を動かさないまま、地面をかすめるように滑空してフェンスに止まった。

「燃料はどうだ？」レイグルは言った。

　ヴィックが身を乗り出して、燃料計を見た。「まだ半分入っているけれど、正直なところ、こういう大型トラックが満タンでどれくらい走れるものなのか見当もつかないよ。もしかしたら、予備タンクがあるのかもしれないし。とにかく、荷を積んでなければ相当行けるだろう。問題は、どの程度の坂道を走ることになるかだな。重量トラックは坂道で燃料を食うんだよ。ローギヤで時速十五キロの超低速で走っていたのに、坂道の途中で立ち往生してしまったトラックを何度も見たことがある」

「テッドをおろしたほうがいいだろう」レイグルは言った。自分たちの金が通用しないかもしれないという可能性に思い至ったのだ。「燃料と食べ物を買わなくちゃならない――どこで買えるのか、そもそも買えるのかどうかもわからないが。テッドならクレジットカードを持っているはずだ。それと、ここで通用する金も」

　ヴィックはひと握りの紙の束を膝の上に投げ出した。「グローブボックスにあった。クレジットカードに地図、食事券。金はない。このクレジットカードが通用するかどうか試してみよう。クレジットカードが使えるところと言えば――」とそこで言葉を切って、しばらく考えたのち、「モーテルだな」と言った。「モーテルがあればの話だけど。どう思う？」

「わからん」レイグルは言った。すでにあたりは闇に包まれていた。町と町の間の無人地帯には、手がかりを与えてくれる街灯もいっさいなく、ひたすら平らな大地が続いているばかりだ。上空はまだほのかに明るかったものの、次第に青みがかった黒に変わっていく。早くも星がまたたきはじめている。

「朝までどこかで待つか」ヴィックが言う。「それとも、夜通し走りつづけるべきか」

「走りつづけるほうがいいだろう」レイグルは言った。カーブを曲がる時、ヘッドライトがフェンスの一部と、その向こうに生い茂る草を照らし出した。このすべてが以前にもあったような気がする。まるで、同じ時間を二度生きているような……。

横で、ヴィックがグローブボックスから取り出した紙の束を調べていた。「これはなんだと思う?」と言って、鮮やかな色の細長い紙片をかかげてみせた。レイグルはちらと目を向けた。紙片にはこう書かれていた。

ただひとつの幸福な世界

紙片の両端には、黄色の蛍光塗料で描かれたS字形にくねる蛇の図柄があった。

「裏がくっつくようになっている」とヴィック。「バンパーに貼るステッカーだな」

「〈みんなミルクでみるみる元気〉キャンペーンみたいなものか」

ひと呼吸置いて、ヴィックは低い声で「ちょっとだけぼくが運転する。この紙をもっとよく見てほしいんだ」と言い、ハンドルを握ると、紙片をレイグルに手渡した。「一番下にタイプしてある文だ」

レイグルは車内灯に紙片をかざして文字を読んだ。

連邦法により、常時掲示すること

紙片をヴィックに返して、レイグルは言った。「これからもわけのわからんことが次々に出てくるんだろうな」だが、この紙片は不安感をかき立てた。法的義務……これはバンパーかどこかに貼っておかなければならないのだ。

「まだあるぞ」ヴィックはさらにグローブボックスから同じような紙片をつかみ出した。十枚くらいある。「毎回、移動するたびに貼っているに違いない。たぶん、町に入ったら剝がすんだろう」

見通しのいい直線路で、ほかのトラックの姿が見えなくなったところを見計らって、レイグルは道路をはずれ、砂利の路肩に出た。トラックを停め、サイドブレーキをかける。「後ろに行ってみる。空気が足りているかどうか確かめてみるよ」ドアを開けながら、こう付け加える。「ついでに、このステッカーのことも聞いてみよう」

ヴィックは落ち着かない様子でハンドルのほうに腰をずらしながら言った。「本当のことを言うとは思えないな」

レイグルは、暗闇の中、慎重にトラックの横を進み、巨大なタイヤのわきを通り過ぎて、後部にまわった。鉄のはしごをよじ登り、扉を叩く。「テッド——ほかの名前かもしれないが、大丈夫か」

トラックの中からくぐもった声が聞こえてきた。「ええ、大丈夫ですよ、ガムさん」

ここでもか、とレイグルは思う。ハイウェイの路肩で停まった今——町と町の間の荒涼とした一帯でも、わたしがレイグル・ガムであることは知られているのだ。

「聞いてください、ガムさん」運転手は、扉の隙間に口を近づけて言った。「あなたはここがどういうところなのか、知らないはずだ。まるっきり見当もつかないと思う。いいですか、ガムさん、あなたが足を踏み入れたこの世界には、危険以外には何もないんです。あなたにとっても、そして、ほかのすべての人にとっても。額面どおりに受け取ってください。嘘じゃありません。いつか、この日のことを思い出すことがあれば、わたしが正しいことを言っていたということがわかります。あなたはわたしに感謝することになります。これを」という言葉とともに、扉の隙間から小さな白い紙片が押し出された。はらりと落ちかけたその紙片を、レイグルはつかんだ。小さなカードで、裏に運転手が書いたものらしい電話番号が記されている。

「これをどうしろ、と?」

「次の町に着いたら、ハイウェイを降りて電話を見つけてその番号にかけてください」

「次の町まではどのくらいだ？」

一瞬の間《ま》があったのち、「よくわからないが、もうすぐだと思います。ここに閉じこめられていると、走行距離を把握するのは難しくて」

「空気は足りているか？」

「ええ」運転手はあきらめたような口調で言ったが、同時に、そこにはひどく張り詰めたものがうかがえた。「ガムさん」同様に緊張した、そして懇願するような声だった。「本当にわたしを信用してもらわないと。わたしはここにどれだけ閉じこめられていようといっこうにかまわない。だけど、あなたにはこれから一、二時間のうちに絶対に誰かに連絡を取ってもらう必要があるんです」

「なぜだ？」

「わたしには言えません。そう、あなたは、どこまでだかは知らないが、真実を突き止めた。このトレイラーをハイジャックしたんだから。なんらかの考えを持っているのは間違いない。ここまでやったからには、あの町の家やら道路やら古い車やらのいっさいを作り上げたのが、誰かのちょっとした思いつきなんかじゃなくて、重要きわまりないことだってことがわかっているはずです」

続けろ——レイグルは頭の中で言った。

「あなたは、連結トレイラーの運転のやり方さえ知らない」運転手は続ける。「急坂に出くわしたらどうなると思います？　こいつは二十トンの荷を運ぶんですよ。もちろん今は積んでいないけれど、側面をぶつける可能性は充分にある。それに、こいつが通り抜けられない鉄道の構脚橋もいくつかある。このトレイラーがどれくらいの高さや幅を通過できるものか、あなたには見当がつかないはずだ。それ以前に、どこでどうシフトダウンするかもわかっていない」運転手は黙りこんだ。

「あの紙切れはなんのためにあるんだ？」レイグルは聞いた。「何かのモットーと蛇の絵が書いてあるやつだが」

「なんてことだ！」運転手は大声を上げた。

「どこかに掲示しておかなくてはいけないのか？」

運転手はののしりの言葉を吐きつづけ、そして、ようやく、「いいですか、ガムさん、あれを正しく表示していないと、空から爆撃されてしまうんですよ。ああ、どうしよう。これは本当に本当なんです」

「どういうふうにつければいい？」

「ここから出してください。そうすれば、教えてあげます。このまま教えるつもりはない」その声がどんどん切迫していく。「わたしを出したほうがいい。そうすれば、正しく装着できる。でないと、神かけて、戦車に見つかった瞬間にアウトだ」

戦車だと？　レイグルは愕然とした。

はしごから跳び降り、運転席に戻って、ヴィックに「彼を出してやらなければならんようだ」と言った。

「聞こえてた。ぼくとしては、とにかく出すほうがいいと思う」

「我々をだまそうとしているのかもしれん」

「いちかばちかで危険を冒すよりはましじゃないかな」

レイグルは再び後部に戻り、はしごを登って、扉のかんぬきをはずした。扉が勢いよく開き、運転手がなおも悪態をつきながら、砂利の上に跳び降りた。

「これだ」と言って、レイグルはステッカーを手渡した。「ほかに知っておく必要のあることはあるかね」

「何もかもです」運転手は辛辣な口調で言った。地面に膝をついて、紙片の裏側の透明シートを剝がし、後部バンパーに貼ったのち、拳でこすって表面を平らにした。「燃料はどうやって買うつもりだったんです？」

「クレジットカードで」レイグルは答えた。

「お笑いぐさだ」と言って、運転手は立ち上がった。「あのクレジットカードは――」といったん言葉を切って、「〝町〟用です」と言った。「偽装ですよ。大昔のスタンダード石油のカードですからね。もう二十年以上も使われていません」運転手はレイグルをにらみつけて言葉を続ける。「今はすべてが配給になっています。トラック用のケロシンも――

――」

「ケロシンだって？　ディーゼルだと思っていた」

「違います」話したくないと思っているのは明白だった。砂利に唾を吐いて、「ディーゼルじゃありません。排気管も偽装。タービンだから。使うのはケロシン。でも、どのみち、売ってはもらえませんよ。最初に寄った店で、おかしいと感づかれてしまう。それに、ここでは――」再び、運転手の声が高まり、叫び声になった。「危険を冒すわけにはいかないんだ！　絶対に！」

「我々と一緒に前の席に乗るか？」レイグルはたずねた。「それとも後ろにいるか？　好きなようにしてくれ」レイグルは一刻も早くトラックを発進させたかった。

運転手は「勝手にしやがれ！」と言うと、くるりと背を向けて砂利道を歩きはじめた。両手をポケットに突っこみ、うなだれたままで歩いていった。

運転手の姿が闇に消えると、運転手の姿が闇に消えると、レイグルは、扉を開けたのは失敗だったかもしれないと思った。できることは何もない。追いかけていって頭を殴りつけても無駄だ。殴り合いになれば、あちらが勝つに決まっている。たとえヴィックと二人がかりであろうとも。

いずれにしても、それは答えではない。わたしたちが探しているのはそんなものではないのだ。

運転席に戻ったレイグルは、ヴィックに言った。「行ってしまったよ。彼がタイヤレバーを振りまわしながら跳び出してこなかっただけでも幸運だったと言うべきだろう」

「出発したほうがいい」ヴィックが助手席のほうにずりさがりながら言った。「ぼくが運転しようか？　できなくはないと思う。あのステッカーは貼ったのか？」

「ああ」

「彼が、ぼくたちのことを誰かに伝えるまで、どれくらいかかるだろうな」

「しょうがない。いずれは出してやらざるをえなかったんだから」

それから一時間、あたりには、人が活動している様子も住んでいる気配もいっさいなかった。そして、急な下りカーブを曲がりきったところで、突然、前方、ハイウェイのずっと先に、一団の青いライトが輝いているのが目に飛びこんできた。

「さてさて、関門その二だ」とヴィック。「どうすべきか、なんとも言えないな。スピードを落とすか、停まるか――」

「停まらざるをえないようだ」レイグルの目はすでに、道路を遮断している車列――ないし何らかの乗りもの――の姿をとらえていた。

トラックがスピードを落とすと、数人の男がフラッシュライトを振りながら現われた。ひとりが大またに近づいてくると、運転席の窓に向けて大声で言った。「エンジンを切れ。ライトはそのままにして降りろ」

従うほかはなかった。レイグルはドアを開けて車から降りた。ヴィックが続いた。フラッシュライトを手にした男は制服姿だったが、闇の中で、それがどういう制服なのかを見定めることはできなかった。ヘルメットには反射しないように暗色の塗料が塗られている。男はまずレイグルに、ついでヴィックにフラッシュライトの光を向けたのちに言った。

「後ろを開けろ」

レイグルは言われたとおりにした。男とあと二人がトレイラーに跳び乗って中を調べたのち、再び跳び降りてきた。

「オーケイ」ひとりが言って、レイグルに何かを差し出した。紙切れだ。受け取ったレイグルは、それがパンチカードの一種であることを見て取った。「行っていい」

「どうも」とレイグルは答え、ヴィックともども体が麻痺してしまったように感じながら運転席によじ登り、エンジンをかけ、トラックを発進させた。

しばらく走ったのち、ヴィックが言った。「いったい何をくれたんだい」

レイグルは左手でハンドルを握り、右手をポケットに突っこんで、紙片を取り出した。

ゾーン・ボーダー通過証明31
4／7／98

「今日の日付が入っている」レイグルは言った。一九九八年四月七日。書式からするとI

BM方式のパンチカードだ。

「連中、ぼくらを疑っていないようだったな」とヴィック。「何を探していたにせよ、このトラックにはなかったってわけだ」

「制服を着ていた」

「うん。兵士に見えた。銃を持っている者もひとりいた。どういう状況なのか正確なところは何ひとつわからないけれど、きっと戦争だか何かが継続中なんだろう」

でなければ、軍事独裁政権か。レイグルは思った。

「連中、バンパーのステッカーは確認していたかい？　興奮していて気がつかなかったんだけど」

「わたしもだ」

しばらくして、前方に町と思われるものが現われた。様々な明かりが輝いている。一定の間隔を置いて連なっているのは街灯だろう。文字がきらめくネオンサイン……上着のどこかに、運転手から渡されたカードが入っている。ここが、電話をしろと言われた町に違いない。

ヴィックが言った。「ボーダーの検問所は無事通過した。となると、これだけライトを灯して我々を迎えてくれている町なのだから、どこかの食堂に入ってホットケーキをひと皿注文するくらい、当然できてしかるべきではないだろうか。夕飯もまだだしね」シャツの袖をまくって腕時計を見ると、「十時半だ。二時から何も食べてない」
「とにかく停まろう」レイグルが言う。「ここにいる間に燃料が手に入ればいいのだが。でないと、トラックはあきらめるしかない」燃料計はタンクがほとんどからになっていることを示していた。走行中に燃料計の針は驚くほどの速さで下がっていったが、それは、相当な距離を走ってきたことを示す証左でもあった。トラックは何時間も走りつづけたのだ。

最初の家並みの横を通り過ぎた時、レイグルは、何かがないことに気づいた。ガソリンスタンドだ。普通、ハイウェイが町に近づく時、それがどんなに小さい町であろうと、道路の両側にいくつものガソリンスタンドが並んでいるものだ。何よりも先に現われるもの。それが、ここにはまったく見当たらない。

「気に入らないな」しかし、同時に、走行する車の姿もまったくない。車もなければガソリンスタンドもない。いや、それに相当するものがあるとして、ケロシンスタンドか。レイグルはいきなりスピードを落とし、横道に曲がりこむと、歩道際で停車した。

「賛成だ」ヴィックが言う。「歩いて確かめたほうがいい。町なかでこんな代物を走らせても、たいしたことはわかりっこない」

二人は運転席を出て、頭上から照らす街灯の鈍い光の中に降り立った。周辺の家々はごく普通に見えた。小さくて四角い一階建ての家。夜の闇の中で黒く見える芝生の庭。ともかくも、家だけは三〇年代以来、たいして変わっていないようだ。特に夜だとそんなふうに見える。ひとつだけ、ほかより高いのは、複合施設だろうか。

「もし、呼び止められて」とヴィックが言う。「身分証みたいなものの提示を求められたら、どうしたらいい？　今のうちに打ち合わせをしておいたほうがいいんじゃないか？」

「打ち合わせなんてどうやってできるんだ？　何を聞かれるかもわからないのに」レイグルは言った。運転手の言ったあれこれが、まだ頭の中で渦巻いていた。「とにかく、行ってみよう」と言って、ハイウェイのほうに歩きはじめた。

最初に見えたライトの集合体は、ロードサイドカフェのものであることが判明した。覗いてみると、カウンターに二人の少年が座ってサンドイッチを食べていた。高校生とおぼしきブロンドの髪の二人連れだ。

その髪は、頭の天辺で鶏冠《とさか》のようにまとめられ、そのひとつひとつに、色とりどりのスパイクが突き立てられていた。二人のいでたちはまったく同じ。サンダル、全身をくるむ鮮やかな青のガウンのようなトーガ、腕には金属のブレスレット。ひとりがカップの飲み物を飲むために首をひねった時、頬に刺青があるのが見えた。さらに、レイグルには信じがたいことだったが、少年の歯はやすりをかけたように尖っていた。

カウンターの内側にいる中年のウェイトレスは、シンプルな緑のブラウス姿で、髪も、レイグルにも見慣れた形に整えられていた。しかし、この二人の少年は……レイグルとヴィックは窓越しにまじまじと見つめつづけ、やがて、ウェイトレスが、そんな二人に気づいた。

「入ったほうがよさそうだ」レイグルは言った。

ドアは、二人の前で自動的に開いた。スーパーマーケットと同じだと、レイグルは思った。

気おくれを覚えつつブース席に向かう二人を、少年たちが見つめていた。カフェのインテリアは、備品もメニューの標示板も照明も、ごく普通に思えた。メニューにはたくさんの品が並んでいる……だが、値段はまったく意味をなさなかった。四・五、六・七、二・〇。ドルとセントでないのは明らかだ。レイグルは、何を頼もうか考えているふうを装って、周囲を見渡した。ウェイトレスが注文票を取り上げようとした。

少年のひとりが、ヴィックとレイグルに鶏冠頭を向けてうなずくと、はっきりと聞き取れる声で言った。「ネクタイ男、こわがってるこわがってる」

もうひとりがけたたましく笑った。

ウェイトレスがブース席にやってきて言った。「こんばんは」

「こんばんは」ヴィックが小さな声で言った。

「なんになさいますか?」

レイグルが「お勧め品は何かね?」

「それは——おなかのすき具合によりますけど」

金だ。レイグルは思う。問題は金だ。「ハムとチーズのサンドイッチ、それにコーヒーというところかな」

ヴィックが「ぼくも同じものを。それとパイ・アラモードを少し」

「なんとおっしゃいました?」ウェイトレスが注文を書きとめながら言う。

「アイスクリームを添えたパイ」とヴィック。

「ああ、はい」ウェイトレスはうなずいて、カウンターに戻っていった。

少年のひとりがはっきりした声で、「ネクタイ男、古いことばかり。たぶん——」と言うと、両手の親指を耳に突っこんだ。もうひとりがニヤニヤ笑った。

サンドイッチとコーヒーが運ばれてきて、ウェイトレスが戻っていくと、少年のひとりが椅子をぐるりとまわし、二人に向き合った。頰の刺青が、腕のブレスレットのデザインを写したものであることに、レイグルは気づいた。入り組んだ線をじっと見つめていたレイグルは、ようやくその図柄に思い至った。アッティカの壺から取ったデザインだ。女神アテナとフクロウ。大地から立ち上がるペルセフォネ。

少年は、レイグルとヴィックに向けて言った。「よう、いかれ野郎《ルナティック》」

首の後ろの筋肉が引きつりはじめたが、レイグルはサンドイッチに専念するふりをした。向かいで白くなった顔に汗を流しているヴィックも、レイグルにならった。

「よう」少年が言う。

ウェイトレスが、「やめなさい。でないと出ていってもらうわよ」と言った。

少年はウェイトレスに「ネクタイ男だぜ」と言って、再度、親指を両耳に突き立てた。

ウェイトレスが動じる様子はなかった。

もう我慢できない。レイグルは思った。こんなことを我慢しているなんて、とうていできない。運転手の言ったとおりだ。「出よう」とヴィックに言った。

「ああ」ヴィックはサンドイッチをつかんで立ち上がり、上体をかがめて残っていたコーヒーを飲み干すと、ドアに向かいはじめた。

さあ、勘定だ。レイグルは思う。つまりは絶体絶命だ。我々は勝てない。

「これで失礼する。パイはキャンセルにしてくれ。いくらだね？」ウェイトレスに言うと、

レイグルは上着のポケットに手を入れた。むなしいジェスチャー。

ウェイトレスは計算し、「一一・九です」と言った。

レイグルは財布を取り出した。二人の少年が見つめている。ウェイトレスもだ。ドル紙幣を見たウェイトレスは、「あらまあ、紙のお金なんて、何年ぶりに見たかしら。ええ、今もたぶん通用するはずですけど」と言い、少年のひとりに向かって、「ラルフ、政府はまだ、こういう古い紙幣も受け取ってくれるわよね」とたずねた。

少年はうなずいた。

「ちょっと待ってください」ウェイトレスは計算をしなおして「一・四〇になります」と言った。「でも、お釣りはトークでしか出せません。それでかまいませんね」申しわけなさそうに、レジからプラスチックの薄板をひとつかみ取り出し、レイグルが五ドル紙幣を渡すと、薄板を六枚、返してよこして「ありがとうございます」と言った。

レイグルとヴィックが店を出ていくと、ウェイトレスは伏せてあったペーパーバックを取り上げて、読書を再開した。

「恐ろしい試練だったな」ヴィックが言った。二人はサンドイッチの残りを食べながら歩いていった。「あのガキども。化物みたいだった」

〝いかれ野郎《ルナティック》〟か、とレイグルは思う。あの二人も、わたしを知っていたのだろうか。

曲がり角に来て、二人は立ち止まった。「さて、どうしよう」とヴィック。「ともかくも、金は使えた。しかも、ここの通貨も手に入れた」ライターをつけて、薄板をチェックする。「プラスチックだな。金属の代わりに使っているんだ。恐ろしく軽い。戦時中の配給トークンに似ている」

確かに、とレイグルも思う。戦時中の配給トークン。小銭は、銅ではなく、得体の知れない合金で作られた。それが今はトークというわけだ。トークン。

「だが、灯火管制はやっていないぞ」レイグルは言った。「明かりはついている」

「時代が違うんだから、何もかも同じというわけではないさ」とヴィック。「あの時代、明かりは――」と言って、言葉を切る。「どういうことだろう。ぼくは第二次世界大戦のことを憶えている。でも、そんなはずはない。これがすべてのポイントだ。第二次大戦は五十年以上前のことだ。ぼくが生まれる前だよ。ぼくは三〇年代も四〇年代も生きてはいないんだ。きみだって同じ。ぼくらが知っていることは何もかも――教えこまれたものに違いない」

「でなければ、本で読んだか」レイグルは言った。

「もう、たっぷりわかったって思わないか？　ぼくたちは外の世界にやってきた。すでにそれをこの目で見た」ヴィックはぶるっと身震いした。「あいつら、歯にやすりをかけて尖らせていた」

「彼らがしゃべっていたのはピジン英語だな」

「そう思う」

「それに、アフリカの部族ふうの刺青。衣裳」しかし、彼らはわたしを見て、ひとりがこう言った。〝よう、いかれ野郎《ルナティック》〟、と。「彼らはわたしのことを知っていた。でも、全然気にしていなかった」なぜか、このことがレイグルをいっそう不安にした。傍観者。シニカルで嘲笑的な、あの若者たちの表情。

「あいつらが軍に入っていないのは驚きだな」ヴィックが言う。

「これから入るんだろう」レイグルの目には、若者たちは徴兵年齢には達していないように見えた。せいぜい十六か十七というところだ。

二人が曲がり角にたたずんでいると、暗い人けのない通りに足音が響きわたった。

二つの人影が近づいてくる。

「よう、いかれ野郎《ルナティック》」ひとりが言った。交差点の街灯の光のもとにゆっくりと、二人の少年が現われた。腕を組んだ二人の顔は無表情で、感情のかけらもうかがえない。「とまれとまれそのまま」

13

左側の少年がローブに手を差し入れて、革のケースを取り出した。そして、葉巻と小さな金色のハサミをつまみ出すと、葉巻の一端を切って口にくわえた。もうひとりが、同じように儀式めいた仕草で、宝石をちりばめた葉巻用のライターを差し出し、友人の葉巻に火をつける。

ひと息吸って煙を吐いた少年が言う。「ネクタイ男、おまえたち死んだチャックチャック持ってる。ウェイト女しくじるしくじる」

金のことだとレイグルは理解した。ウェイトレスはあの紙幣を受け取ってはいけなかったのだ。少年たちは、彼女に受け取っていいと言いながら、実際は、あの運転手が知っていたこと、つまり、ドル紙幣はもはや法定通貨ではないことを知っていたのだ。

「それで？」ヴィックも、ブロークンな言葉の内容を把握しているようだった。

ライターを持っているほうの少年が言った。「ビッグチーフたちが決める。だめ？　だめ？　だから」少年は片手を突き出し、「ビッグチーフが決める。ネクタイ男チャックチャックたくさん出す」

「トークンを少しやれよ」ヴィックが抑えた声で言った。

レイグルは六枚のトークンのうち四枚を少年の手のひらに載せた。

少年は腰を折って、鶏冠《とさか》が歩道に触れそうなほど深くお辞儀をした。もうひとりは金のやり取りにはいっさい関心を見せず、無表情で突っ立ったままだった。

「ネクタイ男、おまえたちウージイほしいか?」ライターの少年が何の感情も見せずに言う。

「ネクタイ男、下見てる」ライター少年が言い、もうひとりとうなずき交わした。二人の様子にどこか厳粛な雰囲気が生まれていた。これから何か重要な質問に入るとでもいうかのようだ。「フロップフロップ」とライター少年。「いいかネクタイ男? フロップフロップ」少年は、アシカのように手の甲を叩き合わせた。レイグルもヴィックも魅入られたように、少年を見つめていた。

「いいとも」ヴィックが言った。

少年たちはしばし協議し、そののち、葉巻の少年が煙を吐きながら顔をしかめて言った。

「死んだチャックチャック、たっぷりウージイ。おまえたち遊ぶか?」

「だめだ」もうひとりが即座に口をはさみ、葉巻少年の胸を平手で叩いた。「ベイビー遊ぶ、チャックチャックいらない。フロップでフロップ。フロップフロップだ。ネクタイ男、自分たちでフロップフロップ」少年はくるりと身をひるがえし、ツルのように首を伸ばして頭を左右に振りながら、歩きはじめた。

もうひとりがそのあとに続こうとした時、レイグルが「ちょっと待て。ちゃんと話し合おう」と言った。

二人は足を止め、振り返って、びっくりしたようにレイグルを見た。

次いで、葉巻の少年が手を突き出し、「死んだチャックチャック」と言った。

レイグルは財布を取り出し、「一枚」と言って一ドル札を差し出した。少年はそれを受け取った。「たっぷりだろう」

少年たちは再度協議したのち、葉巻の少年が指を二本立てた。

レイグルは「オーケイ」と言って、ヴィックに「もっと持っているか？」とたずねた。

ヴィックはポケットを探りながら、「こいつらについていこうと言うんだな」と言った。

それ以外に何ができる？　今のままでは、この街角にたたずんでいるしかないではないか。どこに行ったらいいのか、何をしたらいいのかもまるでわからないまま——これがレイグルの判断だった。「いちかばちかだ」レイグルはヴィックから紙幣を受け取って少年に渡し、「さあ、たっぷりウージイをやりにいこうじゃないか」

少年たちはうなずき、深々とお辞儀をしたのち、ゆっくりと歩きはじめた。レイグルとヴィックは、しばしためらったのち、少年たちのあとを追った。

一行は、湿っぽい臭いの漂う曲がりくねった小路をたどり、芝地を抜け、私道を越えて進んでいった。そして、塀を乗り越えたところで階段を登り、とあるドアの前に到着した。少年のひとりがドアを叩いた。ドアが開いた。

「ネクタイ男、いそいでなかはいれはいれ」少年が小声で言い、連れとともに、少しだけ開かれたドアの隙間からすり抜けるようにして家の中に入っていった。

ぼんやりとした茶色っぽい光が室内を満たしていた。レイグルの目には、そこは、ごく普通の家に見えた。無味乾燥のアパートといった感じではない。開いたドアの向こうに、流しやテーブル、ガス台、冷蔵庫があるキッチンが見える。ほかに閉まっているドアが二つ。室内には何人かの少年がいた。みな、床に座っていた。家具と言えるのは、ランプとテーブル、テレビ、ひと山の本だけだ。少年たちの一部は、ローブにサンダル、鶏冠頭にブレスレットという格好だったが、ほかの者は白いワイシャツとシングルのスーツ、アーガイルソックス、オックスフォードシューズといういでたちだった。全員がいっせいにレイグルとヴィックを見た。

葉巻少年が「ここウージイ。そこすわれすわれ」と言って、床を指差した。

「さて、どうする?」とヴィック。

レイグルは「ウージイは持って帰っていいのかね?」と言った。

「だめだ」座っていた少年のひとりが言う。「へやにすわってすう」

葉巻少年が閉まっているドアのひとつを開けて別室に行き、ほどなく、瓶を手に戻ってくると、レイグルに瓶を差し出した。全員が、レイグルが瓶を受け取るのを見つめていた。蓋を取った途端、レイグルには中身が何なのかわかった。

ヴィックも匂いを嗅いで、「ただのシンナーだな」と言った。

「そうだ」レイグルが言う。少年たちは車座になってシンナーを吸っていたのだ。これがウージイというわけだ。

「すえ」少年のひとりが言う。

レイグルは臭いを嗅いだ。シンナーを鼻いっぱい吸いこむ機会は、これまでの人生で何度かあったが、レイグルには何の効果も現われず、ただ頭が痛くなるだけだった。ヴィックに瓶を渡して、「そら、やってみろ」と言った。

「遠慮しとくよ」とヴィック。

スーツ姿の少年のひとりが甲高い声で、「ネクタイ男、いくじなし」と言った。

全員が、かみそりのような笑みを浮かべた。

「女の子だよ、あの子は」ヴィックがささやいた。

ワイシャツにスーツ、アーガイルソックスにオックスフォードシューズのいでたちをしているのは少女だった。みな、頭をツルツルにそり上げている。だが、全体として小さめで繊細な顔立ちから、レイグルにも、それが少女たちであることがわかった。化粧をしている者はいない。声を発しなければ、少女だと気づかなかったかもしれない。

「ひどくヤワなウージイだな」レイグルは言った。

部屋全体が静まり返った。

少女のひとりが「ネクタイ男にひいてあげるストレンジフルート」と言った。

少年たちはみな暗い表情になっていた。ようやくひとりが立ち上がると、部屋の片隅に行って、細長い布の袋を取り上げた。袋から出てきたのは、穴が並んでいるプラスチックのチューブだった。少年はチューブの一端を鼻に入れて、穴を指で押さえたのち、ハミングしながら、メロディを奏ではじめた。ノーズフルートだ。

「すてきフルートフルート」スーツ姿の少女が言った。

少年はフルートをはずし、袖口から取り出した小さな色布で鼻をぬぐったのち、レイグルとヴィックのほうを向いて言った。「ルナティックでいるというのは、どんな気分だい？」

片ことが消えていた。怒っているのだろうか。全員——とりわけ女の子たちが、レイグルとヴィックをまじまじと見つめた。

「ルナティック？」ひとりの少女が小さな声で言う。「本当？」と少年に問う。

「ああ。ネクタイ男はルナティックだ」少年は薄ら笑いを浮かべたものの、落ち着かない様子だった。「違うか？」と強い口調で言う。

　レイグルは答えなかった。かたわらのヴィックも少年の問いかけを無視した。

「二人だけなのか？」別の少年が言う。「それともまだほかに仲間がいるのか？」

「わたしたちだけだ」とレイグルは言った。

　全員がレイグルにたけだけしいまなざしを向ける。

「そうとも。認めよう」この言葉を、少年たちは、ほかの何にも増して、畏敬の念で受け止めたように見えた。「我々はルナティックだ」

　全員が身じろぎひとつしなかった。座ったままで体を硬直させていた。

　ひとりの少年が笑い出した。「そうか、ネクタイ男はルナティックか。それがどうした」肩をすくめて、少年も部屋の隅に行き、自分のノーズフルートを取り出した。

「フルートフルートスタート」少女が言い、三本のフルートの演奏が始まった。

「このままいても時間の無駄じゃないかな」ヴィックが言う。

「ああ」レイグルも同意した。「出たほうがいい」レイグルが入口のドアを開けようとしたところで、演奏していた少年のひとりが鼻からフルートをはずして言った。「ヘイ、ネクタイ男」

　二人は足を止めた。

「MPが追ってる。今外に出たら、MPにつかまる」そう言うと、少年は演奏を再開した。

全員がうなずいている。

「MPがルナティックに何をするか知ってる？」少女のひとりが言う。「ｃｃを飲ませるのよ」

「それはなんだ？」ヴィックが言う。

全員が笑い出した。誰も答えようとしない。フルートとハミングが続く。

「ネクタイ男、青くなってる」ひとりが息つぎの合間に言う。

外の階段に荒々しい足音がして、床が揺れた。フルートがやむ。ノック。とうとうつかまった、とレイグルは思う。部屋の誰も動こうとしない。そして、ドアが開いた。

「この悪ガキども」ざらついたつぶやき声とともに部屋を覗きこんだのは、とんでもなく肥った灰色の髪の年配の女性だった。形のないシルクのラッパーをかぶり、ふわふわした毛のスリッパをはいている。「言っただろう、十時を過ぎたら笛はだめだって。やめておくれ」女は半ば閉じた目の奥から全員をにらみつけた。そこで、レイグルとヴィックに気がつき、「ふーん」と疑わしそうな声を上げた。「あんたたち、誰だい？」

少年たちが話すだろう。レイグルは思う。女はあわてふためいて階段を降りていくだろう。そして、戦車が――あるいは何であれ、MPが乗っている車が――到着する。もうこんな時間だ。テッド――運転手には充分、通報する余裕があった。ウェイトレスにも。誰にでも。

しかし、とにもかくにも、わたしたちは脱出し、様々なことを知った。現在は一九五九年ではなく一九九八年であること。戦争が進行中で、少年たちは西アフリカの先住民のような格好をしてピジン英語をしゃべり、少女たちは男の格好をして頭をそっていること。我々が知っている金はすでに使われなくなっていること。ディーゼルトラックも同様。だが――と、レイグルは唐突な絶望感に襲われた。こうしたことのいっさいが、いったい何を意味しているのかはわかっていない。連中はなぜ、あの町を作ったのか。古い車が走るあの古い町並みを作って、何年もの間、わたしたちをだましつづけてきたのは、なぜなんだ……。

「この二人の殿方はどなただね？」女は詰問した。

一瞬の間《ま》を置いて、ひとりの少女がいたずらっぽい笑みを浮かべて言った。「部屋を探してるのよ」

「なんだって？」老女は疑わしげに言った。

「そうさ」ひとりの少年が言う。「借りる部屋を探してここに来たんだ。つまずきっぱなしだったぜ。ポーチのライトはつけてなかったのかい？」

「ああ」老女はハンカチを取り出し、ボテッとしたしわだらけの額《ひたい》をぬぐった。額の肉が重みで垂れ下がっている。「わたしは隠居の身でね」と、レイグルとヴィックに向かって言う。「ミセス・マクフィー。このアパートの持ち主さ。どんな部屋がお望みなんだね？」

レイグルが答えを考えつくよりも先に、ヴィックが口を開いた。「どんな部屋でもいいんです。どんな部屋があるんですか？」ヴィックは安堵の色を見せて、レイグルを見やった。

「それなら」と老女は言って、よたよたと階段に戻りかけた。「お二人さん、わたしについておいで。部屋を見せてあげよう」階段の手すりを握った老女はくるりと頭をめぐらせて二人を見つめ、「さあ」と言って、荒い息をついた。このきつい運動に顔がふくれ上がっている。「とてもいい部屋があるよ。一緒の部屋がいいのかね？　あんたたち二人」依然として疑わしげな視線を向けながら、「まずは事務所に来てもらおうかね。そうすれば、話が聞ける。勤め先とか――」老女は改めて階段を一歩一歩降りはじめた。「そのほかにもあれこれ」

階段を降りきると、老女は息を切らし、何事かぶつぶつつぶやきながら、電気のスイッチを押した。チカチカとまばたきして裸電球が灯り、家の横手から玄関ポーチに続く細道を照らし出した。ポーチには古めかしい籐の揺り椅子があった。レイグルの目から見ても〝古めかしい〟と言えるものだ。まったく変わっていないものもあるのだと、レイグルは思った。

「入っておくれ。よかったら」とマクフィー夫人は言って、家の中に姿を消した。レイグルとヴィックもあとに続き、散らかった暗い居間に入った。布の匂いのする居間には様々なものがあふれていた。小間物、椅子、ランプ、壁にかかった額縁入りの何枚もの絵、カーペット、そして、マントルピースの上の大量のグリーティングカード。その上部の壁には、様々な色で織られた――あるいは編まれた――飾り帯がかけられている。そこにつづられた文字は――

ただひとつの幸福な世界は
全人類に喜びの恩寵をもたらす

「まず知りたいのは――」マクフィー夫人は安楽椅子に身を沈めて言った。「あんたがたが定職についているかどうかだ」そして、身を乗り出してデスクから巨大な台帳を引き寄せ、膝の上に置いた。

「ええ」レイグルが答える。「定職についています」

「どんな仕事だね？」

ヴィックが言う。「食品関係です。ぼくはスーパーマーケットの野菜部門を担当しています」

「なんだって？」老女は荒い息をつき、もう少しよく聞こえるようにと頭をひねった。かごの中の黒と黄色の鳥がかすれ声でわめいた。「おだまり、ドワイト」と老女は言った。

ヴィックが言う。「果物と野菜を扱っています。小売業です」

「どんな野菜？」

「いろんな種類のですよ」ヴィックはいささか辟易しながら答える。

「野菜はどこから手に入れるんだね？」

「運送業者から」

「ほう」老女はうなるように言い、「とすると」とレイグルのほうを向いて、「あんたは検査官だね」

レイグルは何も言わなかった。

「あたしゃ、あんたたちのような野菜を扱っている人間は信用していない」マクフィー夫人は言う。「先立《せんだ》っても、ひとりがこのあたりに来たんだよ。あんたではなかったと思うけど、もしかしたらそうだったのかもしれない。先週のことさ。見た目は問題なさそうだったけど、実際に食べていたら死んでたところだ。何しろ一面に〝ｒａ〟って書きなぐってあるも同然だったからね。間違いないよ。もちろん、そいつは、屋外で育てたものじゃないって言ったさ。地下の栽培場で育てたものだって。地下二キロでの生産品と謳っているタグも見せてくれた。でも、わたしにはわかったんだ。ｒａまみれだってことがね」

ｒａ——放射能。屋外で栽培された農産物は放射性降下物にさらされている。過去に核兵器攻撃があったのだ。農作物の汚染。レイグルの頭の中で、事態が一挙に明確になっていく。地下で育てられた作物がトラックに次々に積みこまれていくシーン。地下栽培場。汚染されたトマトやメロンを売り歩く危険な行商人……。

「ぼくたちが扱っている品にはｒａはいっさい付着していない」ヴィックが言って、レイグルのために小声で「放射能のことだ」と付け加えた。

「ああ」レイグルはうなずく。

ヴィックはマクフィー夫人に向かって、「ぼくたちは——ずっと遠くから来たんです。今夜、到着したばかりなんですよ」

「なるほど」とマクフィー夫人。

「二人ともずっと病気だったんです。何が起こっているんですか？」

「どういう意味だね？」老女は台帳を繰る手を止めて言った。角縁《つのぶち》の眼鏡の奥で拡大された目がキラリと警戒の色を見せた。

「何が起こっているんです」強い口調でレイグルが言う。「戦争なのか——教えてください」

マクフィー夫人は指をなめて、再び台帳のページを繰りはじめた。「戦争のことを知らないなんて、おかしいね」

「教えてくれ」ヴィックが迫る。「頼むから！」

「あんたたち、兵隊じゃないんだね？」

「ええ」とレイグル。

「わたしは愛国者だけどね、兵隊にうちのアパートに住んでもらう気は絶対にないからね。面倒ばかり起こすんだから」

この老女から、はっきりした話は絶対に聞き出せないだろう。レイグルは思った。見こみはない。あきらめたほうがいい。

テーブルに、着色した何枚かの写真が入ったフレームが置いてあった。どれも制服姿の同じ若者が写っている。レイグルは身を乗り出して、子細に写真を見た。「誰ですか？」

「息子だよ」マクフィー夫人は言った。「アンヴァース・ミサイル基地に配属されている。もう三年も会っていない。戦争が始まって以来、一度も」

そんなに最近のことなのか。レイグルは思う。たぶん、同じ時期だ、連中が町を作ったのも――。

コンテストはいつ始まったのだったか？〈火星人はどこへ？〉コンテストが始まったのは？　ほぼ三年前だ……。

レイグルは言った。「あそこがミサイル攻撃を受けたことは？」

「なんの話だね？」

「いや、なんでもない」レイグルは言って、室内を歩きはじめた。磨かれた暗色の木の広いアーチの奥は、食堂のようだった。がっしりしたメインテーブル、たくさんの椅子、吊り戸棚、皿やカップが並んだガラス扉の食器棚。ピアノもある。ピアノに歩み寄ると、レイグルはラックにあった何枚かの楽譜を取り上げた。どれも安っぽい感傷的なポピュラーソングで、兵士と若い娘を題材にしたものがほとんどだった。

こんなタイトルがついている一曲があった。

ルーニーの敗走マーチ

その楽譜を持ってヴィックのもとに戻り、「見ろよ」と言って渡した。「歌詞を読んでみろ」

二人は一緒に、楽譜の下に記された歌詞を読んだ。

おまえは間抜け、ミスター・ルーン
ひとつの世界は永遠不滅
おまえは道化、ミスター・ルーン
何と愚かな大間違い

おまえの空は心地よく
未来はバラ色だと言うが
アンクルの一撃、すぐに行く
だから早く白旗を、一刻も早く白旗を
でないと破滅が待っている!

「ピアノを弾くのかね?」老女がたずねる。

レイグルは言った。「敵は――ルナティックなんだ。そうですね?」

空。月。ルナ。

MPが追っているのはわたしでもヴィックでもない。敵なのだ。地球と月の間で戦争が行なわれている。そして、上の部屋にいる少年たちが、わたしとヴィックをルナティックだと思ったのだとしたら、ルナティックとは人間だということになる。人間とは別の異星人ではない。おそらく植民者なのだろう。

内戦。

わたしが何をやっているのか、ようやくわかった。コンテストが何なのか、わたしが何者なのかも。わたしは、この惑星の救済者なのだ。パズルを解くことで、わたしは、次のミサイルが到達する時間と場所を確定しているのだ。一枚また一枚と送るエントリーによって。この地の人々は――彼らが自分たちをどう呼んでいるにせよ――グラフ上の確定された地域に急遽、迎撃ミサイルを向ける。その場所、その時間に。こうして、すべての人が生きながらえている。上の部屋にいるノーズフルートを演奏している少年たちも、ウェイトレスも、運転手のテッドも、義理の弟も、ビル・ブラックも、ケッセルマン親子も、カイテルバイン親子も……。

これこそ、先日来、カイテルバイン夫人と息子がわたしに伝えはじめていたことではないか。民間防衛の学習会――今日のこの日まで、戦争以外の歴史は存在していないことを伝えるために。一九九八年から持ちこんだ模型――わたしにこの現実を思い出させるために。

だが、どうしてわたしはすべてを忘れてしまっていたのか？

レイグルはマクフィー夫人に言った。「レイグル・ガムという名前は、あなたにとって何か意味がありますか？」

老女は大声で笑い出した。「まるっきり。わたしに関するかぎり、レイグル・ガムなんかマジシャンの帽子みたいなものさね。あんなことをひとりでできる人間がいるわけがない。大勢の人間がかかりきりになって、で、そいつらが自分たちのことを〝レイグル・ガム〟って言っているんだ。そんなこと、最初からわかっていたよ」

ヴィックが深い憂いの息をついて言った。「マクフィーさん、その考えは間違っていると思いますよ。実際にそういう人間がいて、本当にひとりでやっているんです」

　老女は皮肉たっぷりに「来る日も来る日もってことかね？」

「そうです」レイグルが言う。かたわらでヴィックがうなずく。

「いいかげんにしておくれ！」老女は甲高い声を上げた。

「才能が――パターンを見きわめる特別な能力があるんです」とレイグル。

「いいかい」マクフィー夫人が言う。「わたしはあんたたち若造よりずっと歳を取っている。レイグル・ガムがただのファッションデザイナーだった時代も知っているんだ。あのおぞましいミス・アドニス・ハットを作っていたころだよ」

「帽子ですか」レイグルは言った。

「今でもひとつ持ってるよ」うなり声を上げて椅子から立ち上がると、夫人はよたよたとクローゼットに歩み寄り、「ほら」と言って、山高帽を取り出した。「ただの男性用の帽子さ。なんで女にこの帽子を買わせるようにしたかと言うと、男が買わなくなって大量の在庫品を処分しなければならなくなった――それだけのことなんだよ」

「で、彼はその帽子の商売でひと財産を築いたと？」ヴィックが言う。

「ファッションデザイナーという人種は百万長者ばかりだ」とマクフィー夫人。「みんながみんな。でも、それはただ運がよかっただけのことさ。そうとも――運だよ。運以外には何もない。帽子のあとで、合成アルミニウムの商売を始めた時もそうさ」ちょっと考えこんで、「アルミナイドだったかね。あれも運だ。運のいいやり手人間のひとりさ。だけど、連中は結局、同じ道をたどるんだ。運は最後にはつきてしまう。彼の運もそうだった」わけ知り顔に、夫人は続ける。「彼の運もつきたけれど、誰もそれをわたしたちには言わなかった。以来、誰もガムの姿を見ていないのはそのためさ。運がつき果てて、ガムは自殺したんだ。これは噂じゃないよ。事実さ。奥さんがひと夏MPで働いていた人を知ってるんだけどね、その奥さんが間違いないって言ったそうだ。ガムは二年前に自殺したんだよ。それ以来、連中は次々にいろんな人間にミサイルの予測をさせてきたというわけさ」

「なるほど」レイグルは言った。

マクフィー夫人は意気揚々と続ける。「連中がガムを召集して——デンヴァーに来てミサイル予測に従事してくれという連中の依頼をガムは受け入れたわけだけれど、やがて、連中はガムの予測がただのはったりにすぎないことを見破った。で、公衆の面前で恥をさらすなどという不名誉な事態に直面するよりは、というわけで、彼は——」

ヴィックが口をはさんだ。「そろそろ失礼しなければ」

「そうだな」レイグルが応じ、「それでは」と言って、ヴィックとともにドアに向かいかけた。

「部屋はどうするんだね？」マクフィー夫人があとを追ってきて言う。「まだ見てもらってもいないのに」

　レイグルは「さよなら」と言って、ポーチに出ると、階段を降り、路地から外の道路へと歩いていった。

「戻ってくるかい？」ポーチから夫人が呼びかける。

「また改めて」とヴィック。

　二人はそのまま歩きつづけた。

「わたしは忘れていた」レイグルが言う。「何もかも忘れていた」それでも、予測は続けていた。どうにかしてやっていた。だから、ある意味、どうでもいいことだ。わたしは今も自分の仕事を続けているのだから。

　ヴィックが言う。「きみには、ポピュラーソングの歌詞から何かを読み取る能力なんか絶対にないと思っていた。間違っていたよ」

　そして、レイグルははたと思い至った。わたしが明日、いつものようにパズルを解く作業をやらないとしたら、我々全員の生命が一瞬にして失われてしまうかもしれないのだ。運転手のテッドがあれほど懇願していたのも無理はない。〝マン・オブ・ザ・イヤー〟としてわたしの顔が《タイム》の表紙を飾っていたのも何ら驚くべきことではない。

「思い出した」レイグルは足を止めた。「あの夜。ケッセルマンの家で。わたしのアルミニウム工場の写真だ」

「アルミナイド」とヴィック。「あの婆さんによれば」

わたしは本当にすべてを思い出したのか？　レイグルは自問する。ほかにまだ何かあるのではないか？

「戻ろう」ヴィックが言う。「いや、戻らなくちゃならない。少なくとも、きみだけでも。思うに、自然に見せるために、きみのまわりに大勢の人間を配置する必要があったんだな。マーゴ、ぼく、ビル・ブラック。そう、条件反射だ――ぼくがバスルームの点灯コードを探したのは。こっちではコード式のが使われているんだろう。でなくとも、ともかくぼくは使っていた。スーパーで、みんながグループとして行動した、あの実験もそうだ。彼らは、こちらの同じ店で一緒に働いていたんだ。たぶん、こちらでも、食料品店か何か、同じ業種の店で。何もかもが一緒で、ただ時代だけが違う。こちらは四十年後の世界だ」

前方に一群のライトが輝いているのが見えた。

「あそこで電話できるだろうか」レイグルは言って、足を速めた。テッドにもらったカードはまだ上着のポケットにある。あの電話番号はおそらく、軍の関係者か、あるいは誰であれ、あの町の構築にたずさわった者と連絡を取るためのものだろう。もう一度町に戻って……でも、どうして？

「どうして、そんなことが必要なんだ？」レイグルは問いかけた。「どうして、わたしはここで仕事ができないんだ？　なぜ、あそこに住んで、今が一九五九年だと思いながら、新聞のパズルを解いていなければならないんだ？」

「ぼくに聞かないでくれよ」とヴィック。「ぼくにはわからない」

ライトの列が焦点を結び、文字列を構成した。闇の中で明々と輝いている何色ものネオンサイン。

ウェスタン・ドラッグ&ファーマシー

「ドラッグストアだ」とヴィック。「電話できる」

二人はドラッグストアに入った。驚くほど狭い小さな空間に背の高いキャビネットと陳列棚が並び、真昼のように明るい光があふれていた。客の姿はない。店員の姿も。レイグルはカウンターの前で立ち止まり、公衆電話はないかと、あたりを見まわした。今でも、公衆電話はあるのだろうか？

「何かお探しですか？」すぐ近くで女性の声がした。

「ええ」レイグルは言った。「電話をしたいんです。緊急に」

「電話のかけ方を教えてもらえればありがたいんだけど」とヴィック。「でなければ、代わりにかけてもらっても」

「よろしいですとも」店員は言って、カウンターの奥から滑るように外に出てきた。白い上っ張りにローヒールの靴をはいた中年の女性――彼女は二人ににっこりと笑いかけた。

「こんばんは、ガムさん」

それはレイグルの知っている人物だった。

カイテルバイン夫人。

レイグルにうなずきかけながら、カイテルバイン夫人はわきを通って入口に行き、ドアを閉めて鍵をかけると、シェードをおろした。それから改めて向き直って、レイグルを真っすぐに見据えた。「電話番号は？」

レイグルはカードを手渡した。

夫人は番号を見て言った。「なるほど。これはデンヴァーの全軍司令部の交換の番号です。内線番号六二というのは――」と少し考えて、「おそらく、ミサイル防衛施設の誰かでしょう。こんな時間にいるとすれば、事実上、そこで寝泊りしている者に違いありません。つまり、上層部に常に連絡が行くようになっているわけです」夫人はカードを返して言った。「どのくらい思い出しましたか？」

「ものすごくいろいろなことを」

「わたくしがお見せした工場の模型は助けになりました？」

「ええ」間違いなく、あれがきっかけになった。あれを見たあとで、バスに乗り、ダウンタウンのスーパーマーケットに行ったのだから。

「それはよかったわ」

「あなたはずっとわたしのそばにいたんですね」レイグルは言う。「わたしに、記憶という薬を少しずつ、系統的に与えるために。となると、あなたは防衛施設を代表する地位にいるに違いない」

「そうです」夫人が言う。「ある意味でね」

「そもそも、わたしはなぜすべてを忘れてしまっていたのだろう？」

「忘れるような処置を受けたから、忘れたのですよ。いつだったか、山の上まで行って、ケッセルマン家に逃げこんだ、あの夜に起こったことを忘れたのも、同じ方法によるものです」

「だが、あれは市のトラックだった。市の職員たち。彼らがわたしをつかまえたんだ。わたしは徹底的にやられた。翌朝、連中は道路を掘り返しはじめた。そうやって、わたしを見張っていた」要するに、町を維持しているのと同じ連中だということだ。町を作った連中。「彼らはそもそもの最初からわたしの記憶を消したのか？」

「そうです」

「だが、あなたはわたしに思い出させようとした」

「それは、わたくしがルナティックだからです。あなた方とは違う、MPが殲滅させたいと思っている陣営の人間だからです。そして、ガムさん、あなたはわたくしたちのもとに来るという決意を固めました。実際、荷物までまとめていたんですよ。でも、何かが起こって、結局、あなたがわたくしたちのもとに来る可能性はなくなりました。彼らは、あなたの命を奪いたくはなかった。あなたを絶対的に必要としていましたからね。そこで、新聞のパズルを解かせることにしたわけです。そうすれば、あなたは倫理的な自責の念にかられることなく、彼らのためにその才能を発揮できる……」カイテルバイン夫人は、気持ちのよいプロフェッショナルな笑みを浮かべつづけていた。店員用の白い上っ張りを着た夫人は、看護師のようだった。口腔衛生の新技術を熱心に説明している歯科医の看護師というところだろうか。効率的で実践的。そして——とレイグルは思う——献身的。

「わたしはどうして、あなたたちの側につくと決意したのだろう？」

「憶えていませんか？」

「ええ」

「それでは、いくつかの文書を読んでもらうことにしましょう。再教育キットと言っていいものなんですけどね」夫人はカウンターの奥に手を伸ばし、取り出したフォルダーを開いてカウンターに置いた。「まず、一九九六年一月十四日の《タイム》誌。表紙があなたの写真で、あなたに関する詳しい記事が載っているものです。一般に知られているかぎりの、ですけれどね」

「一般の人は、どんな話を聞かされてきたのだろう」レイグルは、マクフィー夫人が話していた、真実とは異なる疑念や噂のことを思い起こしながら言った。

「あなたは、呼吸器系の状態が悪化して、南アメリカの山の中で過ごさなければならなくなったということです。ペルーのアヤクーチョという人里離れた町で。全部、その記事に書いてありますよ」続いてカイテルバイン夫人は小さな本を差し出した。「中学校の現代史の教科書です。〈ただひとつの幸福な世界〉の学校の公式な教科書として使われています」

「〈ただひとつの幸福な世界〉というスローガンの内容を説明してほしい」

「これはスローガンではありません。ひとつのグループ——惑星間旅行に未来はないと考える集団の正式名称です。〈ただひとつの幸福な世界〉は充足した世界ですよ。実際、神が人間を住まわせようとは思わなかった多くの不毛の荒地よりはずっといいところでしょう。〝ルナティック〟が何を意味するかは、もちろんわかっていますね」

「ああ。月の植民者だ」

「それだけでは充分ではありません。でも、必要なことはこの本に書いてあります、戦争の発端についても。そして、もうひとつ」と言って、カイテルバイン夫人はフォルダーから一冊のパンフレットを取り出した。タイトルは——

圧政との闘い

「これはなんです？」パンフレットを受け取った瞬間、レイグルは不思議な感覚に襲われた。慣れ親しんだ感覚、長い間これを目にしてきたというショックにも似た強烈な感覚。

カイテルバイン夫人が言う。「レイグル・ガム・インクの何千という労働者の間で読まれているパンフレットです。あなたの所有するいくつもの工場で。あなたは、ご自分の会社の所有権は手放しませんでした。それはわかりますね。その代わりに、名目上の代償として、あなたは自発的に政府のために働くことにしました――愛国主義者のジェスチャーです。ルナティックの攻撃から人々を守るために、自分の能力を提供するという……。でも、数カ月間、政府――〈ただひとつの幸福な世界〉の政府のために働いた結果、あなたはたいへんな心変わりをしてしまうことになるのです。パターンを見抜く早さという点で、あなたがほかの誰かに遅れをとったことは一度としてありませんでした」

「町に持って帰ってじっくり読んでもいいだろうか」レイグルは一刻も早く、明日のパズルの準備にかかりたくてならなかった。それは骨の髄まで浸みこんだ本能だった。

「いいえ。彼らは当然、あなたが町を出たことを知っています。今戻ったら、再度、あなたの記憶を消し去ろうとするでしょう。できれば、ここで読んでいただきたいのです。そろそろ十一時――時間はありますよ。あなたが明日のことを考えているのは。考えずにはいられないでしょうから」

「ここは安全なんですか？」ヴィックが言った。

「ええ」

「MPがやってきて覗くなんてことはないんですね？」とヴィック。

「窓の外を見てごらんなさい」夫人は言った。

レイグルとヴィックはドラッグストアの窓に歩み寄り、外の通りに目を向けた。道路は消えていた。二人の前に広がっているのは、何もない真っ暗な平原だった。

「今、わたくしたちは町と町の中間地帯にいます」カイテルバイン夫人が言う。「あなた方がここに入ってきた時点から移動を始めました。現在も移動中です。この一カ月間、わたくしたちは〈オールド.タウン〉で潜入活動を続けることができました。〈オールドタウン〉というのは、シービー——設営部隊が呼んでいる名前です。彼らが作ったのだから、名前も彼らがつけた、というわけですね」いっときの間《ま》を置いて、「自分がどこに住んでいるのかと考えたことはありませんか？　町の名前は？　どの郡か？　州は？」

「いや」自分がどうしようもなく愚かだという感覚が抑えようもなく湧き上がってきた。

「今どこにいるか、わかりますか？」

「わからない」レイグルは認めた。

「ワイオミングです。ワイオミングの西部。アイダホとの州境に近いところです。あなた方の町は、戦争の初期に爆撃を受けて壊滅したいくつかの古い町を再建する形で作られました。シービーはたいへん見事に環境を再構築しましたよ。昔の記録や文献に基づいて。マーゴが、子供たちにとって危険だからと、市に撤去を要請した瓦礫地区がありましたね。わたくしたちが電話帳や文字を記した紙片を置いたところですけれど、あそこは本物の昔の町、ケメラーの一部です。大昔の郡の兵器工場の跡地です」

レイグルは、カウンターに腰かけて《タイム》の記事——自分の伝記を読みはじめた。

14

《タイム》を手にしたレイグルの前に、現実世界がその姿を現わした。ページを繰っていくとともに、様々な名前や顔や体験が少しずつ浮かび上がり、その存在を取り戻していった。外部の暗闇の中から忍び入ってくる作業服姿の男はいない。邪魔をする者はひとりとしていない。このひととき、ひとりきりで座っていることを許されたレイグルは、雑誌を握り締め、覆いかぶさるようにして、記事をむさぼり読んでいった。

〈モラガとともに、もっと豊かに〉——レイグルは思う。古い選挙キャンペーン、一九八七年の大統領選挙戦のスローガンだ。そして、〈ウルフとともに勝利を〉。勝利したチームは……目の前に、いかにも頭脳労働者らしいハーヴァード・ロー・スクールの教授の痩身が浮かび、次いで、その副大統領となった人物の姿が現われた。何と対照的な二人だろう。内戦を引き起こすもととなった社会的な不平等。同じ党の公認候補者名簿に載った二人。どちらも、すべての票を獲得しようとした。相手に決定的な打撃を与えようとした……だが、そんなことが本当に可能だったのか？ ハーヴァードの教授と鉄道の元現場監督。

一方はローマ法と英国法の研究者、もう一方は、現場で塩袋の重量を書きとめていた男。

「ジョン・モラガを憶えているか？」レイグルはヴィックにたずねた。

ヴィックは困惑の色を浮かべながら、「もちろんだ」とつぶやいた。

「なんともおかしかったな。あの学識ある人物があれほどだまされやすい人間だったということがわかったんだから」レイグルは言う。「利得をねらう連中の手先になってしまった。あまりにナイーブだった。あまりに世間知らずだった」理論ばかりで実践や体験がほとんどなかった。

「ぼくはそうは思わない」ヴィックの口調が唐突に断固たる険しいものになった。「自分の原理原則を実践していくことに心から専心した人物だ。あらゆる困難をものともせずに」

レイグルは驚いてヴィックに目を向けた。確信に満ちた硬い表情。党派心というやつか。夜中にバーで繰り広げられる議論。ルナ産の金属で作ったサラダボウルを使って殺《や》られるなんてまっぴらごめんだ。ルナ製品を買うな。ボイコットだ。ありとあらゆることが、原理原則の名のもとに正当化される。

レイグルは言う。「南極産の金属を買え」

「故郷のものを買え」ヴィックが間髪を容れず、同意する。

「なぜだ？」レイグルは問う。「どんな違いがある？　きみは南極大陸を自分の故郷だと考えているのか？」レイグルにはわからなかった。「月の鉱物だろうが南極大陸の鉱物だろうが、鉱物に変わりはない」対外政策をめぐる大々的な議論。月が我々にとって経済的な価値を持つことなど決してない。月など忘れてしまえ。だが、月が何らかの価値を持っているとしたら？　そうしたら、どうなる？

一九九三年、モラガ大統領は、ルナにおけるアメリカの経済活動を終結させる法案に署名した。万歳！　いいぞ！　いいぞ！

五番街での紙吹雪パレード。

そして反乱が起きる。ウルフ一党の反乱。

「〈ウルフとともに勝利を〉」レイグルは言った。

ヴィックが怒りもあらわに、「ぼくに言わせれば、裏切り者どもの集団だ」と応じる。

カイテルバイン夫人は少し離れたところに立って、二人を見つめながら、じっと話を聞いている。

「大統領に任務遂行能力がなくなった場合、副大統領が全面的な代理大統領になることは、法律にも明記されている」レイグルは言う。「どうして、はなっから裏切り者などと言えるんだ？」

「代理大統領と大統領は同じじゃない。代理大統領に求められているのは、本当の大統領の意向が遂行されるように計らうことだけだ。大統領の対外政策をねじ曲げたり、つぶしてしまったりすることなど求められていない。ウルフは大統領の病気をいいことに、ルナのプロジェクトへの資金投入を復活させて、カリフォルニアのリベラルどもを喜ばせた。あのリベラルども――非現実的な夢みたいな考えで頭がいっぱいになって、実際的なセンスはいっさい持ち合わせていないやつら――」ヴィックは憤慨のあまりあえぎながら言う。「ティーンエイジャーのメンタリティだ。パワーアップした車で遠くまでぶっ飛ばしたい、はるかな山脈の向こうを見てみたいという……」

「新聞のコラムか何かで読んだんだな。きみの考えじゃない」レイグルは言う。

「フロイトの解釈で言えば、要は無意識の性的な衝動に関係しているのさ。それ以外に、月に行く理由なんてどこにある？　〝人生の究極の目的〟だのなんだのというたわごともみんなそうだ。まやかしのナンセンス以外の何ものでもない」ヴィックはレイグルにぐいと指を突きつけた。「しかも、違法だ」

「違法だというのなら、無意識の性的な衝動かどうかなんて、どうでもいいことだろう」

ヴィックの論理はごちゃ混ぜになりはじめている。二つの方向からの論理。成熟していないということと、法律に反しているということと。反論しろ。なんでもいいから、思いついたことを言え。どうしておまえは月の探索に反対するんだ？　異星人の臭いがするからか？　汚染されるとでも思っているのか？　壁の割れ目から浸みこんでくる、見知らぬ何ものか……。

ラジオが叫んでいる。「……腎臓の状態がきわめて悪化しているジョン・モラガ大統領が、サウスカロライナの別荘で声明を発表しました。国家にとって最善の利益は何か、多大な労苦を強いる綿密な調査と全身全霊を傾けた考察の結果――」

労苦を強いるか、とレイグルは思う。腎疾患はいつだって、多大な労苦を強いるものだ。少なくとも多大な苦痛をもたらすものには違いない。あわれな男だ。

「モラガは史上最高のすばらしい大統領だった」ヴィックが言う。

「ただの能なしだ」レイグルが応じる。

カイテルバイン夫人がうなずく。

ルナの植民者グループは、それまでに受け取った資金――連邦当局が返還請求を始めていた――を返還しないと宣言し、これを受けて、FBIは、連邦の資金の不正使用に関する法規を侵犯したとして、彼らをグループとして逮捕した。この不正使用には、資金だけでなく、機器類も含まれる、なぜなら、連邦の所有物を許可なく保有しているからだ、云々。

どれも単なる口実でしかない。レイグルは思った。

黄昏の光の中、ラジオのライトがダッシュボードを照らしている。傾けたシートに背をあずけた彼の膝が隣に座っている娘の膝に触れ、汗をかいたあたたかい手と手がからみ合い、折々に娘のスカートの上に載ったポテトチップの袋に伸ばされる。彼は体を起こしてビールをすすった。

「どうしてみんな月になんか住みたがるのかしらね？」娘がつぶやくように言った。

「慢性的な不平分子たちだけさ」彼は眠たげな声で、「普通の人は月になんか行く必要はない。今のままの生活でみんな満足している」と言うと、目を閉じて、ラジオのダンスミュージックに聞き入った。

「月って、すてきなところなの？」

「とんでもない！　岩と土しかない、おぞましい場所だ」

娘が言う。「結婚したら、メキシコシティのあたりに住みたいわ。物価は高いけど、とてもコスモポリタンなところだから」


手に持った雑誌の記事が、今、自分は四十六歳であることを思い起こさせた。ラジオでダンスミュージックを聞きながら、車の中であの子とくつろいでいた時から、長い年月がたっている。とてもかわいい子だった。どうして、この記事には彼女の写真が載っていないんだろう？　きっと、彼女のことなど誰も知らないのだろう。人生の取るに足らないひとこま。人類に影響を及ぼすことなどないエピソード……。

一九九四年二月、月植民地の名目上の首都、ベース１で、戦闘が始まった。近くのミサイル基地から来ていた兵士たちが植民者の攻撃を受け、五時間にわたって互角の戦いが繰り広げられた。その夜、特殊部隊輸送船団が地球から月に向けて送り出された。

万歳！　いいぞ！　いいぞ！

一カ月とたたないうちに、事態は全面戦争へと発展した。

「わかった」レイグル・ガムは言って、雑誌を閉じた。

カイテルバイン夫人が言う。「内戦は最悪の形の戦争です。家族どうしが戦い合う。父と息子が戦い合うのです」

「拡大主義者は――」と言いかけて、レイグルは言いなおした。「地球にいたルナティックたちは、うまく事を運べなかった」

「ルナティックは、カリフォルニア、ニューヨーク、そのほか二、三の内陸の大都市で、しばらくの間、戦いました。けれど、その年の終わりには、〈ただひとつの幸福な世界〉の信奉者たちが地球のコントロール権を掌握しました」カイテルバイン夫人は言って、レイグルに変わらぬプロフェッショナルな笑みを向け、腕を組んでカウンターに寄りかかった。「散発的に、ルナティックのゲリラ部隊が夜間に電話線を切ったり橋を爆破したりといった活動を続けました。でも、生き残った者のほとんどは、今でもｃｃを投与されています。ネヴァダとアリゾナの強制収容所で」

レイグルは言う。「しかし、あなたたちには月がある」

「ええ、そうです。今ではわたくしたちは充分自足しています。資源もあるし、装備もある。エキスパートも大勢います」

「地球からの攻撃は受けないのか？」

「ご存知のとおり、月は常に片側しか地球に向けていませんからね」

そうだ。そのとおりだ。月は理想的な軍事基地だ。地球にはこの利点はない。地球の全域が、惑星の自転に伴っておのずと月の監視者の視界に入ってしまう。

「作物はすべて、ハイドロ——水耕法で栽培されています。地下のタンクで。放射性降下物で汚染される気遣いはこれっぽっちもありません。そもそも月には、埃を巻き上げて運ぶ空気というものが存在しませんし、低い重力が埃の大半を完全に月表面にとどめて、これが宇宙空間に漂い出ていくだけです。建造物も地下にあります。家、学校。そして——」と夫人はにっこり笑って、「空気も缶詰なんですよ。だから、細菌に冒される可能性もゼロ。わたくしたちは完全に充足しています。月にいるわたくしたちの仲間は少ないとはいえ——実際、数千人しかいません」

「それで、ずっと地球を攻撃しつづけてきたと」

「わたくしたちには攻撃プログラムがあります。攻撃によるアプローチです。輸送用に使われていた大型ロケットに弾頭を装着して地球に向けて発射します。これが一週間に一、二回。加えて、もっと小規模の攻撃が何度か。この小規模攻撃には、大量にある探査ロケットや、通信およびサプライ用のロケット――二、三の農業施設や工場に資材や物品を運ぶ小型船が使われます。こうした混在する攻撃が、彼らを不安に陥《おとしい》れます。次にやってくるのが、フルサイズの水素核弾頭を装着した大型輸送ロケットなのか、小型船にすぎないのか、わからないからです。こうして、生活が混乱します」

「わたしが予測していたのが、まさにそれだったわけだ」レイグルは言った。

「ええ」

「的中率はどのくらいだった？」

「あなたが聞かされているほどではありませんでした。ローアリイから、ということですけれど」

「そうか」

「でも、低いというものでもありませんでした。こちらでは大なり小なりパターンをランダム化するのに成功してきたのですが……あなたは、それでもある程度まで的中させました。特に大型の輸送ロケットを。大型船に関してはかぎられた数しかないために、わたくしたちとしても、どうしても気を遣いすぎてしまうんでしょうね。結局、ランダム化を甘くしがちになっていたんです。その結果、あなたにパターンを察知された。あなたとあなたの能力によって。女性用の帽子と同じです。女性たちが来年どんな帽子をかぶることになるか。超自然的な話ですけど」

「そうだな」レイグルは言う。「もしくは、美学的と言うか」

「きみはなぜ彼らの側についたんだ?」ヴィックが厳しい口調で言った。「彼らは我々を空爆しているんだ。女性や子供を殺しているんだ――」

「彼にはもう、その理由がわかっています」カイテルバイン夫人が言う。「その記事を読んでいる時の表情でわかりました。思い出したんです」

「そうだ。わたしは思い出した」

「なぜ彼らの側についたんだ?」ヴィックが繰り返す。

「それは、彼らのほうが正しいからだ」レイグルは言った。「孤立主義者たちは間違っている」

カイテルバイン夫人が言う。「それが理由です」

マーゴが玄関のドアを開けると、暗いポーチにビル・ブラックが立っていた。マーゴは言った。

「二人ともいないわ。お店で急ぎの棚卸しをやっているの。抜き打ちの監査だかなんだかがあるんですって」

「とりあえず、中に入れてもらえるかな」ブラックは言った。

マーゴはブラックを家に入れた。ブラックは後ろ手にドアを閉めて言った。「二人がここにいないことは知っている」見るからに消沈しきった様子だ。「だが、店にもいない」

「わたしが最後に二人を見たのはお店だったわ」嘘をつくのは気分のいいものではなかった。「今の話も、二人が言っていたことよ」そういうふうに言えと言われたことだけれど。

ブラックが言う。「二人は脱出した。我々はトラックの運転手を見つけ出した。運転手がおろされたのは、二百キロ近くも行った地点だ」

「どうしてあなたがそんなことを知っているの？」そう言った途端、ブラックに対する激しい怒りが湧き上がった。ヒステリックなまでの激怒。事態を理解したわけではなかったものの、マーゴには鋭い直感があった。「あなたとあのラザニエ」息を詰まらせながら、マーゴは言う。「ここに来てスパイしてたのね。四六時中、レイグルの近くをうろつきまわって。いつも尻尾を振っている奥さんを寄こして、レイグルにすり寄らせて」

「彼女はぼくの妻ではない。妻の役を割り当てられたんだ。ぼくが実際の生活の中での任務につくことになったから」

マーゴはめまいを感じた。「彼女は――そのことを知っているの？」

「いいや」

「それは……たいへんなことだわ」続けて、「それで、どうなのよ？　あなたはいっさいの状況を知っているから、そこに立って得意げに笑っていられるというわけね」

「笑ってなどいない。考えているだけだ。あの時、彼を取り戻せるチャンスがあったのに、ぼくはケッセルマン親子に違いないと――同一人物だと思ってしまった。名前がごっちゃになってしまっただけだ。あの名前を考え出したのは誰だったか。ぼくは名前を考えるのは得意じゃなかったからな。まあ、みんなして考えたんだろう。それにしても、千六百人の名前を全部憶えて、その動向も把握しつづけるなんてことは――」

「千六百人」と繰り返して、「どういう意味？」と言ったのち、マーゴの直感が働き出した。自分を取り巻く世界はかぎられていたのだという感覚。道路、家、店、車、住人。舞台の中央に立っている千六百人。大道具に囲まれて――座るための椅子、料理をするための台所、走るための車、調理されるための食品。そして、それら大道具の後ろには、平坦な書き割りの背景がある。遠方にあるように描かれた家々。描かれた人々。描かれた街路。音は壁に埋めこまれたスピーカーから聞こえてくる。教室にただひとり座っているサミー。ひとりだけの生徒。教師さえも本物ではない。テープが次々とサミーだけのために流されている。

「いったいなんのためなのか、教えてもらえるかしら？」マーゴは言った。

「彼が知っている。レイグルにはわかっている」

「ラジオがない理由はそれだったのね」

「きみたちはラジオでいろいろなことを知ってしまった」

「そのとおりよ。わたしたちはラジオであなたたちのことを知った」

ブラックは顔をしかめた。「時間の問題だった。遅かれ早かれ、わかってしまうことだ。だが、それでも、彼がこの状況に埋没しつづけることを、我々は期待していた」

「でも、何者かがやってきた」マーゴが言う。

「そうだ。二人の人物。今晩、あの家に作業チームを送った――角にある二階建ての古い家だ。だが、家はもぬけのからだった。誰もいなかった。模型は全部置いてあった。彼らは民間防衛のクラスに彼を引きこんだ。彼が現在に戻ってくるように仕向けたんだ」

マーゴは言った。「ほかに話すことがないのなら、帰っていただけないかしら？」

「今夜はここに泊まらせてもらう」ブラックが言う。「朝まで。レイグルが戻ってくるかもしれない。ここで――居間でいい。そうすれば、彼が帰ってきた時にすぐにわかる」改めて玄関のドアを開けると、ブラックは小型のスーツケースを運びこんだ。「歯ブラシにパジャマ――身のまわりのものだ」依然として力のない感情の失せた声で、ブラックは言った。

「あなたもトラブルに巻きこまれているのね」

「それはきみも同じだ」ブラックはスーツケースを椅子の上に置き、蓋を開いて、中身を取り出しはじめた。

「あなたは何者なの？　〝ビル・ブラック〟でないのなら」

「ぼくはビル・ブラックだよ。ウィリアム・ブラック少佐。合衆国戦略計画局西部方面隊所属。もともとぼくは、レイグルと一緒にミサイルの攻撃地点を確定する作業をやっていた。いくつかの点で、レイグルの生徒だったというわけだ」

「市の職員じゃなかったのね。市の水道局で働いていたのでは」

玄関のドアが開いた。コートを着て、置き時計を握り締めたジュニー・ブラックが立っていた。顔が腫れ、赤くなっている。泣いていたに違いない。「目覚ましを忘れてるわよ」ジュニーは言って、時計を突き出した。「どうして今晩ここに泊まるの？」そういうジュニーの声は震えていた。「わたしが何かしたから？」マーゴにちらりと目を向けて、「あなたたち、一緒に寝るっていうの？　そういうことなの？　ずっとそうだったの？」

マーゴもブラックも無言だった。

「お願いだから説明して」

ビルが言う。「まったくもってうんざりだ。家に帰っていろ」

ジュニーは鼻をすすりながら、「いいわ。あなたが何を言ったって。明日は帰ってくるの？　それとも永久にこのまま？」

「今晩だけだ」

ドアが閉じた。

「なんて厄介なやつだ」ビルが言う。

「彼女はまだ信じているのよ。自分があなたの妻だって」

「再処置を受けるまで信じつづけるだろうな。その点ではきみも同じだ。これまで見てきたことを、これからも見つづけるだろう。トレーニング処置はそのレベルまで浸透している。非理性の領域まで。神経系に刻印されているんだ」

「そんなひどいこと……」

「さあ、どうだか。もっとひどいことはいくらだってある。これは少なくとも、みんなの命を救う試みではあるんだ」

「レイグルも条件づけされているの？　わたしたちみんなと同じように」

「いや」と言って、ビルはパジャマを寝椅子の上に置いた。派手な色彩――鮮やかな赤の花と葉の模様のパジャマだった。「レイグルの場合は少し違う。そもそも、このいっさいを我々に考えつかせたのは彼なんだ。彼はジレンマに陥っていた。それを解決するには、精神的に退行するしかなかった」

ということは――とマーゴは思った。レイグルは本当に頭がおかしくなっていたんだわ。

「彼は平穏という幻想の中に引きこもった」ビルはジュニーから受け取った時計のネジを巻きながら言った。「戦争以前の時期に退行した。子供時代に。まだほんの小さな子供だった一九五〇年代後半に」

「あなたの言っていること、わたしは信じないわ」マーゴは抵抗した。それでも、そのまま聞きつづけた。

「そこで、我々は、彼をストレスのない世界で生きられるようにするシステムを見出した。厳密には〝ストレスの少ない〟と言うべきだが。そうして、ミサイル迎撃地点の確定作業を続けさせた。そこでは、レイグルは、みずからの肩にかかる重圧を感じることなく、その仕事ができた。全人類の命がかかっている仕事。彼はそれを新聞のコンテストというゲームの形でやることができた。これにはもともとヒントがあった。ある日、我々がデンヴァーの司令部に寄った時、彼がこう言って挨拶したんだ。〝今日のパズルはもう少しで終わるよ〟と。それから一週間ほどして、完全な幻想への退行が始まった」

「レイグルはわたしの本当の兄なの？」マーゴは言った。

ブラックはしばしためらったのち、「いや」と答えた。

「わたしと少しでもかかわりがある？」

「ない」ブラックは、明らかに答えたくないという様子で言った。

「ヴィックは？　わたしの夫なの？」

「違う」

「誰かとなんらかのかかわりがあるという人がひとりでもいるの？」マーゴは問い詰めた。

ブラックは顔をしかめ、「ぼくは——」と言いかけて、唇を嚙んだ。「たまたま、ぼくときみは結婚している。でも、きみのパーソナリティのタイプは、レイグルの家族の一員になるほうに向いていた。すべては実効的なベースに基づいて配置しなければならなかった」

沈黙が降りた。マーゴはよろめくようにキッチンに行き、食卓の椅子に呆然と腰をおろした。

居間では、マーゴの夫がソファに毛布を広げ、一方の端に枕を投げて、休む支度を整えていた。

ビル・ブラックがわたしの夫。ビル・ブラック少佐。

マーゴは居間の入口に行って言った。「もう少し聞いていいかしら」

ブラックはうなずいた。

「例の夜に、ヴィックがバスルームで探していた点灯コードがどこにあるのか知っている？」

「ヴィックはオレゴンで食料品店を経営していた。コード式の電灯は、そこにあったんだろう。でなければ、アパートか」

「わたしとあなたが結婚してどのくらい？」

「六年」

「子供は？」

「女の子が二人。四歳と五歳だ」

「サミーは？」サミーは自分の部屋で眠っている。ドアは閉じている。「あの子も誰ともかかわりがないの？　必要だったから選ばれただけの子なの？　映画の子役みたいに」

「サミーはヴィックの子だ。ヴィックと奥さんの」

「奥さんの名前はなんというの？」

「きみは会ったこともない女性だ」

「店にいるあの大きなテキサス娘じゃないのね？」

ブラックは笑い出した。「違う。名前はベティだったか、バーバラだったか。ぼくも会ったことがない」

「めちゃくちゃだわ」

「まったくだ」

マーゴはキッチンに戻り、再び椅子に腰をおろした。やがて、ブラックがテレビをつけた。一時間あまりコンサート・ミュージックが流れていたのち、テレビのスイッチが切られ、居間の明かりが消えて、ブラックがソファの毛布にもぐりこむ音が聞こえた。マーゴも、しばらくして、キッチンの椅子に座ったまま、いつのまにか眠っていた。

電話のベルに、マーゴは目覚めた。ビル・ブラックが居間で電話を探しまわっていた。

「廊下よ」疲れ果てた声で、マーゴが言った。

「もしもし」ブラックが電話に出た。

流しの上の掛け時計が三時半であることを告げていた。神様、とマーゴは思った。

「了解」ブラックは言って電話を切り、静かに居間に戻った。服を着替え、荷物をスーツケースに詰める音が聞こえた。そして、玄関のドアが開き、閉じた。行ってしまった。彼は行ってしまった。

ここで待っていることはせずに――。マーゴは目をこすって、頭をはっきりさせようとした。体が冷え、強張っている。よろよろと立ち上がると、体をあたためようと、ヒーターの前に行った。

みんな帰ってこないんだわ。マーゴは思う。少なくとも、レイグルが戻ってくることはない。戻ってくるのなら、ブラックはここで待っていたはずだから。

寝室からサミーの声がした。「ママ！　ママ！」

マーゴはサミーの部屋のドアを開けた。「どうしたの？」

サミーがベッドで体を起こして言った。「電話に出てたの、誰？」

「誰でもないわ」マーゴは言って部屋に入り、布団をサミーの首もとにたくし上げた。

「もう一度お休みなさい」

「パパはまだ帰ってきてないの？」

「ええ」

「わーお」サミーは言って、横になると同時に眠りに戻っていった。「きっと何かを盗んだんだ……それで二人とも町から逃げ出したんだ」

マーゴは寝室にとどまり、少年のベッドの端に腰かけてタバコを吸いながら、何とか起きていようとした。

きっと、誰も戻ってこない。でも、とにかく目を覚ましていよう。万一の時のために。

「彼らが正しいって、どういう意味だ」ヴィックが言う。「町や病院や教会を爆撃するのが正しいことだって言うのか」

レイグルは、月の植民者――当時、すでにルナティックと呼ばれていた――が連邦軍を攻撃していると初めて聞いた日のことを思い出した。誰も特に驚いてはいなかった。ルナティックのほとんどは、不満を抱いている人々、名もない若いカップルたちで構成されていた。大志を抱く若者とその妻たち――子供がいる者はわずかで、財産を持っている者や責任ある地位についている者は皆無だった。レイグルの最初の反応は、自分にも戦うことができれば、というものだったが、年齢から考えて、それは無理だった。それよりも、彼にはもっと有意義な形で貢献できる能力があった。

軍当局は、レイグルを、ミサイルの攻撃地点を確定する仕事につけた。レイグルとスタッフは、グラフと予測パターンを作成し、統計的なリサーチに専心した。チーム担当の将官だったブラック少佐は才能ある若者で、確定作業がどのようになされるのか、熱心に学ぼうとしていた。当初、作業は順調に進むかに見えたが、ほどなく、責任の重さがレイグルを押しつぶした。アメリカのすべての人の命が自分にかかっているのだという重圧に耐えられなくなったのだ。この時点で、軍は、レイグルを地球から離れさせることにし、彼を宇宙船に乗せて、金星の保養リゾートのひとつに送り出した。そこは、政府の高官たちが長期療養する場所で、金星の気候か、水に含まれるミネラル成分か、重力か、はっきりしたことは誰にもわからないが、がんや心臓疾患に多大の効果を発揮することが知られていた。

気がつくと、レイグルは生まれて初めて地球から離れる旅の途上にあった。外宇宙に、惑星間空間に向かう旅。重力からの離脱。レイグルをつなぎとめていた最大の力はもはや作用していなかった。物質宇宙を現在あるような形に保ちつづけている基本的な力。ハイゼンベルクの統一場理論は、あらゆるエネルギーと事象を結びつけ、単一の体験に集約させた。しかし、宇宙船が地球を離れるとともに、彼はこれまでの地上での体験から別の体験へ、純然たる自由の体験へと移行したのだった。

レイグルにとって、それは、今までに意識したこともなかった欲求に応えてくれるものだった。意識の深部にひそんでいた、やむことのない渇望。これまでの生涯を通じて、常に意識の奥底にありながら、決して明らかにされることのなかった欲求。旅を続けること、移動しつづけることへの絶対的な欲求。

レイグルの父祖たるアメリカ人の祖先たちは移動を続けてきた。遊牧の民として——農耕民ではなく狩猟民として、アジアから西欧世界へと移ってきた。地中海に到達したところで、彼らはその地に定着した。そこは世界の果てであり、そこから先に進んでいく場所はなかったからだ。だが、それから何百年もたって、別の場所が存在しているという報告が届いた。海の彼方の土地だ。彼らは海に乗り出した経験がなかった。わずかな例外と言えるのは、実を結ぶことのなかった北アフリカへの移民があるばかりで、小さな船で大海に乗り出すのは、とてつもなく恐ろしいことだった。どこに向かっているのかすら想像もできなかった彼らだったが、しかし、ほどなくして、ひとつの大陸から別の大陸への移動はなしとげられた。そして、その後しばらく、彼らはその地にとどまった。再度、世界の果てに到達してしまったからだった。

宇宙船内でレイグルは思った。こんな移動がなされたことは、いまだかつてない。どんな種族も、どんな民族も、達成したことはない。ひとつの惑星から別の惑星への移動。これを超えるものがどうしてありえよう。今、彼らは、これらの宇宙船で最後の飛躍を体験しているのだ。あらゆる形態の生命が移動を、旅を続けてきた。これは普遍的な欲求であり、普遍的な体験なのだ。彼らは究極のステージを発見したのであり、そして、現在わかっているかぎりでは、ほかの種族や民族でこの段階に至った者はいない。

これは、鉱物資源や科学的調査などとはまったく関係がない。探検とも利潤追求とも無関係だ。そんなことは口実にすぎない。本当の理由は意識領域の外にある。この欲求を定式化することはできない。誰にもできない。そうせよと求められても。たとえ、それを十全に体験したとしても。これは本能なのだ。もっともプリミティヴでありながら、同時にもっとも崇高で複合した、やむにやまれぬ衝動なのだ。

そして、皮肉なことに——とレイグルは思う。そんな旅を実現させた当人たちが今、神は決して人間に宇宙旅行をさせるつもりはないと主張している。

ルナティックは正しい。これが、鉱山の採掘権がどれほどの利益を生むかといった話とは無関係であることを、彼らはわかっている。我々の側は単に月の鉱山の採掘が問題だというふりをしているにすぎない。これは政治的な問題ではなく、倫理的な問題ですらないのだ。それでも、誰かにたずねられたら、何か答えを返さなければならない。自分にはわかっているというふりをしなければならない。

金星のローズヴェルト温泉で、レイグルは一週間、鉱泉に浸かって過ごし、そののち、再び地球に送り返された。そして、その後すぐに、彼は子供時代のことを考えて過ごすようになった。子供時代の平和な日々。居間に座って新聞を読んでいる父、テレビの『キャプテン・カンガルー』に見入っている子供たち。母はフォルクスワーゲンの新車で出かけ、ラジオでは、戦争ではなく、最初の軌道周回衛星と、熱核反応利用への期待のニュースが伝えられる。無限のエネルギー源。

大々的なストライキと経済恐慌、その後に続いた社会不安が起こる前の時代。

これがレイグルの最後の記憶となった。彼はずっと、五〇年代のことを考えつづけていた。そして、ある日、気づいてみると、五〇年代にいた。それは奇跡的な出来事としか思えなかった。息をのむ驚異。サイレンが、ccビルが、紛争と憎しみが、〈ただひとつの幸福な世界〉のバンパーステッカーが、突如として消えてしまった。一日中、彼のまわりを行き交っていた制服姿の兵士たちも、次のミサイル攻撃の恐怖も、プレッシャーと極度の緊張も、そして何よりも、全員が感じていた疑念が、跡形もなく消え去っていた。刻々と残虐さを増していく一方の内戦という事態、兄弟どうしが戦い合い、家族どうしが戦い合う、この事態への恐るべき罪悪感は、もはや存在しなかった。

フォルクスワーゲンがゆっくりと近づいてきて停まった。とても美しい女性が笑みをたたえて降り立った。

「家に帰る用意はできた？」

すっごく実用的な小型車だ。彼は思う。いい買い物をしたよな。転売価格も高いし。

「うん、あとちょっと」彼は母に言った。

父が車に乗ってドアを閉めてから、「ドラッグストアでいくつか買いたい物があるんだ」と言った。

アーニーズ・ショッピングセンター。薬品売場に向かって歩いていく父と母を見ながら、彼は考えていた。電気シェイバーの下取り価格は七ドル五十セント、種類は関係なし。心配事は何ひとつない。買い物の楽しみ。頭上に輝く明るいネオン。次々に流れていく色とりどりの広告。輝き、華やかさ。彼は、駐車場に並ぶ淡い色の大型車の間を歩きながら、ネオンサインを眺め、ウィンドウ・ディスプレーの文字を読んでいった。シリング・ドリップコーヒー、一ポンド六十九セント。すごい。超特売だ。

商品、車、買い物客、カウンター。彼は様々なものに目を向けた。なんてたくさん見るものがあるんだろう。じっくり吟味してみるものが、なんてたくさんあるんだろう。まるで見本市だ。食品売場で、ひとりの女性がチーズの試食販売をやっていた。彼はぶらぶらとそちらのほうに歩いていった。トレーに並べられた、小さくカットした黄色いチーズ。女性は通りかかるひとりひとりにトレーを差し出している。ただでもらえるんだ。心が湧き立つ。吐息とつぶやきが漏れる。彼は店に入り、食品売場に行くと、わくわくしながらチーズの無料サンプルをもらった。女性はにっこりと笑いかけて言った。

「いかが?」

「ありがとう」

「楽しいでしょう？　お母さんとお父さんが買い物をしている間に、いろいろなお店を見てまわるのは?」

「うん」チーズを頬張りながら言う。

「ほしいものはなんでもここで買えるって、そんなふうに思えるからかしら？　大きなお店、スーパーマーケットは、なんでもそろったひとつの世界だっていうふうに」

「だと思う」彼は同意する。

「だから、心配するようなことは何もない。不安を感じたりする必要はまるでない。リラックスできる。ここにいれば平穏が見つかる」

「そのとおりだよ」彼は、次々に問いかけてくる女性に少し腹立たしいものを感じながら、いま一度、チーズのトレーに目を向けた。

「今いるのは、なんの売場かしら？」女性が言った。

　あたりを見まわすと、そこは薬品売場だった。まわりには、チューブ入りの練り歯磨きや雑誌、サングラス、ハンドローションの瓶などが並んでいる。彼はびっくりした。ぼくは食品売場にいたはずだ。ただでもらえる試食のサンプルはどこ？　それとも、ここにはガムやキャンディの無料サンプルがあるのかな？　だったらかまわないけど。

「わかりましたね」女性が言う。「彼らがあなたに――あなたの意識に何か操作をしたというわけではありません。あなたはみずから退行していったのです。今もそうだったでしょう。それを読んでいるだけで退行していった。あなたはずっと過去に戻りたがっているのですよ」女性はもうチーズのトレーを持っていない。「わたくしが誰か、わかりますか？」思いやりのこもった口調で、女性は言った。

「あなたのことはよく知っている」と言ったものの、思い出すことができず、言葉を切った。

「わたくしはカイテルバイン夫人です」

「ああ、そうだった」レイグルは言って、彼女の前から離れた。「あなたは、わたしを助けるために本当にいろいろなことをしてくれた」感謝の念に包まれて、彼は言った。

「あなたは退行状態から脱しつつあります。でも、完全に抜け出すには、いましばらく時間がかかるでしょう。それほどまでに、あなたを引き戻そうとする——過去に連れ戻そうとする力は強いのですよ」


土曜の午後の人波が周囲にあふれている。なんてすてきなんだ、と彼は思う。黄金時代。生きるのに最高の時代。これからずっとこんなふうに生きられたらどんなにいいだろう。

父がフォルクスワーゲンから彼を見てうなずいた。買いこんだ品物をいっぱいに抱えている。「帰るぞ」父は言った。

「オーケイ」彼は言ったが、まだゆっくりと歩きながら、周囲のあらゆるものに目を向けていた。できれば、まだしばらくとどまって眺めていたかった。駐車場の片隅に吹き寄せられた色とりどりの紙の山があった。包み紙、カートン、紙袋。彼の目は、そのパターンを見て取った。握りつぶされたタバコのパッケージ、ミルクセーキのカートンの蓋。それらゴミの山の中に、値打ちのあるものがあった。折りたたまれた一ドル札。ほかのものと一緒に吹き寄せられたのだ。かがんで拾い上げて、広げてみる。間違いない、本物の一ドル札だ。誰かが落としたものだ。たぶん、ずっとずっと前に。

「ねえ、何を見つけたと思う?」父と母の乗った車に駆け寄りながら、彼は大きな声で言った。

協議になった。「ぼくがもらっておいていい? いけないことじゃないよね?」母は首をかしげる。

「持ち主を見つけ出すのは無理だな」父が言った。「ああ、おまえのものにしていい」父は少年の髪をくしゃくしゃにした。

「でも、この子が稼いだものじゃないわ」母が言う。

「ぼくが見つけたんだ」レイグルは札を握り締めて、そう繰り返した。「これがある場所を突き止めたんだ。ぼくには、これがゴミの山の中にあるのがわかったんだよ」

「運がよかったのさ」父が言う。「そう、いついかなる時でも、道を歩いていて、落ちている金を見つけることができるという人種がいるのは知っている。わたしは一度だってそんな経験はない。たぶん、生涯、溝に落ちている十セント銅貨だって見つけることはないだろうな」

「ぼくにはそれができる」レイグル・ガムは繰り返す。「突き止めることができる。どうすればいいか、ぼくにはわかっているんだ」

夕食後、居間のソファでくつろぎながら、第二次世界大戦時、太平洋戦線に参画した時の話をする父。キッチンで皿を洗う母。家に広がる心地よい平穏……。

「あの金を、おまえはどうするつもりだね？」父が問う。

「投資するよ」とレイグル・ガムは言う。「そうすれば、もっと増やせる」

「たいしたビジネスマンだな」と父。「法人税のことを忘れるなよ」

「大丈夫。たっぷり儲けるから」レイグルは自信満々で言い、父のようにソファに背をあずけて、頭の後ろで手を組み、肘を突き出した。

彼は人生でもっとも幸せだったこの瞬間を深く深く味わっていた。

「でも、どうしてこんなに不正確なんだろう？」彼はカイテルバイン夫人に言った。「たとえば、あのタッカー。あれはすごい車だったけれど、でも――」

カイテルバイン夫人が言う。「あなたは一度、あの車に乗ったことがあるんですよ」

「そうだ」とレイグル。「少なくとも、乗ったことがあると思う。子供時代に」と言った瞬間、彼は思い出した。車の感触までまざまざと蘇ってきた。「ロサンゼルスで。父の友人が、プロトタイプを一台、持っていた」

「わかりましたね、これで説明がつくでしょう」

「でも、結局あれは生産されなかった。手作りの段階から先には行かなかったはずだ」

「でも、あなたには必要だった」とカイテルバイン夫人。「あれは、あなたのためにあったんですよ」

続けてレイグルは言う。「『アンクル・トムの小屋』」ヴィックに〈今月の本クラブ〉の月報を見せられた時、この本が新作として載っていたのは、まったく自然に感じられた。

「あれは一世紀も前に書かれた小説だ。実際は昔の本だったんだ」

カイテルバイン夫人は雑誌のあるページを開いて、レイグルに差し出した。「子供時代の真実です。思い出してみてごらんなさい」

そこには『アンクル・トムの小屋』の本のことが書かれていた。レイグルは『アンクル・トムの小屋』を一冊持っていて、繰り返し繰り返し読んだのだった。ボロボロになった黄色と黒の表紙、本体と同じくらいけばけばしい木炭画ふうの何枚もの挿絵。いま一度、レイグルは、手のうちにその本の重みを感じた。表紙とページのざらざらした埃っぽい触感。裏庭の静かな木陰で、ページに鼻をつけんばかりにして読みふけっている自分自身。

部屋でも常に間近に置き、何度も読み返していたのは、それが不変の存在だったからだ。変わらないものだったからだ。その本は彼に〝確実性〟の感覚を与えてくれた。そこに間違いなくある、これまでとまったく変わらずに存在している――そう心から信じられる感覚。最初のページに記されたクレヨンの書きこみも。つたないRGのイニシャルさえも。

「すべてが、あなたにとっての必要性という観点から整えられたのです」カイテルバイン夫人が言う。「あなたの安全と心の安寧にとって必要なもの。とすれば、正確である必要などどこにあります？　『アンクル・トムの小屋』があなたの子供時代になくてはならないものであったのなら、加えられるというわけです」

白昼夢みたいなものだ、とレイグルは思う。よきものは保持される。望ましくないものは排除される。

「ラジオが問題を起こすのであれば、ラジオはいっさい存在しないということになります。少なくとも、ないのが当然だというふうに」

だが、ラジオなどごくありふれたものではないか。実際、連中はあちこちでラジオを見逃していた。幻想の中でラジオは存在しないのだということをきちんと憶えておらず、こうした瑣末な事物に関しては、ミスを繰り返していた。白昼夢を維持させる際の典型的な失敗の数々……一貫性を保持しつづけるのは難しい。ビル・ブラックはわたしたちとポーカーをしている時に鉱石受信機を自分の目で見ていながら、そのことを憶えていなかった。

あまりに普通のものだったから、記憶にとどめられなかった。ブラックの意識はもっと重要なことで占められていたからだ。

カイテルバイン夫人は忍耐強く続けた。「彼らがあなたのためにこの世界を作ったこと、そしてあなたをそこに置いたことはわかりましたね。安全でコントロールされた環境。あなたが、疑念を感じたり気持ちを乱されたりすることなく、あるいは、自分が間違った側にいると気づくことなく、仕事に専念できる場」

ヴィックがたけだけしい声を上げた。「〝間違った側〟だと？　攻撃されている側だ！」

「内戦では、どの陣営も間違っている」レイグルは言う。「このもつれた糸をほどく手立てはない。内戦では誰もが犠牲者なんだ」

正常な意識を保っていた時期――オフィスから連れ出され、〈オールドタウン〉に送りこまれる前――に、レイグルは計画を進めていた。細心の注意を払いつつ、必要なメモや書類をひとまとめにし、所持品を荷造りして、脱出の準備を整えた。直接的でない様々な手段を講じて、中西部の強制収容所にいたカリフォルニアのルナティックたちに連絡を取った。薬物による再教育もまだ効果を現わしておらず、彼らの忠誠心を奪うには至っていなかった。そんな彼らからレイグルは指示を受け、そして、ある日のある時刻に、セントルイスで、まだ居場所を突き止められておらず、捕まっていないルナティックのひとりと会うことになった。しかし、レイグルがその場所に行くことはなかった。一日前に、当局が連絡人を検挙し、彼から情報を聞き出してしまったのだ。それですべては終わった。

強制収容所のルナティックたちはシステマティックな洗脳処置を受けた。もちろん、実際に〝洗脳〟と呼ばれていたわけではない。当局によれば、これは新しい方針に沿った〝教育〟だった。個々人を偏見や歪んだ信念から、異常な妄想や固定観念から解放し、成熟した大人となることを助ける。これは知識である。その人物はよりよき人間として再出発する――という次第だった。

〈オールドタウン〉が建設された際、この計画に参与し、町の生活の一員となることになった人々は、収容所のルナティックたちと同じ処置を受けた。みなが志願者だった。ただひとり、レイグル・ガムを除いて。そして、レイグルに対しては、過去への退行のいくつかの決定的な要素を固定させるために収容所のテクニックが使われた。

確かにこれは機能した――レイグルは納得した。わたしは退行し、彼らはずっとわたしの行動を追いつづけた。わたしを常に監視のもとに置いていた。

ヴィックが言った。「もっとじっくり考えたほうがいい。別の陣営のもとに行くというのは、とんでもないことなんだから」

「彼はもう心を決めています」カイテルバイン夫人が言う。「三年前に、そう決意したのです」

「ぼくは一緒には行かない」ヴィックが言う。

「それはわかっている」レイグルは言う。

「マーゴを置いていくのか？　実の妹を」

「ああ」

「あらゆる人を置いていってしまうのか？」

「ああ」

「そうすれば、連中は心置きなく我々を爆撃して、皆殺しにできるというわけだ」

「そうではない」レイグルは言った。志願し、自分の仕事をやめて、デンヴァーでの仕事に従事してから、彼は、政府のトップだけが知っている、ある事実を知ったのだった。それは決して公にはされず、厳重に隠蔽されている極秘事項だった。ルナティック――月の植民者たちは、戦争が始まって数週間のうちに、和解に合意していたのだ。ルナティックが主張したのは、ただ、さらなる植民に向けての努力が継続されること、そして、敵対行為が終結してのちに、ルナティックが処罰を受けないこと――これだけだった。レイグル・ガムがいなければ、デンヴァーの政府はこの条件を受け入れていたことだろう。ミサイル攻撃の脅威は、それだけで充分に大きく、月の植民者たちに対する一般大衆の敵意もまだそれほどのものではなかった。だが、苦痛に満ちた戦争の三年間を経て、状況はどちらの陣営にとっても、当時とは大きく異なるものとなってしまった。

「きみは裏切り者だ」ヴィックが言って、義兄をにらみつけた。レイグルは思う。わたしは彼の義兄ではない。わたしとヴィックはなんの関係もない。〈オールドタウン〉以前のヴィックを、わたしは知らない。

いや、実際には知っている。オレゴン州のベンドに住んでいた時。ヴィックは食料品店を経営していた。わたしはよく彼の店で果物と野菜を買った。ヴィックはいつも白いエプロンをつけてジャガイモの棚のあたりにいて、客たちに笑いかけながら、傷んでいるものはないかと気を配っていた。わたしたちがたがいに知っているのはその程度のことだった。

わたしには妹もいない。

しかし――とレイグルは思う。これからもずっと、彼らのことは家族だと思いつづけるだろう。〈オールドタウン〉での二年半、サミーも含めて、彼らは本当の家族だった。そして、ジューンとブラックはわたしの隣人だ。わたしは彼らを置いて、別の世界に向かおうとしている。親族、家族、隣人を置いて。内戦が意味するのは、そういうことだ。ある意味で、これはもっとも理想主義的な戦争だと言える。もっとも英雄的な戦争。最大の犠牲を払い、現実に得られるものは皆無に等しい戦争。

わたしがルナティックのもとに行くのは、それが正しいことを知っているからだ。それが、何よりも優先されるわたしの義務だからだ。ほかの誰もが――ビル・ブラック、ヴィクター・ニールソン、マーゴ、ローアリイ、カイテルバイン夫人、ケッセルマン夫人――すべての人がそれぞれの義務を実践してきた。彼らはみな、みずからの信じていることに忠誠を果たしてきた。わたしも同じことをしよう。

レイグルは、ヴィックに手を差し出して言った。「さよなら」

ヴィックは硬い表情のまま、差し出された手を無視した。

「〈オールドタウン〉に戻るのか?」

ヴィックはうなずいた。

「いつかまた再会できるだろう。みんなに」レイグルは言う。「戦争が終わったあとで」

戦争がもうそれほど長くは続かないことを、レイグルは確信していた。「これからも〈オールドタウン〉は継続されるのだろうか。わたしが中心にいなくなっても」

ヴィックはレイグルに背を向けて、ドラッグストアのドアに向かって歩き出した。「ここから出る方法はあるのか?」大きな声で背後の二人に向けて言った。

「大丈夫です」カイテルバイン夫人が言った。「ハイウェイで降ろしましょう。そうすれば、誰かの車に乗せてもらって〈オールドタウン〉に戻れます」

ヴィックはドアの前にたたずんでいる。

残念なことだとレイグルは思う。だが、もう長い間、こんなふうに進んできたのだ。これが初めてというわけではまったくない。

「わたしを殺すか? 殺せるとしたら?」レイグルは言った。

「いいや」ヴィックは言った。「きみがまた戻ってくる可能性はいつだってある、こちらの側に」

レイグルはカイテルバイン夫人に言った。「行こう」

「二度目の宇宙旅行ですね。いま一度、地球を離れることになります」

「そのとおりだ」いまひとり、新たなルナティックが月にいるグループに加わる。

ドラッグストアの窓の向こうで、宇宙船が先端を持ち上げ、発射態勢を取った。後部から大量の蒸気が噴出する。荷積み用のプラットフォームがするすると宇宙船に近づいて、所定の位置に固定される。船体の側面、中央付近の扉が開き、ひとりの男性が首を突き出した。彼はまばたきし、目を細めて戸外の闇の様子を見定めようとした。それから、彩色ライトをつけた。

彩色ライトを手にした男性は、驚くほどウォルター・カイテルバインに似ていた。事実、それはウォルター・カイテルバインその人だった。

解説——WHAT HE WAS REALLY DOING

評論家　高橋良平

The time is out of joint. O cursèd spite,
That ever I was born to set it right!

（この世の関節がはずれてしまった。ああ、何の因果だ。

それを正すために生まれてきたのか。）

——『ハムレット』第一幕第五場（松岡和子訳・ちくま文庫）

本書のタイトルを見て、おや、と懐かしい気分になったとしたら、あなたは海千山千の古参ＳＦファンに、ちがいない。

というのも、これがお初で、そんな感慨もわかぬ若い読者がご存じないのも仕方なく、じつは本書、三十ウン年ぶりの復刊、しかも改訳決定版となるからである。

この『時は乱れて』が最初に訳されたのは、訳者の山田和子さんが編集に携わっていらした〈季刊NW-SF〉誌で、七号から十四号まで八回分載されたのち、サンリオSF文庫の創刊ラインナップの一冊として刊行されたのは、一九七八年七月のことだった。

その前月、ジョージ・ルーカス監督の《スター・ウォーズ》が、全米公開から一年遅れでようやく日本でも封切られ、待ちかねたSFファンは熱烈歓迎、SF／SFX映画が先導する形で、世にいうSFブームが到来した夏だった。——ただし、このとき、いかなマニアでも、その映画が、九部作構想の〝スペース・オペラ〟サーガであり、その真ん中に位置する三部作中の〝エピソードⅣ〟であることなど、知るよしもなかった……。

ちなみに、サンリオSF文庫の初回配本は、本書のほか、フリッツ・ライバー『ビッグ・タイム』（青木日出夫訳）、アーシュラ・K・ル＝グイン『辺境の惑星』（脇明子訳）、ウイリアム・S・バロウズ『ノヴァ急報』（諏訪優訳）、モデルカイ・ロシュワルト『レベル7』（小野寺健訳）、レイ・ブラッドベリ『万華鏡』（川本三郎訳）の合わせて六点であった。それから九年後、一九八七年八月に出たディックの『アルベマス』（大瀧啓裕訳）を最後に、百九十七点を数えたサンリオSF文庫は廃刊。書店から消えた同文庫は一斉に古書店でプレミア価格がついたものだが、〈本の雑誌〉昨年十月号の「サンリオSF文庫の伝説」特集中、古書いろどり店主でもある彩古さん執筆の古書価動向によれば、〈初期のタイトルは流通量という観点からいえば、基本的に刷部数が多く出まわっていた期間も長いため、高くなりにくい〉とあり、『時は乱れて』は増刷されなかったものの、さいわい最安値ランクに属していたおかげで、古本での入手に散財せずに読まれた方もいるだろう。

そしてまた、ぼく個人には、もうひとつの懐かしい思い出がある。伊藤典夫さんが〈SFマガジン〉に連載されていた（当時）最新の海外SFガイド「SFスキャナー」を毎月、拳々服膺《けんけんふくよう》するように読んでいた地方の一ファンにとって、ハードカバーやペイパーバックの書影をつくづくながめても、じっさいの原書にお目にかかるなど、夢のまた夢。英語がよくできたわけでもない生徒だったから、SFに飢えていても、読みたいというより、実物を手にしたいという物欲だらけだったけれど、原書にただただ、あこがれていた。

大学入学で上京すると、校舎は神保町ちかくにあったから、毎日のように古本屋をまわったが、年季の入ったファンが荒らしまくったあとなのか、まるで収穫はなかった。そんな折り、なにかのついでに新宿の紀伊國屋の洋書売場をのぞくと、ペンギン・ブックスがずらりと並ぶ棚に、なんとSFを発見！　黒地にパターン模様の色をさしたグラフィックな〝ペンギン・サイエンス・フィクション〟の統一装幀は、フランコ・グリニャーニのデザインで、じつにソフィスティケートされている。エドガー・パンクボーンの***Davy***、アヴラム・デイヴィッドスンの***Rork!***、レイ・ブラッドベリの***The Day it Rained Forever***、そして、ディックの***Time Out Of Joint***があった。まだ一ドル＝三六〇円の固定相場時代で、懐事情で一冊しか買えない。しばらく迷ったあげく、いちばんお得に思えたマイクル・ムアコック編の時間SFアンソロジー***The Trap of Time***を入手して帰宅したのだった。

ところで、この『時は乱れて』は、長い間、SFファンの知らないディックの長篇だった。ハヤカワ・SF・シリーズの前身のハヤカワ・ファンタジイの十二冊めに『宇宙の眼』（中田耕治訳）が選ばれてから、このポケットブックのＳＦシリーズには、『高い城の男』（川口正吉訳）、『火星のタイム・スリップ』（小尾芙佐訳）、『太陽クイズ』（小尾芙佐訳／ハヤカワ文庫ＳＦに収録の際、イギリス版題名の『偶然世界』に改題される）とディックの長篇が紹介され、そのつど、福島正実編集長の解説が付されていたが、文末の主要著作リスト中に、*Time Out Of Joint* の書名は挙がっていなかった。

いまとはちがい、レファレンス類は僅少、書誌データは、現物にあたるか、ＳＦ雑誌の記事や作家紹介文から拾うことでしか得られなかった時代だから、無理もない。

ようやく、その名が挙がるのは、『アンドロイドは電気羊の夢を見るか？』（浅倉久志訳）の訳者あとがき、〈校正のためにゲラを読みかえしたときでさえ、傑作だという確信は揺るがなかった〉というフレーズで有名な「フィリップ・K・ディックのふしぎな、ふしぎな、ふしぎな世界」に添えられた著作リストのなかである。この初版刊行は一九六九年六月、前記のペンギン・ブックス版 *Time Out Of Joint* が出たのと同時期なので、それで知ったかどうか、浅倉さんに電話して確かめたいが、もう浅倉さんは黄泉《よみ》の人……。

どうして、日本のＳＦ界が『時は乱れて』を見逃していたのか——それは、原書の出版の来歴に、起因しているのかもしれない。

ディックが『時は乱れて』を二週間で書きあげたのは一九五八年の一月、読みなおして二度改稿した原稿が、著作エージェントのスコット・メレディスのところに届いたのが四月七日、メレディスはほぼ機械的に、デビュー長篇『偶然世界』をはじめ、『ジョーンズの世界』『いたずらの問題』『宇宙の眼』『宇宙の操り人形』の長篇に、中篇集の *The Variable Man* まで、ほかの長篇と抱き合わせにしたダブル・ブックなどで、ディック作品を出しているペイパーバック出版社のエース・ブックスにまわした。

エースの編集者ドナルド・ウォルハイムは採用するつもりだったが、社主の出版人A・A・ウィンは、ソフト・ドリンク・スタンドみたいなものが消失するのがわけがわからないと改稿を求めた。その要求をディックが受け入れる前に、スコット・メレディスは、SF出版に手をだすつもりのフィラデルフィアのハードカバー出版社リッピンコットと契約し、原稿を渡すと、リッピンコット側は改稿も求めず採用する。印税は七五〇ドルと、エース・ブックスよりも安かったが、ディックは満足だった。初めてのハードカバー本だったからだ。——その三年前、一九五五年に短篇集 *A Handful of Darkness* がイギリスのリッチ＆コーワン社からハードカバー出版されていたのを、ディック・ファンのあなたはご存じだろうが、ディック本人はその本の存在を知らなかった！　おまけに、著作権は短篇を掲載したSF雑誌社にあったから、作者に一銭の印税も入らなかった!!

一九五九年、リッピンコット社から『時は乱れて』が出版されたが、本のどこにも〝SF〟と表示されておらず、そのかわり、抽象画のカバーにあったのは書名と著者名、それに“A NOVEL OF MENACE”のキャッチだけだった。

その背景には、アメリカのSF出版事情があった。広島、長崎への原爆投下で終結した第二次世界大戦後、SFは、ミステリをうわまわる出版ブームを迎えた。東西冷戦下、超大国となったアメリカはまた、第三次大戦のもたらすであろう核兵器（および放射能）の脅威にふるえ、赤狩りのマッカーシー旋風が巻きおこした疑心暗鬼の一九五〇年代の社会背景のなか、五三年をピークに咲き乱れたSF雑誌は、流通問題もあって続々と廃刊になり激減、それらに売りまくっていたディックも市場を失い、新たな牽引役を担ったペイパーバック市場に向け、長篇を書かずにいられなくなったわけだった。

そして、一九五七年十月四日、ソ連が人類初の人工衛星スプートニク一号の打ち上げに成功し、宇宙開発競争で出しぬかれたアメリカの威信は失墜。宇宙時代到来に沸く日本などとは逆に、いわゆる〝スプートニク・ショック〟の影響は、SF出版に追い討ちをかけ、明らかな退潮をみせていた。SF路線をしくダブルデイなどをのぞき、ハードカバー出版社はのきなみ、“A NOVEL OF SUSPENSE”や“A NOVEL OF MENACE”を売り文句に使い、リチャード・マシスン作品やジャック・フィニイの『盗まれた街』など、科学的根拠重視でない作品から〝SF〟のラベルは剝ぎとられて出版される時代になっていたのだ。

こののち、『時は乱れて』は、イギリスのジョン・カーネル編集の〈ニュー・ワールズ〉誌の一九五九年十二月号から翌年二月号まで、アブリッジ版が三回連載され、六一年には同じ英国のSFブック・クラブ版のハードカバーが出ている。だから、SFを収録するのがごくまれだったペンギン・ブックスが、ヒューゴー賞受賞作の『高い城の男』につづき、『時は乱れて』を収めたのは、イギリスでの知名度ゆえだったのかもしれない。

本書の物語は、ディック作品のつねのごとく、普通に暮らす人物のリアリズム小説風な描写からはじまる。そして、キンゼイ・レポート、ジェームズ・ディーン、水爆とソ連と物価上昇の時代、ロックンロール、空飛ぶ円盤、アイゼンハワーなど、訳注のついた人名も含め、本書が書かれた五〇年代末の時代風俗のキイワードをちりばめ、小さな町のスーパーマーケットに勤める夫と妻に息子、新聞の懸賞（火星人探し）で大金を得ている同居の義兄の一家、隣人の若い夫婦の日常が描かれてゆく。そこに、赤いタッカーのセダン——ジョージ・ルーカス製作総指揮、フランシス・コッポラ監督の伝記映画《タッカー》（88年）を観た人はご存じ——、数年前に閉鎖されたラジオ局と、異化的事柄が挿入され、首をかしげて読んでいると、この世界への違和感が妙な形で提示される……。

二番めの妻クレオとバークリイの一軒家で作家生活をおくっていたディックは、ある夜、夕食に食べた妻の手料理のラザニアのせいか、腹具合がおかしくなり、胃薬をのもうとバスルームにゆく。明かりをつけようと電灯のコードを探すが見つからず、真っ暗闇でパニックをおこす。だが、明かりはもともと、壁のスイッチで操作する仕組みだったことに気づく。なぜ、そう思いこんでいたのか。妻が寝室にさがってから、仕事場兼用の台所で猫といっしょに買ったばかりのレコードを聴きいっていると、雪の情景を思い浮かべ、故郷のシカゴを懐かしんでいたのだが、アルバム・ジャケットの雪景色のせいで、シューベルトとシューマンの曲をとりちがえ、まったくあらぬ妄想をしていたことに自嘲した。この一晩の奇妙な体験と、フロイトの著作にあったパラノイアの症例を基に、*The Man Whom God Wanted to Change into a Woman and Penetrate with Larvae in Oder to Save the World* という長ったらしい題名の長篇を構想し、『時は乱れて』として完成する。

この世が偽りの世界だと判明する設定アイデアは、ディックの独創とはいえない。SFではお馴染みだし、一九五九年秋、CBS局でスタートしたアンソロジーTVシリーズ《ミステリー・ゾーン》は、リチャード・マシスンやチャールズ・ボーモントを原作／脚本のメイン・ライターに迎え、SFやファンタジーの形式で文明批判しようと試みたロッド・サーリングが企画した番組で、その世界がひっくり返るドンデン返しのオチで視聴者を震撼させたものだ。第一、ディック自身が前作の『宇宙の操り人形』で、同じような設定を使っている。しかし、世界の真相を自分だけが知っていればヒーロー・ストーリーになるが、主人公だけが知らなかったとするのが、ディックのユニークなところ。ここから、〝模造記憶〟という、ヴァン・ヴォークトが『非A《ナル》の世界』でも使ったアイデアが、終生にわたるディックの重要なテーマのひとつになってゆく……。

Le Détroit de Behring で一九八五年度フランスSF大賞特別賞を受賞し、邦訳小説に、クロード・ミレール監督の《ニコラ》（98年）の原作『冬の少年』をはじめ、『嘘をついた男』『口ひげを剃る男』（すべて田中千春訳・河出書房新社刊）があるエマニュエル・カレールは、ディックの評伝 *Je suis vivant et vous êtes morts* で、『時は乱れて』の言及に一章をさき、章末で、読者につぎのような課題をだしている。

1　三〇歳になり、『時は乱れて』を書きあげたとき、ディックは自分を貧しく苦節中の労働者階級の作家で、にきびだらけの十代の少年向けの物語を叩きだして苦しい生活をやりくりしていることに忸怩たる思いをもち、そうした物語が、自分を著名にする、よりシリアスな作品の執筆から遠ざけていると考えていた。しかし同時に、こうした作家活動に対する評価がまるまるの真実とはいえないと感じており、じっさい、自覚のないまま、その範疇外のこともしていた。では質問、彼はじっさい何をしていると思っていたか？

2　あなたは〝マン・オブ・ジ・イヤー〟としてディックの写真が表紙の二〇二〇年の〈タイム〉誌を手にもっている。記事内容を詳述せよ。

3　変更設問。その雑誌が二〇一〇年の発行で、本書を読んでいるあなたの宇宙からもたらされたものでも、平行宇宙からのものでもないとする。これを考えにいれて、設問2を書きなおすこと。

さあ、設問に答えて、ディックになろう。

二〇一三年十二月記

訳者略歴　慶應義塾大学文学部中退，英米文学翻訳家　訳書『幻影の都市』ル・グィン，『無伴奏ソナタ』カード（共訳）（以上早川書房刊）他多数

HM=Hayakawa Mystery
SF=Science Fiction
JA=Japanese Author
NV=Novel
NF=Nonfiction
FT=Fantasy

時《とき》は乱《みだ》れて

〈SF1937〉

二〇一四年一月十日　印刷
二〇一四年一月十五日　発行

（定価はカバーに表示してあります）

著者　フィリップ・K・ディック
訳者　山《やま》田《だ》和《かず》子《こ》
発行者　早川浩
発行所　株式会社　早川書房
郵便番号　一〇一‐〇〇四六
東京都千代田区神田多町二ノ二
電話　〇三‐三二五二‐三一一一（大代表）
振替　〇〇一六〇‐三‐四七七九九
http://www.hayakawa-online.co.jp

乱丁・落丁本は小社制作部宛お送り下さい。
送料小社負担にてお取りかえいたします。

印刷・株式会社精興社　製本・株式会社川島製本所
Printed and bound in Japan
ISBN978-4-15-011937-9 C0197

本書は活字が大きく読みやすい〈トールサイズ〉です。